Galapagos

collection dirigée par Thierry Lefèvre

Dragon des brumes

DU MÊME AUTEUR

« Chroniques de la mort blanche » :
I. *Avant les ténèbres*, L'Archipel, 2011.
II. *Noir Saphir*, L'Archipel, 2012.

Lame de corsaire, Gulf Stream, 2011.

Chasses olympiques, Gulf Stream, 2010.

Les Cavaliers du Taurus, Rivière Blanche, 2009.

Rouges Ténèbres, Gulf Stream, 2009.

Le Jour du lion, Mango jeunesse, 2008.

La Voix des dieux, Rouge Safran, 2007.

NICOLAS CLUZEAU

Dragon des brumes

Chroniques de la Mort Blanche

Livre 3

Galapagos

Galapagos est un label du Groupe L'Archipel

www.editionsarchipel.com

Si vous souhaitez recevoir notre catalogue
et être tenu au courant de nos publications,
envoyez vos nom et adresse, en citant
ce livre, aux Éditions de l'Archipel,
34, rue des Bourdonnais 75001 Paris.
Et, pour le Canada, à Édipresse Inc.,
945, avenue Beaumont,
Montréal, Québec, H3N 1W3.

ISBN 978-2-8098-0786-8

L'orgueilleux aimera mieux se perdre
que de demander son chemin.

Charles Churchill

Trois bougies repoussent les ténèbres : la vérité,
la connaissance et les lois de la nature.

Proverbe celtique

Il n'est pire douleur que le souvenir du bonheur
au temps de l'infortune.

Dante

Personnages

La Résistance des Franges :

Avaril de Penthryl : seigneur des communautés changelines des Franges féeriques.

Ephrem le Sage : frère aîné de Ferhian, chancelier de l'île des Trolls.

Muirenn Orlagh : reine-sorcière du grand domaine forestier de la Marche radléàrhe.

Padraigh Radléàrhe : cousin de Deirdre Radléàrhe.

Djengis de Larion : khan des provinces animales.

Yasniyé de Larion : khatun des provinces animales.

Les investigateurs :

Aourhegan Veniryon : jeune Fée Noire et limière des Franges féeriques.

Arline von Crommlynk : jeune magicienne spécialisée dans l'analyse magique et les para-éléments, apprentie de maître Bonisal.

Bonisal O'Kree : maître magicien d'Arline et de Sean, membre du concile des mages et druides d'Orlandie.

Ijane Férimiria : magicienne nécromancienne de Yaxchilan.

Hector : homoncule de la Tour d'Émeraude.

Litorlil : familier de Bonisal, esprit contractuel ayant forme de merle.

Lorcan O'Keefe : limier de la Marche yorthre.

Parshah Gülérion : combattante féline des provinces animales.

Ryan O'Neal : changelin limier, compagnon d'armes d'Aourhegan.

Sean MacLeery : apprenti de Bonisal, magicien métamorphe (changeforme).

La suite du Haut Roi Endrew Jaurgrynn :

Ainrinth Brànne, dit le Scrofuleux : seigneur de la Marche brànne.

Brideï : garde du corps d'Endrew Jaurgrynn.

Donnely Radléàrhe : seigneur de la Marche radléàrhe.

Elrithian de Marnor : seigneur de la Marche marnoraine.

Endrew Jaurgrynn : fils de Finn, Haut Roi autoproclamé d'Orlandie.

Galath MacCermath : général des armées du Nord, maître d'armes d'Endrew.

Lochlainn : vieux conseiller de Finn Jaurgrynn, puis de son fils, et enfin chambellan du nouveau royaume.

Créatures de l'Anti-Vie :

Dergirion : reikmeister nerhalfen, membre du conseil des animaux étranges, gardien du Chêne-Monde de Galabréà.

Edjer-Verian : le Dragon des Brumes.

Ferhian : troll du Marais Glauque, capturé par Edjer-Verian.

Maerlar Ravanaï : esprit de l'Anti-Vie réanimé d'un magicien du concile.

Rhiord : membre du conseil des animaux étranges, magicien.

Taniliandre : membre du conseil des animaux étranges, magicienne.

Les Derylites :

Rigori : chambellan du gouverneur derylite.

Yvarn Jalr : gouverneur de la Ligue fédérale derylite.

Les Yaxchilanes :

Alsame : première officière du *Chimère Étoilée*.

Coaztli : ingénieur en chef du *Chimère Étoilée*.

Rilize Atzari : maîtresse-capitaine du *Chimère Étoilée*.

Somari : domestique d'Alsame.

Vedrize : chef du comptoir yaxchilan de Rhedyort.

Les Léristérites :

Nalidis l'albinos : agent léristérite sous les ordres de Tyrmon Idès.

Pélante Xériphée : plénipotentiaire de l'Empire des Amazones de Léristère.

Tyrmon Idès : officier et agent léristérite amateur d'arts graphiques, peintre lui-même.

ORLANDIE
(Franges Féeriques)
(986 AHR - Après le HAUT ROI)
MER SANS FIN
NORDERÄLHE
LES HAUTES TERRES
MARCHE JDÁRHÈNE
Dùnjdar
Lochnagar
MARCHE BRANNE
Vallée Branne
Galabrea
Dùnbrànne
MARCHE DERYGHÂTHE
ESTHER AGLIATH
DUFÁNÀGHY
Dùndalk
HANNON
ILES CAHIRSHIVÈN
Dùnliffden
LES DEUX ILES CORSAIRES
Forêt aux Sorciers
Drakerheel
Penthryl
Iles des Trolls
Sombrebois
Vers Taurus et l'Empire de Léristère
Jaurneàch
MARCHE JAUGRYNNE
Fées Noires
Larion
Montcrackin
Prinsyl Moor
Fyral
Provinces Animales
Sylvérion
MARCHE YORTHRE
Rhedyorr
Petite Désolation
Tour d'Emeraude
Vers le Mur des Ouragans et la Matriarchie de Yaxchilan
PRIMÉRYLE
Dùncobh
Alkenny
Col de Shâm
Brashaal
Domaine de la Reine - Sorcière
MARCHE RADLÉÄRHE
Dùn Monagahan
MARCHE MÀRNORÀINE
Rad - Hermst
MER SANS FIN
Dùn Merrydiöhn
SUNERYLE
LÉGENDE
Capitale
Ville
Village
Tour
Sevil

1

— Muirenn Orlagh ! rugit une voix.
La reine-sorcière ne l'entendit pas.

Le tonnerre gronda au-dessus du cercle de pierres levées.

— Muirenn Orlagh ! insista-t-on.

La reine-sorcière contempla les lourds nuages qui roulaient dans les cieux. Une bruine persistante se déposait sur ses cheveux noirs et son visage aux traits lupins. L'odeur des marécages évoquait pour elle l'horrible entropie qui s'était emparée de son monde, de son existence, de sa destinée. Un instant, elle voulut maudire à nouveau la Déesse-Mère. Mais elle se retint : les membres de la Résistance n'avaient pas encore perdu la foi en la toute-puissance de la Terre et de ses bienfaits.

— Muirenn Orlagh ! Nous vous attendons, par le marteau du Grand Troll !

La reine-sorcière cligna des yeux. La chaleur de la nuit estivale faisait fumer les fourrures des deux guerriers lupins debout à côté d'elle. Des lanternes à naphte accrochées à des perches dansaient, agitées par la brise.

Muirenn distingua trois trolls lourdement armés et leur bannière à la griffe sanglante : Ephrem, fils cadet du défunt seigneur Valrash, et deux officiers de sa garde. Plus loin, une demi-douzaine d'hommes et de femmes portant épées et mousquets derylites s'étaient regroupés derrière un seigneur de haute taille à l'ample moustache en crocs ; ses yeux pourpres trahissaient son origine féerique.

À l'orient, près de deux dolmens, quatre hommes-félins engoncés dans des broignes aux reflets dorés attendaient patiemment en triturant les pommeaux ciselés de leurs sabres de Larion ; et, dans les ombres du grand dolmen septentrional, deux Fées Noires – un homme, une femme – emmitouflées dans des manteaux huilés, la fixaient de leurs pupilles irisées. Ils flattaient de leurs mains gantées de rouge les dodos géants qui leur servaient de montures.

Dans les ombres alentour, d'autres créatures se tenaient aux aguets et à l'écoute, nerveuses : Muirenn les entendait chuchoter, caqueter, cliqueter.

— Je… commença Muirenn dans un croassement.

Elle se racla la gorge.

— Je vous salue, peuples des Franges féeriques !

Silence. Une monture piaffa. Un dodo fit une remarque acerbe à l'autre. La claque qui suivit calma le volatile géant.

Muirenn continua :

— Représentants de tous les peuples qui considèrent ces terres comme vôtres, je suis venue du sud avec de terribles nouvelles : les Marches humaines se sont regroupées sous la bannière d'un seul individu, Endrew Jaurgrynn. Depuis que Solaryne, la souveraine des Fées Noires, a maudit son père il y a de cela dix-huit années, la vengeance de la famille Jaurgrynn pèse sur les Franges. À présent qu'il a concentré le pouvoir entre ses seules mains, je sais qu'il va exterminer tous ceux qui vivent dans les Franges féeriques.

Ephrem leva une longue lance à la lame dentelée :

— Les Prêtres-Mages eux-mêmes ont plié sous nos coups : qu'il vienne, ce freluquet, avec son armée de pucelles, et nous l'essorillerons d'importance !

Les trolls rirent. Ils furent les seuls. Le changelin à la moustache en crocs lança, mécontent :

— C'est bien des trolls de ne voir le désastre qu'au dernier moment ! Muirenn nous prévient d'une menace concrète et vous ne faites qu'en rire.

— Seigneur Avaril, contra Ephrem, vous voilà encore à vous plaindre !

— Et à raison encore ! répliqua l'intéressé. Sous votre gouvernement, les trolls se servent sans payer dans les villes et villages des Franges féeriques, prétextant d'un tribut ancestral inexistant. Je préférais quand Valrash était votre seigneur. Et Ferhian aurait fait un merveilleux chancelier !

Ephrem plissa les yeux :

— Retirez ces mots immédiatement. Ce nom ne doit pas être prononcé !

— Taisez-vous, vous êtes pathétiques ! feula le représentant des provinces animales sous sa capuche, griffe levée vers les cieux.

Muirenn Orlagh n'en avait pas terminé.

La reine-sorcière fronça les sourcils :

— Il est important que je mentionne deux autres menaces, même si je sais que certains d'entre vous ont déjà goûté à l'une d'entre elles, ne serait-ce que par les rumeurs et les histoires atroces qui courent depuis les frontières nordiques et orientales des Franges, ou parce qu'ils étaient aux premières loges : la Mort Blanche frappe partout.

Un frisson parcourut l'assemblée. Muirenn enchaîna :

— Dans les régions nord et est de l'Orlandie, les mages, druides et chamans disparaissent peu à peu. Toute créature disposant d'un lien avec la nature féerique des choses est passible de contracter ce fléau. Jusqu'ici, le Marais Glauque a été épargné car je pense que la maladie s'est surtout répandue sur une superficie contrôlée…

— Vous voulez dire que quelqu'un l'a déclenchée dans un dessein précis ? s'étonna la représentante féminine des Fées Noires, une jeune femme à la peau sombre et satinée.

— C'est même la seule explication plausible, répondit Muirenn. Et je sais qui est responsable : il s'agit d'un être revenu d'entre les morts, une aberration de l'Anti-Vie, un maître-mage qui se nomme Maerlar Ravanaï. Je l'ai rencontré dans le Sud : il conseille Endrew Jaurgrynn. Il n'a qu'un seul but, se venger des magiciens du concile et emporter toutes les Franges féeriques dans les ténèbres de son âme torturée.

— Allons, vous délirez, fit le compagnon de la Fée Noire. Maerlar Ravanaï a disparu il y a longtemps de cela. Les siens, d'autres maîtres-mages de Vilanöé, si je me souviens bien, ont mis fin à sa vie dans les ravins insondables des Trois Sœurs.

— Oui, acquiesça Muirenn. Mais si ce n'est pas lui à qui j'ai parlé près de Brashâal, alors qui était-ce ? C'était sa voix, son intonation, et ses souvenirs.

Ephrem frappa le sol de sa lance :

— Vous l'avez rencontré et vous ne l'avez pas détruit ?

— Je n'en avais pas le pouvoir. Un être tel que lui, d'essence corrompue, n'est pas destructible physiquement. Mais je sais aussi qu'il ne peut pas revenir seul de la tombe, s'enferrer dans l'Anti-Vie et y prospérer pour créer une maladie aussi mortelle pour ceux en qui coulent le don de la magie et la Féerie. Quelqu'un, ou un groupe de personnes, l'a sorti de son repos éternel pour utiliser ses connaissances et son expertise. Un pacte a été forgé et j'entends bien découvrir avec qui, et pourquoi.

— Je confirme tout ce que vient de dire Muirenn, fit le représentant des provinces animales. Et, avant que nous parlions de la dernière menace que Sa Majesté a mentionnée, j'aimerais prendre aussi la parole.

Muirenn recula un peu. Le félin mesurait ses sept pieds : son impressionnante musculature jouait sous une fourrure grise et une armure de mailles serrée. Il s'avança et déclara :

— Je me nomme Atèshe, je suis le plénipotentiaire de Djengis, grand khan des provinces animales. Des événements hors du commun s'y sont déroulés, révélant un complot pour éliminer notre peuple : la Mort Blanche a tué tous nos chamans les plus puissants. Ceux qui restent sont mourants ou n'osent plus invoquer les pouvoirs des cieux et de la terre, des vents et de l'eau. Et un dérivé de la Mort Blanche, ciblant tous les autres, a failli détruire mon peuple. Heureusement, et le roi m'envoie vous livrer ce secret, un remède a été trouvé contre ce second mal, ce qui me permet d'être ici cette nuit. Un dérivé du remède permet de ralentir un peu les effets de la Mort Blanche, mais il est difficile de le fabriquer et la dépendance qu'il crée annihile lentement la lucidité de celui qui le prend…

— C'est inespéré ! s'écria Avaril. Au moins nous avons un espoir !

— Ne soyez pas trop optimiste. Très peu de doses sont disponibles et celles-ci sont toujours dans les provinces animales, où elles servent à sauvegarder nos chamans de l'extinction. La Mort Blanche doit être arrêtée à la source de la corruption. Des magiciens du concile, m'a-t-on confié, s'en occuperaient. Je n'en sais pas plus.

Muirenn reprit la parole :

— Je vous remercie d'avoir partagé ces informations avec nous, Atèshe. Pouvons-nous quand même compter sur les armées du grand khan en cas de guerre dans les Franges ?

Le félin étira ses babines en un sourire féroce.

— Nous avons un ennemi commun, certes, mais je suis ici pour discuter, pas promettre. Je vous avoue qu'il nous pèserait de lutter aux côtés de vos méprisables lupins.

Les deux guerriers de Muirenn se raidirent sous l'insulte. La reine-sorcière les calma d'un regard.

Intérieurement, elle était soulagée. Les félins du grand khan étaient parmi les êtres les plus protectionnistes des Franges féeriques. Maerlar avait fait l'erreur de se les aliéner. Si elle convainquait Atèshe de voir la sagesse d'une alliance, le Haut Roi allait payer le prix de sa folie. Cependant, sans leurs chamans, la seule armée des hommes-félins ne suffirait pas.

Elle reprit sa place au milieu du tertre. Atèshe redescendit.

— Et maintenant, dit-elle, j'aimerais savoir ce qu'il se passe dans le nord de l'île. Que deviennent Galabréà et Esther Agliath ? Les armées de la Marche brànne ont-elles envahi ces territoires ? Est-ce pour cela que les grandes cités n'ont envoyé aucune troupe vers le sud pour aider les Radléàrhes et les Yorthres ?

Avaril se tiraillа la moustache, nerveux :

— Nous n'avons que des rapports partiels, grommela-t-il. Depuis le début de la crise de la Mort Blanche, des dizaines, voire des centaines de mes sujets ont succombé à cet horrible fléau de par l'utilisation qu'ils ont faite de leurs fluides féeriques. J'ai émis un avertissement sur le territoire des Communautés, mais il était déjà trop tard pour beaucoup. J'ai envoyé des messagers et des limiers dans le Nord pour solliciter l'aide des mages du concile ou les druides de la Forêt aux Sorciers, voire des grands bois de Norderaithe. Aucun n'est revenu. Finalement, des marchands et des réfugiés des campagnes et des forêts alentour qui ont pu échapper du Nord ont fait état de prises de cités et de charniers, à cause du fléau. Des rumeurs parlent de troupes mercenaires du continent qui se livrent à d'abominables exactions, de magiciens qui se sont donnés à l'Anti-Vie et sont devenus des monstres sans âme, assoiffés de pouvoir, qui n'ont pas à craindre la maladie. Puis votre demande d'assemblée des Franges m'est parvenue, et nous sommes là ce soir, même si je suis surpris que la reine-sorcière elle-même, qui a abandonné les Franges il y a longtemps de cela, revienne ainsi, alors que l'île est en crise.

— Seigneur Avaril, répliqua Muirenn, je viens de perdre mon unique enfant, ma fille chérie. Je la croyais promise à une destinée hors du commun, mais les dieux ont jeté à bas mon orgueil : elle a été tuée alors qu'elle affrontait Endrew Jaurgrynn. Assassinée par un artifice de Maerlar Ravanaï. Je viens me mettre au service des Franges féeriques, Franges qui m'ont chassée il y a une éternité pour m'enfermer dans un exil lointain. Je reviens pour me venger, je reviens pour vous apporter mon aide contre la Mort Blanche, je reviens pour frapper Maerlar

Ravanaï, je reviens car les Franges ne peuvent pas se passer d'alliés, quels qu'ils soient. Parce que les magiciens meurent, parce que les druides meurent, parce que finalement nous mourrons tous si nous sommes isolés les uns des autres, vous avez besoin de moi.

L'assemblée émit des commentaires à voix basse. La grande Fée Noire reprit soudain la parole :

— Soyons pragmatiques : la vengeance n'apporte que des sentiments irresponsables et irrationnels. Que proposez-vous que nous fassions pour nous opposer aux armées ennemies ? Nous autres Fées Noires avons des sentiments mitigés quant à une alliance avec les trolls et les provinces animales : nos compatriotes portent encore les séquelles du massacre de Larion et des divers conflits qui se sont ensuivis.

— Apportez-nous le sentiment de votre souveraine, dans ce cas, lui dit Muirenn d'un ton sec. Et non le vôtre.

— C'est plus délicat qu'il n'y paraît. La situation politique à Aydhin, la cité éternelle, s'enlise dans une guerre civile larvée entre plusieurs partis politiques. Et chacun y va de son avis. Il faut que j'apporte au conseil royal des faits et des projets précis pour qu'il prenne une décision.

Les trolls s'esclaffèrent.

— Voilà bien la mesquinerie des Fées Noires, postillonna Ephrem. Nous nous débrouillerons sans vous, bande de sangsues au sang sombre.

— Chacun a le droit de s'exprimer dans cette réunion, seigneur troll. Veuillez laisser…

— Aourhegan Veniryon, compléta la Fée Noire.

— Veuillez laisser demoiselle Veniryon finir ce qu'elle a à dire.

— Je vous remercie, Votre Majesté.

Une cavalcade se rapprocha. Griffes et mains se posèrent sur les pommeaux et crosses des armes. Un officier lupin déboucha d'un chemin bordé de saules, monté sur sa licorne noire, mousquet en bandoulière. Il sauta à terre et franchit la limite des pierres levées.

— Ma reine, dit-il après s'être agenouillé près de Muirenn, un humain à cheval s'est approché d'une de nos patrouilles. Il demande à vous parler et affirme qu'il a un présent pour vous.

— C'est grotesque, s'écria Ephrem. Un assassin payé pour vous tuer, Muirenn. Faites-le exécuter et qu'on amène ce qu'il vous destinait, si c'est la vérité.

— Je le ferai s'il le faut. Pour le moment, officier, faites-le venir, et désarmez-le.

Les trolls échangèrent avec les félins d'Atèshe des regards méfiants.

La Fée Noire Aourhegan, de son côté, plissa les yeux : un humain aux cheveux roux était escorté dans le cercle de pierre par quatre lupins. Habillé d'une simple chemise souillée de transpiration, d'un gilet clair et de braies de monte, il avait passé sur ses épaules une épée courbe, assez longue, enveloppée dans un linge noir.

Elle décida de s'approcher. Se tournant vers son collègue, elle allait lui dire de la suivre lorsqu'elle se rendit compte qu'il avait disparu. La vibration d'un sortilège ébranlait l'air à côté d'elle.

Qu'est-ce encore que cela ? se dit-elle.

Elle se tourna pour donner l'alarme quand elle reçut un coup sur la nuque. Elle perdit conscience.

Muirenn descendit à la rencontre de l'homme. Tous les regards étaient fixés sur lui. Atèshe se mit en travers du chemin de Muirenn.

— Permettez que je vous protège, Votre Majesté.

— Je peux me débrouiller seule si besoin est.

Le félin sortit néanmoins son sabre du fourreau et se planta à droite de la reine-sorcière. Le seigneur Avaril se rapprocha avec ses changelins. Ephrem et ses trolls n'étaient pas loin non plus. Muirenn se sentit reconnaissante de cette soudaine inquiétude.

L'homme s'approcha. Impressionné par l'assemblée de créatures des Franges féeriques, il trouva assez de courage pour dire :

— Votre... Majesté, je vous retrouve enfin... J'ai quelque chose pour vous de la part du seigneur Donnely, mon oncle... Il m'a dit que cela vous revenait de droit, maintenant que Deirdre est morte.

— Padraigh Radléàrhe, s'étonna Muirenn. Vous êtes bien le dernier que je m'attendais à voir ici. Avant que le duel entre Endrew et Deirdre ne commence, vous étiez le seul à vouloir la victoire de ce bâtard.

— Je... je... bégaya le jeune homme, je... ne voulais pas qu'il tue Deirdre. Je... pensais juste que l'Orlandie avait besoin d'un maître fort, qui lui... ferait emprunter un chemin de progrès.

— Vous avez changé d'avis ?

— Il se passe de terribles choses à la cour d'Endrew depuis que vous êtes partie, Muirenn Orlagh. De terribles choses. J'ai eu tort de soutenir Endrew, qui n'est plus que l'ombre d'un humain... Alors mon oncle et moi avons décidé d'aider les Franges par tous les moyens... Quitte...

Il avait cessé de bégayer.

— Quitte à ce que vous repreniez le flambeau là où Deirdre l'avait laissé.

Il détacha l'arme qui se trouvait dans le linge noir, s'agenouilla et le posa au sol devant Muirenn. Celle-ci défit les nœuds et rubans couverts d'écriture runique, tressaillant à ce toucher : sur le moment, elle mit cela sur le compte de ses émotions.

SaerAnà, le sabre d'Anàghy, la souveraine ancêtre de Muirenn, apparut à la vue de tous.

— Je reconnais un des sabres forgés par les maîtres de Larion, fit Atèshe, abasourdi.

Muirenn s'accroupit, approcha la main de l'arme millénaire. La garde luit légèrement.

— Alerte ! lança un des lupins.

Il pointait le doigt vers la forme prostrée d'Aourhegan Veniryon.

— Le ciel ! s'exclama Ephrem.

Les nuages s'ouvrirent en un immense iris, une gueule béante, un néant qui vomit un torrent d'oiseaux par centaines, par milliers : des cris aigus insoutenables déchirèrent la nuit. La spirale mortelle se précipita vers le cercle de pierre. Tous se crurent perdus. Rien ne pouvait résister à une telle puissance : c'était comme vouloir s'opposer à l'eau d'un barrage qui cède. La moitié des lupins et des changelins avait succombé, déchiquetés, écrasés, emportés par la fureur des becs, des serres, des griffes et du simple poids des volatiles mortels avant que Muirenn ne referme la main sur la garde de SaerAnà.

Elle tira l'arme du fourreau, sentant l'immense pouvoir de ses runes l'envahir. Elle planta la lame courbe en terre alors que le raz-de-marée avien était presque sur elle.

— Déesse-Mère, rase la corruption, assainis ton air et ton sol !

Alors que des dizaines d'oiseaux sentant la charogne et l'Anti-Vie l'attaquaient et la lacéraient de leurs serres, les dolmens se mirent à briller.

Une immense explosion retentit. Un dôme de lumière vert et doré s'éleva à plus de cent pieds de hauteur au-dessus du tertre. La spirale des oiseaux corrompus fut désintégrée par la puissance des pierres sacrées.

Muirenn rouvrit les yeux. Elle avait l'impression qu'un troll forgeron frappait son crâne avec un marteau géant. Son corps n'était qu'une immense plaie. Il fallait qu'elle se transforme. Pour guérir.

Trop fatiguée… Et la Mort Blanche veillait toujours.

Au loin, des grognements de troll, des feulements furieux de félins. Au moins, certains étaient encore vivants.

Le visage d'Aourhegan, la Fée Noire, entra dans son champ de vision.

— Je suis désolée, lui dit-elle. Tellement désolée.

La reine-sorcière voulut lui demander pourquoi, mais elle retomba dans une inconscience bienvenue.

2

Ferhian pataugeait dans le Marais Glauque depuis des heures.

Où donc avait disparu le soleil ? Ou était-ce la nuit ? Difficile à deviner.

Chacun de ses pas provoquait un bruit de succion. L'eau se mouvait autour de lui comme une gelée puante. À ses côtés avançait son jeune fils, Nari. Celui-ci avait toutes les peines du monde à le suivre, mais il le fallait : les poursuivants n'étaient pas loin.

Nari ? Ferhian ne se souvenait plus de l'avoir emmené avec lui. N'avait-il pas, d'ailleurs, été assassiné par son frère cadet ? Avait-il vraiment un fils ? Que se passait-il ?

« Non, lui dit sa conscience, tu ne rêves pas. Les cauchemars de ton malheur ont disparu. Tout est vrai, et tu dois suivre ton instinct, il faut sauver ton fils des griffes de tes ennemis. »

Ferhian hocha la tête. Cela tombait sous le sens.

Mais pourquoi le puissant troll avait-il l'impression d'être perdu dans un labyrinthe ? Et cette horrible migraine ?

« Ce n'est que la sensation terrible d'avoir été trahi, Ferhian, le rassura sa conscience. Reprends confiance, car ton fils a besoin de toi. »

Après ce qui leur sembla une éternité à rester immergés mousquets en l'air dans un cours d'eau, ils montèrent sur une île recouverte de genévriers et de saules pleureurs. Les buissons d'épineux leur offrirent un abri temporaire. Nari, épuisé, ne disait rien, mais serrait ses armes contre lui.

Les coassements des crapauds s'élevèrent à nouveau. Sur l'île, des vrombissements proches indiquaient la présence de guêpes géantes venues collecter les sucs des sureaux.

— Pourquoi nous poursuivent-ils ? finit par demander Nari, avec ce zézaiement indigné que Ferhian aimait tant.

— Nous en avons trop vu.

— Ces magiciens ont réellement peur que nous dévoilions leurs secrets ? Nous sommes neutres, nous autres trolls. Ils peuvent bien faire ce qu'ils veulent, nous n'en avons cure. Et tu les connaissais, ne peuvent-ils te faire confiance ?

— Les secrets des mages doivent le rester. Les amis ne comptent plus quand les magiciens veulent garder pour eux ce qui fait leur puissance. Repose-toi pour le moment. Les marécages sont notre domaine. Mange un morceau et bois. Nous repartirons dans un petit moment.

Il défit la sangle de son mousquet et vérifia que les runes à poudre étaient chargées. Pendant que son fils se sustentait, Ferhian fit un tour d'horizon : ils se trouvaient sur la couronne extérieure d'une île rocheuse. Plus en hauteur, des excroissances de pierre noire et luisante reflétaient la lumière de chaux vive, que les brumes atténuaient. Le troll cligna des yeux. Avait-il eu la berlue, ou l'un de ces promontoires avait-il bougé ?

— Père, je crois qu'on nous observe, s'inquiéta Nari.

— Oui, moi aussi, mais le Marais Glauque est ainsi. Tu devrais y être habitué, depuis le temps. Cependant, je le connais bien, et je n'ai aucun souvenir de cette île étrange. Il en irradie comme une aura ancienne et perdue.

— Ne restons pas là.

— Les trolls sont de grands découvreurs, mon fils.

— Nous sommes poursuivis, aussi.

— Allons, un peu d'optimisme. En ce moment, ils essaient de se sortir des pièges du marais, ou bien les Bonnets-Noirs que nous avons évités plus tôt leur en font voir de toutes les couleurs.

Nari soupira.

— Comme tu l'entends, père. Tu es le chef. Toujours.

— Et tu ferais mieux de te le répéter à chaque jour qui passe. Viens, montons.

Un cri venant des étendues brumeuses du marais les figea. L'ombre d'un aigle géant battit des ailes au-dessus d'eux, puis disparut vers le nord.

— Qu'était-ce ? s'inquiéta Nari.

Ferhian empoigna son mousquet.

— Sean. Il nous a retrouvés. Je pensais qu'il ne pouvait pas user de sa magie métamorphe à cause de la Mort Blanche !

« C'est parce qu'il s'est laissé corrompre, dit la voix de la conscience de Ferhian. Tu as eu raison de t'enfuir avant qu'ils ne te corrompent aussi, ainsi que ton fils. »

— C'est vrai, ils ont trahi tout ce en quoi nous croyions.

Nari ouvrit des yeux ronds.

— Que dis-tu ?

— Ne te préoccupe pas de cela. Montons nous mettre à l'abri.

Déjà, venant des berges sud de l'île, des lézards de chasse blatéraient. Une voix féminine qu'il connaissait bien les exhortait.

Une douleur soudaine assaillit Ferhian à la tempe droite. Il leva la main, toucha l'endroit qui le lançait. Il sentit un liquide poisseux.

— Père, que t'arrive-t-il ? On dirait que tu saignes. Et la plaie… elle ne se referme pas.

— C'est impossible. Je suis un troll. Je régénère. Je suis invincible.

Le crâne vrillé par la douleur, il regardait avec incrédulité ce sang qui teintait de noir ses doigts puissants.

« Oublie cet ichor, la douleur passera. Grimpe cette pente et entre dans ces ruines, lui sussura sa conscience. Tu fais ce qu'il faut, comme un vrai seigneur de guerre. N'oublie pas de qui tu descends, Ferhian. »

Celui-ci et son fils se frayèrent un chemin à travers les buissons de genévriers et les taillis de sureaux, le souffle court, le regard à l'affût du moindre ennemi. Les blatères des lézards se rapprochaient de plus en plus.

Mais pourquoi montaient-ils cette pente aux gravats dispersés ? N'était-ce pas dangereux de passer en terrain découvert ? Ils débouchèrent sur une grande place abandonnée. Un palais en ruines se dressait devant eux, au sommet plus évasé que la base, des escaliers défiant les lois de la gravité flottaient autour, et d'énormes morceaux de roc rouge étaient suspendus dans les airs. Les racines de monstrueux sureaux à l'écorce grumeleuse avaient fait sauter le pavement. Une odeur enivrante de sève planait sur le lieu, accompagnée de la puanteur des siècles.

— Père, ils arrivent !

Un aigle géant déboucha du ciel brumeux et poussa un terrible cri de guerre. Il rasa le sol, plana vers eux, sans doute dans l'espoir de les renverser. Ferhian leva son mousquet, arma le chien et fit feu. Nari fit de même. Les détonations s'accompagnèrent d'un panache de fumée grise. L'oiseau monstrueux vira soudainement, disparaissant derrière les murs en ruines du palais. Ferhian avait vu une tache rouge s'épanouir sur son gosier blanc. Qu'avait-il fait ? Il venait de tirer sur Sean, son ami !

— Dans le palais ! cria Ferhian.

— Trop tard !

Des Bonnets-Noirs, le corps grêle mais noueux et la tête difforme, chauve, montés sur des lézards rouges, arrivaient de tous côtés. Armés de longues lances terminées par des pointes d'os enchanté, ils se rapprochaient pour l'hallali.

— Ils sont aussi vénaux que ceux de ton peuple ! lança une voix familière depuis les frondaisons proches. Il suffit de leur promettre les os de vos carcasses, et ils chasseraient même leurs propres géniteurs !

Tout en détachant sa masse d'armes de son baudrier, Ferhian se tourna lentement vers ce qui avait été autrefois l'entrée de la place, une avenue bordée d'arbres au feuillage sombre. Une jeune fille aux cheveux blancs vêtue d'une robe d'un bleu uni marchait vers lui. Son visage était barré d'une cicatrice purulente d'où de gros asticots sortaient pour aller se perdre dans son abondante chevelure. Elle tenait en laisse une jolie salamandre aux écailles gris-blanc qui allait et venait sur ses épaules. L'aigle blessé se posa derrière elle dans de grands tourbillons de vent poussiéreux et se transforma en jeune homme brun, habillé de cuir noir. Derrière eux, une demi-douzaine de trolls approchait, armés d'arbalètes lourdes ou de mousquets. À leurs côtés, Ferhian reconnut Parshah, la féline, qui avait sorti son long sabre recourbé, et Ijane, coiffée de son tricorne : elle brandissait un bâton de bois aux embouts runiques qui scintillaient dans les brumes.

— Tu es fini, Ferhian, dit la jeune fille d'un ton autoritaire. Rends-toi à la raison et évite un combat inutile. Tu ne voudrais pas que ton fils meure, n'est-ce pas ?

— Comment oses-tu me parler ainsi, Arline ? Nous avons combattu ensemble les instigateurs de la Mort Blanche et tu t'es laissé séduire par leur appel.

— Il n'y a pas de résistance à opposer à l'entropie, répliqua la jeune magicienne en caressant la salamandre avec des doigts couverts de croûtes blanchâtres. Elle nous prend tous à la gorge et nous étouffe. Rien ne dure, rien ne reste, la transformation est le seul espoir offert aux pauvres marionnettes que nous sommes.

— Tu parles comme une fanatique des Pays de Vernes, gronda le troll. Comment est-ce arrivé ? Où est donc passée l'Arline qui se réclamait de l'amitié, de la compassion, de l'amour de son art, de la joie de vivre et du respect inhérent à tout être civilisé ?

— Maerlar Ravanaï m'a ouvert les yeux sur la folie de vouloir résister à l'impermanence. Tu devrais faire de même, Ferhian.

— Parshah ! gronda le troll. Pourquoi la laisses-tu faire ? Dame Ijane, vous m'avez semblé toujours logique malgré votre arrogance, faites qu'elle soit purgée de cette corruption.

Les deux interpellées ne répondirent pas. Leurs silhouettes n'étaient plus que des ombres dans la brume.

— Il est inutile de parler ici à qui que ce soit, Ferhian. Je suis la seule à commander, ils sont tous mes marionnettes.

— Ainsi ta vraie nature se révèle. La même qui court dans les veines de ta mère.

— Tu ne sais rien de ma mère et de mon père. Laisse-les loin de cet endroit, à pourrir dans leurs fausses croyances. Ce ne sont que des humains faibles, des amas de chair, de muscles et d'os prêts à être dissous dans le multivers.

Sean s'empara d'une arbalète que lui tendait un des trolls derrière lui et la pointa vers Nari. Celui-ci se mit dos à dos avec son père. Les Bonnets-Noirs refermèrent leur cercle de mort, lances en avant. Ils ricanaient. Leurs lézards grondèrent.

— Rends-toi à nous, deviens un des fils préférés de notre maître, Macrlar Ravanaï. Ce n'est qu'une question de temps avant que la Mort Blanche ne tue toutes les créatures féeriques qui ne sont pas trolles, tous les mages des Franges et d'Orlandie qui ne se sont pas baignés dans sa sombre magnificence, et qu'il prenne enfin le pouvoir de cette île rongée par l'inefficacité et le laxisme.

Ferhian fronça les sourcils. Tant de questions virevoltaient dans sa tête : n'avait-elle pas raison ? Valait-il la peine de combattre ? Nari, à côté de lui, était perplexe, aussi.

La salamandre ronronnait sur l'épaule d'Arline. Le troll sentit que son crâne allait exploser. Puis l'animal bougea, et son mouvement écarta des mèches de la jeune magicienne. Ferhian aperçut une tache sur sa peau. Couleur onyx et rouge, elle évoquait un dragon aux ailes déployées qui se dissimula vivement derrière l'oreille d'Arline.

Ferhian soudain s'arqua sur ses jambes et leva haut sa masse.

— Je ne sais pas qui tu es, petite, mais tu n'es pas Arline.

Cette phrase, prononcée avec un ton méprisant, figea l'espace et le temps. Les brumes s'immobilisèrent. Ferhian ressentit ce silence et cette immobilité comme un coup de massue. Il vacilla, puis reprit son équilibre. Nari, à côté de lui, perdait de sa substance.

Bien sûr, se dit Ferhian. *Comment ai-je pu être aussi stupide ? Je n'ai jamais eu de fils. Je n'ai fait qu'en rêver.*

— La folie te fait prononcer des insanités, troll ! fit la jeune magicienne.

— Je ne crois pas, gronda le troll.

Il chargea Arline en hurlant.

3

— Malepeste, foutre et malemort, que les grands dragons le dévorent !

Edjer-Verian se rejeta en arrière. Le minuscule éclat de saphir noir incrusté dans son crâne bourdonnait. Il rugit de frustration et faillit perdre le contrôle de sa forme d'homme-lézard. Le sorcier au masque de rat cornu sursauta derrière le pupitre de contrôle runique.

— Vous êtes vraiment obligé de parler en vers ?

Le Dragon des Brumes secoua ses grandes ailes membraneuses. Le mouvement provoqua un tourbillon d'air dans l'immense salle inclinée. Des panneaux surchargés de runes s'illuminèrent, des petits éclairs coururent le long des arches titanesques jusqu'au plafond en ogive, où un pendule supportant huit roues crantées se balançait.

L'atmosphère, saturée de l'odeur d'ozone et du métal porté au rouge, fit plisser le museau d'Edjer-Verian. Son regard de néant suivit les câblages suintants jusqu'à la table où reposait, nu, le troll Ferhian. Celui-ci était en mauvais état : sa régénération naturelle n'avait pas encore pu compenser la perte d'épiderme extérieur et certains de ses muscles étaient à vif. Sa charpente massive donnait l'impression de s'être recroquevillée. De longues tiges de fer qui prolongeaient les câbles étaient plantées dans ses membres, son torse et sur son crâne. Parfois, un serpentin de foudre l'atteignait et il sursautait, le regard fixé sur le vide.

Derrière cet autel, depuis son pupitre où dansaient mille lumières, runes, sigles et équations, le sorcier au masque de rat cornu continuait de vérifier ses données.

— Je ne comprends pas ce qu'il s'est passé, dit-il de sa voix plaintive. Vous le teniez à votre merci.

Edjer-Verian n'avait pas besoin de comprendre. Il se transforma en brume, coula sur le sol et vint se reformer près du sorcier. Le sol trembla lorsqu'il parla à nouveau :

— C'est la simplicité même, Rhiord. Je vous avais dit de gommer mon aura draconique, mais vous l'avez laissée transparaître. Et le comportement du troll avec son fils m'a semblé superficiel, peu crédible.

Rhiord ôta son masque de rat en métal argenté, révélant un visage allongé, grave, marqué par la fatigue. Il n'avait plus un cheveu sur le crâne. Ses yeux caves brûlaient d'une fièvre vert émeraude. Il grogna, indiqua les symboles alignés en rangs serrés :

— L'appareil des Prêtres-Mages n'injecte rien dans l'esprit du sujet, Seigneur Dragon. Maerlar et moi avions déterminé qu'il ne fait que créer des fantasmes à partir du conscient et des souvenirs dans l'univers onirique lancé par le Nœud de magie artificiel.

Le magicien s'assit sur un banc de pierre qui cerclait le piédestal. Il défroissa sa longue tunique grise aux liserés rouges.

— Certes, grogna Edjer-Verian. J'allais vous demander quand nous pourrons effectuer une autre intrusion. J'aimerais en finir le plus vite possible.

L'autre ouvrit un bloc relié, assez épais, de papier jauni couvert de notes, de schémas et d'équations. Il eut un geste vague.

— Une journée pour réenchanter tous les paramètres ondilignes. Puis une journée pour calibrer les chambres d'éther pour un nouveau drain dans le Nœud artificiel.

Rhiord toussa. Un ver gras fut éjecté de sa bouche et rampa sur le sol. Rhiord l'attrapa et l'avala à nouveau.

— Le délai est inacceptable, déclara le Dragon des Brumes. Mais je m'incline devant la fatalité d'un monde d'enchantements, de mécanismes, de fluides et de calculs auxquels je n'entends rien. Et pourquoi s'en faire pour un troll parmi tant d'autres ?

L'autre releva les yeux de ses notes, le regard intrigué.

— Vous n'avez donc pas saisi l'importance des trolls du Marais Glauque ?

— J'avoue que non.

— Ce sont les seuls êtres féeriques des Franges à ne pas contracter la Mort Blanche. Et Maerlar a essayé de les corrompre avec les moyens dont il dispose, il n'a jamais réussi.

— Pourquoi ne les extermine-t-il pas, dans ce cas ?

— Je n'en sais rien. Maerlar les… comment dire… les apprécie d'une manière qu'il ne m'est pas possible de décrire.

Le regard de cendre du dragon se posa à nouveau sur le troll.

— Je comprends. Maerlar veut que Ferhian lui jure allégeance de son propre chef. C'est l'héritier des clans du Marais Glauque et une armée de ces créatures serait un avantage terrifiant : ils pourraient se déplacer dans les territoires affaiblis par la Mort Blanche, rien ne leur résisterait.

— Sans compter leur résistance au minerai des Nœuds de magie, le terraverre…

Edjer-Verian rumina cette information, puis se tourna vers Rhiord.

— Nous nous y prenons mal. Le scénario onirique que vous avez composé ne sert à rien. Il ne faut pas transformer ses amis, ni même ajouter des personnages fictifs. Il faut procéder autrement pour qu'il tombe dans les rets de notre seigneur. J'ai cru comprendre qu'il servait Bonisal O'Kree avec ses deux apprentis, Arline et Sean ?

L'autre compulsa ses notes.

— C'est exact.

— Très bien. Alors notez à présent ce que je vais vous dire, Rhiord. Et dans deux jours nous livrerons à Maerlar un Ferhian prêt à se battre pour lui de son plein gré, le cœur en furie et l'âme déchirée par la trahison.

Rhiord écouta le plan du Dragon des Brumes et le trouva excellent. Puis Edjer-Verian, lassé de voir le magicien enchanter ses pupitres, se transforma en brume, sortit par les grands escaliers en colonnade du temple antique et jaillit au centre des ruines à moitié englouties par la vase et l'eau. Puis il prit forme draconique, déployant ses ailes démesurées.

Il chercha un nid de Bonnets-Noirs, en trouva un, le détruisit et engloutit les âmes des créatures féeriques.

Laissant les corps distordus, à moitié dissous, fumants sur les rochers rongés par l'acide.

4

Assise à côté de la forme prostrée et inconsciente d'Arline dans un vestibule poussiéreux, Ijane comptait ce qu'il leur restait du cataclysme : leurs vêtements, dont le manteau runique de la Yaxchilane, le cube d'absorption, d'analyse et de communication, deux pistolets, l'arbalète de la jeune magicienne et la besace qui, heureusement, contenait les doses de bactrane enchantée contre la Mort Blanche.

— Tout cela n'est pas très brillant, marmonna-t-elle, mais on peut dire que nous nous en sommes tirées à bon compte.

Elle caressa les cheveux crasseux d'Arline de sa main gantée de noir.

— Tu n'as pas lâché le cube et ce morceau de saphir noir, petite magicienne délicate. Si tu n'avais pas porté de protections, ils se seraient incrustés dans ta chair. J'ai bien cru que nous allions finir rôties comme deux vulgaires poulardes au sein du brasier ondiligne, tu sais.

Pas de réponse d'Arline. Celle-ci toussa dans son sommeil. Ijane regarda les yeux cernés de la jeune fille, puis examina ses poignets : il faudrait prendre le remède bientôt, car les veinules marmoréennes recommençaient à progresser à grande vitesse. Les mains fines d'Arline tremblaient : le signe du manque, déjà.

Au-delà de la légère vibration, Ijane perçut un bruit: quelque chose de métallique était tombé au sein du labyrinthe de couloir, d'ateliers et de remises qui s'ouvraient vers l'intérieur de la montagne. Elle dégaina sa rapière, plissa les yeux et alla se poster à l'arche d'entrée. Un vieux rideau de velours défraîchi en fermait l'accès. L'ancienne porte en acier reposait sur le sol, sortie de ses gonds. Ijane n'avait pas pris la peine d'analyser le lieu, ce n'était guère important. La nécromancienne jeta un œil vers les embranchements. La lumière émeraude et ocre du Nœud de magie venait du couloir de droite, où se trouvait le balcon providentiel qui les avait sauvées, Arline et elle. Elle éclairait une salle ronde creusée à même la roche. Le bruit était venu d'en face, de l'un des corridors.

Ijane se glissa hors du vestibule, entra dans la rotonde et se mit à couvert derrière les pupitres runiques surélevés dressés au centre. Le métal racla encore les dalles un peu plus loin. Une lumière mouvante projetait des ombres vacillantes sur les murs. Quelqu'un grommelait dans un langage que la nécromancienne avait déjà entendu.

Puis finalement elle prononça deux syllabes: son manteau enchanté la camoufla, elle et son tricorne. Elle ressentit le frisson de la Mort Blanche qui essayait de vaincre le remède. Son crâne l'élançait. Elle s'efforça de rester lucide. La main sur sa rapière, elle se prépara à bondir.

Un Derylite en cuirasse ornementée pénétra dans la pièce. Ijane reconnut Rigori. Il brandissait une lanterne à naphte faiblissante. Une blessure balafrait son visage et son œil lacéré purulait. On voyait l'os de sa pommette à travers la chair. Sa hache traînait sur le sol.

Ijane annula son camouflage, sortit de l'ombre et rengaina sa rapière, les mains levées. Rigori sursauta:

— Un pas de plus, créature impie, et je te tranche en deux !

— Messire Rigori, vous ne voudriez pas que je sois dédoublée, voyons.

— Dame Ijane ! Je vous croyais morte…

Il plissa son œil valide. Sa voix devint un chuchotement rauque.

— Peut-être… que nous le sommes tous. Que vous n'êtes qu'un fantôme.

La magicienne sourit sous son tricorne. Rigori s'écroula, Ijane le retint.

— Vous avez perdu beaucoup de sang dans le combat contre l'horlomage corrompu et votre blessure est grave, elle s'est infectée.

— Vous êtes la seule… la seule survivante ?

Non, Arline est avec moi. L'ouverture du Nœud est bouchée par l'éboulement que le dragon a provoqué. Vous avez des nouvelles des autres ?

Rigori allait répondre, mais il tourna de l'œil.

Rigori contempla Arline qui dormait sur le banc de pierre.

— Comment avez-vous fait pour échapper à la chute mortelle ? demanda-t-il en dévorant un morceau de pain trempé avec l'eau de sa gourde.

Ijane avait profité de son évanouissement pour nettoyer la plaie suppurante. Un simple sortilège mineur avait fait bouillir l'eau nécessaire à la confection d'un cataplasme. Maintenu par un bandeau de cuir passablement propre, le soin empêchait le Derylite de mâcher convenablement.

Ijane, qui préparait la dose de bactrane pour Arline et elle sur une table qu'elle avait soigneusement nettoyée, répondit :

— Les turbulences.

— Pardon ?

— Les déplacements d'air du Nœud. J'ai prononcé les quatre syllabes d'un enchantement appelé *Le Puissant Zephyr Déstabilisant*. Je l'ai utilisé pour diriger les tourbillons aériens et m'envoyer sur la petite passerelle au bout de ce couloir. Puis j'ai subi le choc de la chute d'Arline. Heureusement, elle ne pèse pas trop lourd.

Elle montra son poignet et ses paumes à Rigori. Des traces de brûlure étaient nettement visibles.

— Et vous, chambellan ?

— J'ai échappé au feu de cette créature infernale en me jetant au sein d'un des puits de construction. J'ai juste eu le temps de rouler dans une des travées latérales. J'ai ensuite erré dans le labyrinthe des fonderies, trouvé deux voies parallèles de transport. Une direction s'enfonçait dans la montagne, vers le nord-est. L'autre donnait sur une immense porte d'accès circulaire, sans doute une de celles qui étaient scellées sur la gauche lorsque nous sommes arrivés aux hauts-fourneaux.

— Et ensuite ?

— Je n'allais pas m'engager dans une direction inconnue, aussi je suis retourné sur les quais de cette gare, je me suis enfoncé au cœur des ateliers souterrains et des anciens laboratoires de recherche. Je suis passé devant une grande salle, tout à l'heure, mais je n'ai pas pu y entrer : une herse solide en barre le chemin et je n'ai pas compris les runes sur les plaques d'ouverture.

Ijane touilla le remède dans deux petites tasses. Intéressée, elle demanda :

— Y avait-il quelque chose à l'intérieur qui a éveillé votre curiosité ?

— J'ai cru voir qu'une partie de cette salle avait été ensevelie : il y avait des berceaux et des formes oblongues ressemblant à des coques de navires, des pupitres ainsi qu'un certain nombre d'horlocréatures de métal, toutes inanimées. Des sphères de verre cerclées de plomb réparties un peu partout, aussi.

La voix d'Arline les surprit :

— Rigori… qu'est-il advenu de Sean et de Parshah ? De Ferhian ?

Ijane lui apporta une coupelle du remède, que la jeune magicienne considéra d'abord sans comprendre. Les mèches de ses cheveux blancs tombaient devant son visage, ses mains tremblaient de manière incontrôlable. Puis elle hocha la tête et but le tout en une gorgée. Aussitôt, ses tremblements s'apaisèrent.

— Alors ? Ferhian ? Sean et Parshah ? insista-t-elle.

Ijane se rendit compte qu'elle n'avait même pas posé la question à Rigori. Elle s'en voulut, l'espace d'un instant. Le chambellan posa son maigre repas et soupira :

— J'ai vu Sean et Parshah être brûlés vifs par le souffle acide du dragon. Littéralement consumés. Quant à Ferhian, il avait plongé à l'abri, comme moi. Le dragon s'est jeté sur lui, et j'ai juste eu le temps de me…

— Non, je ne vous crois pas ! l'interrompit Arline, horrifiée par ce qu'elle entendait.

— Je crains que… commença Rigori qui tendit la main pour la poser sur le bras de la jeune magicienne.

— Il n'y a rien que nous puissions faire pour eux, Arline, dit Ijane d'un ton qui se voulait doux et compréhensif. L'attaque a été foudroyante, ce dragon est sorti d'on ne sait où. Il ne leur a laissé aucune chance. Si nous sommes en vie, c'est par miracle.

— Taisez-vous ! s'énerva Arline. Vous n'en avez rien à foutre, nécromancienne de Yaxchilan ! Ce sont mes amis, et ils ne sont pas morts, vous m'entendez ? Ils ne sont pas morts !

Rigori détourna le regard. Ijane eut une expression agacée qui fit pâlir de rage Arline. Les mains serrées, elle se releva puis marcha vers l'entrée du vestibule. Elle hurla :

— S'ils sont morts, je vais les rejoindre ! Je ne mérite pas de vivre !

Elle se mit à courir vers la passerelle. Rigori était trop faible pour réagir. Ijane se précipita à sa suite.

— Arline, arrête, c'est le manque qui te fait réagir ainsi. Tu es plus rationnelle que cela !

Le couloir faisait moins de vingt toises. La jeune magicienne arriva avant Ijane sur la passerelle qui le finissait, une excroissance de pierre fermée par un garde-fou à hauteur de taille. Elle se retourna brusquement en brandissant le pistolet à deux coups de Sean vers la nécromancienne. Celle-ci s'arrêta net. Ijane entendit Rigori s'approcher.

Arline arma les deux chiens.

Derrière elle, la luminescence du Nœud de magie, ce lac souterrain de pure liquide éthérique, éclaboussait les rocs gigantesques qui bouchaient l'accès supérieur.

— Ne bougez pas, Ijane Férimiria de Yaxchilan, dit la jeune magicienne en s'asseyant sur le rebord de la passerelle. Ou je vous tire dessus avant de me jeter dans le vide !

— Et qu'est-ce que cela va changer, Arline ? lui répliqua la nécromancienne, dont le long manteau claquait dans les bourrasques. La mort frappe sans cesse. Ce n'est pas en ajoutant une autre victoire à son tableau de chasse que tu pourras lui montrer ta force !

Ijane fit lentement glisser son pied sur les dalles. Arline secoua le pistolet :

— Quel intérêt de continuer ? Nous ne sommes rien, des grains de poussière dans les projets du multivers ! À quoi sert de se battre ? Nos amis meurent, ils ont donné leur vie pour rien, pour rien ! Sean, Ferhian, Parshah... et Lorcan...

— Tu oublies aussi les hommes de Rigori, Arline, s'énerva Ijane. Eux aussi furent avalés par la grande dévoreuse ! Une guerre ne se mène pas sans perte, figure-toi. Et les généraux, les chefs d'État ne s'apitoient pas sur eux-mêmes, ne se tirent pas une balle dans la tête lorsqu'ils perdent une bataille !

Ijane pensa : *Ou si, peut-être, de temps en temps, bien sûr, quand ils n'ont pas le choix. Personne n'est parfait.*

Arline leva une jambe, s'appuya sur la rambarde, gardant toujours Ijane en ligne de mire. Elle se redressa et glissa lentement vers le bord du gouffre. La nécromancienne fulminait. Cette jeune imbécile avait dans sa poche de veste le saphir noir, primordial pour la purification des autres Nœuds de magie.

— Je m'en fiche, de vos guerres, continua Arline dont les larmes s'évaporaient aussi vite qu'elles naissaient dans le crépitement de chaleur et d'énergie. Je veux ma vie d'avant. L'insouciance des études chez Bonisal. Je veux mettre un terme à ce cauchemar qui m'étreint tout le jour, toutes les nuits ! Je veux mettre fin à cette mascarade ignoble qui vole peu à peu mon âme et la réduit en charpie !

Arline jeta un œil en arrière. Ijane en profita pour avancer d'un pas. Elle formula lentement, dans son esprit, les quatre syllabes instantanées pour jouer à nouveau avec les déplacements d'air. Mais aurait-elle le temps de les prononcer avant que la jeune fille ne finisse carbonisée ?

— Dis-toi quelque chose : tu es en vie. Je suis en vie. Rigori est en vie. Nous allons explorer un peu ces vieux hauts-fourneaux et leurs catacombes. J'ai besoin de toi pour résoudre toutes les énigmes que vont me poser les équations des Prêtres-Mages. Si tu te suicides, là, maintenant, tu nous condamnes, Rigori et moi.

Le chambellan s'avança aussi sur la passerelle, la hache sur l'épaule.

— Elle dit vrai, Arline von Crommlynk, approuva le Derylite. Sans vous, nous n'avons aucune chance de nous en sortir. Vous tuer maintenant rendra inutile le sacrifice des autres.

La jeune fille abaissa son arme, lentement. Elle tomba à genoux sur la rambarde. Vacilla, comme prête à perdre conscience, puis commença à glisser vers le Nœud de magie. Ijane fit un bond en avant, la rattrapa *in extremis* par la manche de sa veste. Rigori l'agrippa par l'autre bras.

Ils la tirèrent à l'abri sur le parapet. Inconsciemment, la jeune magicienne referma ses bras autour d'Ijane. Arline se mit à pleurer, de gros sanglots bruyants qui gênèrent la nécromancienne.

— Pourquoi… pourquoi… ne cessait-elle de répéter.

La Yaxchilane aurait été bien en peine de répondre.

Ou alors les réponses n'auraient pas plu à Arline. Rigori soupira. Ijane sentit que la jeune fille, épuisée par toutes ses épreuves, sombrait à nouveau dans l'inconscience.

5

— Ne faudrait-il pas attendre que la jeune folle se réveille ? demanda Rigori.

Ijane inspectait les divers panneaux runiques sur le côté gauche de la herse que Rigori avait découverte. Elle sourit poliment :

— Le temps nous manque. Il ne nous reste, à trois, qu'une gourde d'eau et quelques morceaux de viande séchée. Ah, voilà, je crois que j'ai trouvé quelque chose…

Rigori se rapprocha. Ijane sortit son cube de sa besace et l'approcha d'un terminal à deux sigles simples. Le terraverre encore présent dans l'instrument le fit scintiller. Ijane toucha quelques glyphes sur le cube et des lanières d'énergie couleur sang se formèrent. Elle les entortilla autour de son index et les mit en liaison avec les deux runes du terminal. Celles-ci s'activèrent : la triple spirale en angles de la première se surimposa et se mit à tourner vers la gauche. Le sol et les murs vibrèrent d'un mécanisme qui se mit en branle. La herse monta lentement dans son logement.

L'ouverture de la herse se répercuta dans la salle et les nombreux couloirs de l'embranchement, derrière eux. Des sphères se mirent à ronronner au plafond, diffusant une lumière vert clair.

— Par le Compas du Grand Ingénieur ! souffla Rigori, impressionné.

Ils éteignirent la lampe à naphte et entrèrent.

Un perron surélevé donnait par deux volées de marches dans l'enceinte de la pièce. Un réseau de passerelles de pierres cerclait aussi les murs.

Le grand hall comprenait cinq berceaux de construction placés sur des rails qui convergeaient, au fond du hangar, vers une gigantesque porte de sortie. Des piliers montaient jusqu'au plafond soutenu par des poutres de métal. Celles-ci supportaient des plates-formes et des grues de toutes tailles. Contre le mur droit, de nombreux postes d'assemblages comme ceux de la fonderie et de gigantesques établis supportaient le poids de longs fûts de métal runique. Quelques-uns, plus petits, abritaient ce qui ressemblait à des trônes ornementés hérissés de tubulures. À gauche, dans des alcôves, cinq grands golems d'un bleu acier fixaient le vide de leurs yeux de verre.

Ijane s'accouda au garde-fou du perron :

— Incroyable : regardez ces deux navires en construction sur les berceaux. Ils font bien dans les cent pieds de long.

— Dommage que les autres berceaux et le premier navire soient à moitié écrasés par l'affaissement du plafond.

Ijane étudia les dégâts en s'approchant des coques rivetées : une partie de la structure haute s'était effectivement écroulée, écrasant un des navires en construction dont la proue pointait vers le plafond.

La nécromancienne trouva un échafaudage sur le côté bâbord du navire intact, ou du moins la coque en chantier. Elle y grimpa rapidement tandis que Rigori surveillait les golems.

— Je ne sais pas ce que vous avez l'intention de faire, dame Ijane, mais faisons-le vite, j'ai comme la drôle impression que ces machines nous surveillent.

— Tout est inactif, chambellan, rien à craindre, s'exclama la nécromancienne en arrivant sur le pont – des lattes de frêne goudronnées et renforcées de cadres métalliques. Vous saviez que de tels chantiers existaient à Pyral ?

— Pas du tout, je vous l'avoue. Je ne sais pas si vous avez vu la taille des divers instruments, des plates-formes, on dirait presque que cet endroit a été conçu pour des créatures mesurant au moins une toise et demie, voire deux.

Ijane hocha la tête et s'approcha de ce qu'elle avait identifié comme une arme sur le gaillard d'avant, juste devant l'emplacement où aurait dû se trouver le mât de misaine. Posés comme une des tourelles du *Chimère Étoilée*, avec un seul canon en métal noir, un siège et une sphère piquée sur un axe, qui reliait le ventre du canon au piédestal en dessous, s'y trouvaient accolés. D'autres sigles couraient le long du fût : ils rappelaient les éléments du feu et celui de l'air. Elle sortit son cube à nouveau et joua avec deux runes : l'instrument se mit à fournir des chiffres et des pourcentages, puis un graphique assez précis de ce que la sphère renfermait.

— Par tous les *Daemoni* des Strates Inférieures… fit-elle, stupéfaite.

— Dame Ijane, je pense qu'il faudrait revenir ici avec la jeune Arline. Je n'aime pas les yeux morts de ces golems.

— Pas de panique, ils sont réellement désactivés. Sinon cela ferait longtemps qu'ils nous auraient réduites en bouillie.

— Cette explication ne me satisfait pas du tout.

Un autre pic de nombres fit tourner la tête d'Ijane vers la passerelle de commandement en cours de finition, sous le renfoncement de dunette qui s'élevait comme une tour de château. Elle y vit briller un reflet métallique rouge.

Elle longea le passavant, jeta un œil dans les entrailles du navire : d'autres canons comme celui de l'avant, mais beaucoup plus petits, avaient été installés sur des rails, en face de sabords. Mais ils ne possédaient pas de petites sphères : juste des culasses. Suffoquée, Ijane constata qu'une telle technomagie égalait et dépassait celle du *Chimère Étoilée* et de l'archipel de Yaxchilan. Les Léristérites cherchaient-elles aussi ces trésors, en plus des filons de terraverre renouvelés ? C'était bien possible. Ou pas, étant donné que le dragon avait enfoui ce secret sous des milliers de tonnes de roches.

— Dame Ijane ? Où en êtes-vous ?

— J'ai presque fini.

Elle entra sur la passerelle de commandement. Il s'y trouvait un vrai capharnaüm : barres de métal entassées, pupitres incomplets, enchantements en cours d'écriture partout sur les panneaux des postes de commande, sans mentionner la majeure partie manquante du plafond. Le regard de la nécromancienne se fixa sur le trône de métal rouge et noir poli au centre du pont. Il était parcouru d'inscriptions gravées dans sa surface métallique. Des spires ressemblant à des griffes jaillissaient de ses accoudoirs. Ijane vit qu'elles étaient truffées de runes d'irrigation et de transfert inversé. Un cercle de métal partait du haut du dossier, lui aussi gravé de centaines de formules en ormérite.

— Incroyable. Ce navire recèle bien des surprises. Mais il ne peut servir en l'état.

— Qu'est-ce que vous dites ? lança Rigori depuis le bas du berceau.

— Rien de pertinent.

Prise d'une envie irrationnelle d'expérimentation empirique, Ijane s'assit sur le trône. Les griffes se refermèrent sur ses bras, s'allongèrent et pénétrèrent son épiderme. Le diadème encercla son front et une terrible douleur lui vrilla le cerveau. Les runes du trône se mirent à luire. Un bourdonnement grimpa en puissance sous le navire. Le canon à l'avant du navire s'illumina de toutes ses runes. Ijane se sentit drainée.

Dans l'alcôve en face du navire, un des horloguerriers se détacha de ses entraves, les yeux emplis de l'éclat jaune doré de la vie. Des veines bleues et rouges se mirent à battre sur son corps de métal. Il se tourna vers Rigori et dit d'une voix métallique :

— Légion de commandement numéro 71D-908. Intrusion détectée. Mot de pouvoir à prononcer. Refus ou erreur : annihilation. Premier et dernier avertissement.

Il leva ses deux bras. Des fûts de canons en sortirent, accumulant de l'énergie.

— Dame Ijane, vous pensez que c'est bien le moment d'expérimenter ces nouveaux jouets ?

La nécromancienne haletait. Le navire essayait de lui soutirer sa vie et provoquait la progression rapide de la Mort Blanche dans son corps. Il fallait y mettre un terme rapidement. Trouver le moyen de contrôler, de renverser le processus.

— Annihilation ! prononça alors le golem.

Rigori épaula son tromblon. Mais il n'eut pas le temps de tirer : un carreau de foudre se planta dans le bras droit de l'horloguerrier. L'arme du golem explosa et il fut environné d'éclairs.

— Annihilation !

Il fit feu de son autre arme vers l'entrée, où Rigori aperçut la silhouette d'Arline qui se mettait à l'abri. Un long jet de flammes concentrées mêlé de foudre fonça vers la herse levée et frappa la muraille : une partie de celle-ci explosa et des morceaux de roc volèrent. Rigori fit feu de son tromblon à trois coups mais, comme il le pensait, ses plombs ne firent qu'érafler la structure métallique du golem. La créature se tourna à nouveau vers lui.

— Annihilation.

Ijane se concentra. Elle commençait à comprendre toute la structure des enchantements du trône. Il permettait de contrôler le navire, de le faire s'élever s'il le fallait, même d'utiliser la bouche à feu éthérique sur le gaillard d'avant. Elle ferma les yeux, se retrouva aussitôt au niveau du canon. Son mental calcula la position du golem activé. Rigori courait entre les deux navires, essayant de mettre des obstacles entre lui et le tir à venir.

— Annihilation, répéta l'horloguerrier.

— À ton service, grommela Ijane.

D'une impulsion mentale, elle ordonna au canon de faire feu.

Le trait de flammes et de foudre qui sortit de l'affût abaissé frappa le golem de plein fouet. Celui-ci fut propulsé contre le mur et pulvérisé.

Puis le navire s'effondra par le milieu. Dans un grincement de fin du monde, les poutres de métal de la cale sèche se brisèrent, une crevasse s'ouvrit sous le trône. Ijane s'enfonça avec le fauteuil dans les entrailles du bâtiment.

Rigori agita la main devant son visage pour chasser le nuage de poussière.

— Chambellan ? Dame Ijane ? criait Arline en descendant les escaliers vers le désastre.

— Je suis vivant ! répondit le Derylite.

Le nuage de particules se déposa lentement au sol : la jeune fille et Rigori virent la structure désagrégée du navire, le pont penché vers l'arrière et la dunette effondrée sur elle-même. Certaines poutres de soutènement avaient traversé la coque et ressortaient par les œuvres vives.

Ijane se trouvait là, au bout d'une de ces gigantesques poutres d'acier, accrochée par la capuche de son manteau enchanté. Le trône, renversé, gisait dans un tas de débris mêlant bois, métal et verre.

— Bon, je pense que vous m'avez assez vue gigoter comme un pantin, dit-elle d'une voix agacée.

Arline et Rigori éclatèrent de rire.

6

— Mais de qui se moque-t-on ici ? postillonna Ainrinth, seigneur de la Marche brànne. Nous voulons voir Endrew immédiatement !

Le chambellan du Haut Roi se carra dans le trône seigneurial du belvédère de Brashâal. Au-dessus de la table rectangulaire dressée pour le conseil de guerre, plusieurs visages courroucés le fixaient.

— Il suffit, messeigneurs et dames, gronda Lochlainn de sa voix qui, d'ordinaire, suffisait à ramener le calme.

Ainrinth se rassit, mécontent. Les présents murmurèrent entre eux : il y avait là bien sûr le seigneur des Brànnes dans son armure de mailles resplendissantes, mais aussi l'élégant Elrithian Marnor, maître des Marnorains, grand et sec, le regard fourbe, en chemise et vareuse de marine, la poitrine barrée de nombreuses distinctions orlandaises.

— Il est bel et bon de nous dire de nous calmer, sire Lochlainn, dit-il d'une voix onctueuse, mais tout cela ne nous assure pas de la santé du Haut Roi, dont nous savons juste qu'il a été emmené quelque part hors la ville.

Un concert de voix s'éleva, cria au scandale. Le chancelier s'empara de la sphère de bois destinée au président de la session du conseil et frappa sur un billot très usé placé là à cet effet, mais sans succès. Ce fut une autre source, à l'autre bout de la table, qui les rappela à l'ordre :

— Messieurs, lança Pélante Xériphée, le Haut Roi est entre les meilleures mains du monde : celles de nos chirurgiennes de marine à bord du *Thétys*. Nous n'usons d'autre chose que de la médecine impériale léristérite.

— Je ris, s'esclaffa Ainrinth en grattant ses écrouelles purulentes. Les Léristérites n'ont pas été capables de se débarrasser d'un seul navire de leurs ennemies. Il faudrait qu'on leur fasse confiance en ce qui concerne le bien-être de notre roi ?

— Sans compter que tout le monde n'est pas autour de cette table, je crois le remarquer, ajouta Elrithian.

— En effet, s'immisça Lochlainn un ton plus haut pour dominer le brouhaha des voix. Le seigneur Donnely a été mis en résidence surveillée sur mon ordre.

— Le roi y voit plus clair, s'enthousiasma Ainrinth. Les Marnorains, les Brànnes et les Jaurgrynns ont gagné le droit de s'approprier ses terres et ses gens.

— Afin que vous mettiez la main sur les mines d'or, les gisements de soufre et les vergers florissants de sa Marche ? demanda le général MacCermath, assis à gauche de Lochlainn. Ces terres et ces richesses reviennent de droit à la Couronne, comme toutes les vôtres.

Ainrinth et Elrithian furent debout avant la fin de la phrase. Leurs écuyers et conseillers, derrière eux, regardèrent nerveusement les gardes royaux.

— Le Haut Roi Endrew Jaurgrynn O'Finn, annonça un soldat situé sous les balcons intérieurs du belvédère.

La silhouette massive du jeune roi s'encadra dans l'entrée de la rotonde. Quatre de ses nouveaux gardes du corps d'élite, aux brassières couleur de sang, le suivaient.

Il portait une longue cape qui dissimulait son absence de bras gauche. Sur son large front était posée une couronne d'acier rehaussée de rubis ainsi que de gravures en argent. Ses pas résonnèrent dans la pièce du conseil et il dit d'une voix dure :

— Le seigneur Donnely est accusé de collusion avec l'ennemi, de haute trahison, et du vol de la relique Saer-Anà ! Son exécution est prévue pour demain matin à l'aube.

— Vous ne pouvez pas juger un… commença Elrithian, mais il se tut, se rendant compte de ce qu'il allait dire sans saluer son roi.

Ainrinth, MacCermath et Elrithian s'inclinèrent avec tout le respect dû à leur souverain. Les Léristérites, dont Nalidis et Tyrmon, firent de même tandis que les suivants et aides de camp des seigneurs posaient un genou à terre.

— Que tout le monde s'asseye, gronda Endrew.

Tyrmon, agent spécial aux ordres de Pélante, jeta un œil sur les gardes du corps du roi. L'un d'eux était une femme. Leur présence seule intimidait. Ils portaient un haut cimier à plumes rouge et or et une armure de mailles aux armes nouvelles de l'Orlandie : au-dessus des trois lions de gueule des Jaurgrynns, un aigle aux ailes déployées dont les serres reposaient sur un navire à voile stylisé. Leurs longues capes rouges balayaient le sol.

— Je déclare cette session du conseil royal officiellement ouverte, dit le roi, même s'il manque le seigneur jdarhène et le seigneur radléârhe. Pour commencer, je voulais rendre hommage tout d'abord à ma valeureuse adversaire, Deirdre Radléârhe O'Donnely, qui a su garder à l'esprit l'honneur et la vaillance orlandais.

Elle a combattu avec toute la force que lui a donnée son ancêtre par le majestueux sabre légendaire, SaerAnà. Mais elle a succombé à la force de la justice divine de Lug.

Certaines personnes présentes dans la pièce détournèrent les yeux : elles savaient que la vie d'Endrew n'avait tenu qu'à un petit enchantement de protection. Le reste pensait que la pointe de SaerAnà avait dérapé, détournée par les dieux eux-mêmes.

— Grâce soit rendue à Lug et à sa sagesse, et nous présentons à l'esprit immortel de Deirdre O'Donnely le moment de respect qu'il mérite, prononça sentencieusement Lochlainn, et tous s'inclinèrent, à part les Léristérites, pour rendre un dernier hommage à Deirdre.

Le roi frotta le col de son armure, suivit les chevrons d'or avec ses doigts puissants. Une longue éraflure s'étirait jusqu'à l'épaule. Il fit la grimace : sa blessure était presque refermée, grâce en soit rendue à la technomagie médicale des Léristérites et aux manigances de Maerlar, et il préférait garder hors de vue son moignon de bras.

Endrew avait dix-sept ans, mais il avait l'impression d'en avoir cinquante : il avait lui-même exécuté Gürvan le Yorthre, fait tuer son propre père, avait été possédé par l'esprit ancestral d'Agliath et vaincu celui d'Anàghy à travers Deirdre, alors qu'il aurait voulu que les choses se terminent autrement.

Deirdre, pourquoi as-tu cédé aux sirènes de l'impossible ? se lamenta Endrew intérieurement.

Il ne laissa rien paraître sur son visage couturé de cicatrices.

— Revenons à l'ordre du jour, dit Lochlainn. Votre Majesté, nous sommes heureux de voir que vous vous portez à merveille après votre épreuve. Aussi nous commencerons par nous concentrer sur le premier sujet préoccupant : la fuite de Padraigh Radléàrhe avec SaerAnà.

— Comment est-ce possible ? s'indigna Ainrinth.

— Après le duel et la panique qui a suivi la grave blessure du roi, le sabre a été laissé sans surveillance. Il a dû être emporté par le seigneur Donnely ou un de ses suivants. Le seigneur radléàrhe a émis un sauf-conduit royal contrefait pour son neveu qui lui a permis de passer tous les points de contrôle.

— Il connaissait aussi les gorges de la chaîne de montagnes à l'ouest de Shâal, ajouta le roi, et il a suivi le chemin des Licornes et de la reine-sorcière. Il est activement recherché. Le seigneur Donnely n'a rien nié et il a osé m'affirmer que la disparition de cette arme ne regardait en rien la nouvelle loyauté qu'il me devait. Foutaises ! Des éléments de son armée ont déserté et se sont réfugiés dans les montagnes et les forêts profondes de sa Marche, dans l'espoir de nuire à notre unité, mais je sais comment nous nous en occuperons : par la terreur, la menace et la solitude. Le général MacCermath a déjà le dossier entre les mains et déterminera quelles compagnies s'occuperont de ces insurgés. La flotte m'inquiète déjà plus…

Il se tourna vers le seigneur de Marnor. Un amiral marnorain donna une liasse de papiers à Elrithian :

— Le *Soleil* et une dizaine de bâtiments de guerre n'ont pas obéi aux ordres de reddition et de désarmement. Les guetteurs des côtes marnoraines les ont vus contourner le cap sud de conserve avec le *Chimère Étoilée*. D'après les rapports, ils auraient fait escale à Dûn Monaghan et ensuite, avec le *Dauphin* comme poisson-pilote, ils se dirigeraient vers – ou seraient peut-être déjà arrivés à – la ville baleinière de Dundalk.

— Fâcheux, remarqua le roi.

Il se tourna vers l'amiral O'Fyrr à côté de son ancien maître d'armes :

— Avons-nous assez de navires pour nous permettre de pourchasser, capturer et couler leur petite escadre ?

— Le sujet d'inquiétude serait davantage le *Chimère Étoilée* et son armement, en fait, Votre Majesté. Le *Soleil* aussi n'est pas à négliger. Si nos alliés léristérites veulent bien…

— Je vous arrête tout de suite, l'interrompit Pélante, qui se redressa dans son fauteuil. Le *Thétys* a été gravement endommagé à la dernière bataille, et il faudra compter un mois, voire deux au bas mot pour le réparer, car vous ne disposez pas ici des cales sèches idoines. Sur nos trois frégates, deux ont subi des dommages importants qui nécessiteront encore une petite semaine de réparation, il nous reste donc la *Vigilante*.

— Vous m'excuserez de m'immiscer ainsi, grogna Ainrinth, mais les Yaxchilanes n'étaient-elles pas censées abandonner le combat et retourner à la neutralité après le duel ?

— Rien n'a été négocié dans ce sens, répliqua Endrew. Elles ont décidé de mettre leur grain de sel dans les affaires de l'Orlandie et celles de notre soutien, l'Empire de Léristère. Elles vont le regretter, croyez-moi.

Il regarda Elrithian :

— Vous êtes sûr de leur destination probable, seigneur de Marnor ?

— Pas complètement. Elles pourraient aussi se diriger vers Esther Agliath.

Lochlainn intervint :

— L'escadre d'O'Leary ne trouvera pas de soutien à Esther Agliath. Depuis plus d'une semaine, la ville est entre les mains des Brànnes. Quant à Galabréà, cela fait quinze jours que la plupart des magiciens et des druides du concile sont morts ou se sont enfuis dans les Franges féeriques. Les forces du Valchêne envoyées par nos amis du continent l'occupent en ce moment.

Pélante, de l'autre côté de la table, déglutit. Endrew sourit : comme elle, il savait très bien quel était le destin de Galabréà.

— Votre Majesté ?

— Oui, j'ai compris, Lochlainn. Donc l'escadre ennemie, à part le continent, n'a qu'une vraie destination : Dundalk. Je n'attendais que confirmation de cette analyse.

Il se tourna vers sa garde du corps au cimier sanglant. Lui fit un signe de tête affirmatif. Aussitôt, la guerrière tourna les talons et s'en fut.

— Le sort de cette escadre est scellé. Nous pouvons consacrer toutes nos ressources aux pirates qui sont redevenus la plaie de notre marine occidentale et discuter de l'armée que nous comptons engager dans la conquête des Franges féeriques. Avons-nous une estimation des forces auxquelles nous serons confrontés ?

Lochlainn classa plusieurs papiers :

— Les Franges féeriques sont plus ou moins divisées en quatre : le Marais Glauque, les provinces animales, les territoires changelins – dont les Trois Sœurs – et la Forêt aux Sorciers. Les Fées Noires, les trolls et quelques bourgs changelins appartiennent aux marécages féeriques : les premières semblent enlisées dans une querelle intestine, les trolls, quant à eux, seraient déjà sur le pied de guerre et auraient commencé à piller les Marches brànnes et jdarhènes. Vous confirmez, seigneur Ainrinth ?

Le Scrofuleux cracha :

— Ces fils de démons ont détruit des villages entiers sur le bord oriental de ma Marche, et mis le feu à des champs qui devaient être moissonnés à la fin augusti. Leur chancelier se ferait appeler Ephrem.

— Les Fées Noires en guerre civile ! s'enthousiasma le roi. Il ne nous reste plus que les trolls, les provinces animales et les changelins du seigneur Avaril. MacCermath, situation des armées du Nord et du Sud ?

— Si vous me permettez, Votre Majesté…

Deux soldats apportèrent un panneau où la carte de l'île avait été tracée de manière assez précise. Elle fut posée sur la table, et tout le monde l'examina. En parlant, MacCermath pointait des petits traits, cercles et rectangles de couleurs diverses :

— Nous disposons au Sud de huit régiments venant des contingents brànnes et jaurgrynns, deux régiments de mousquetiers, une soixantaine de batteries légères en plus de celles récupérées sur les fortifications conquises, vingt canons de trente-six livres léristérites, la garde personnelle du roi, une compagnie entière de ses meilleurs dragons cuirassiers, plus de trois cents hommes. Deux des régiments sont stationnés à Rhedyort, une compagnie de limiers inspecte constamment les abords du Marais Glauque et les environs de la forteresse de Larion. L'ajout des forces des Radléàrhes d'appoint, malgré la défection des fidèles au seigneur Donnely, nous apporte trois mille hommes de plus. Nos forces méridionales se montent à douze mille hommes de troupe, dont deux mille cavaliers, plus encore un bon millier de mercenaires lattes et nordhommois.

— Et nos forces au Nord ?

— En comptant les régiments brànnes et les forces mercenaires du Valchêne, à peu près quatre mille hommes. Ajoutés à cela, les officiers des garnisons d'Esther Agliath et de Galabréà qui ont ouvert les portes à nos forces, nous pouvons espérer mille mousquetiers, cinq cents cavaliers légers, sept phalanges jdarhènes, des montagnards impitoyables. Les mercenaires du Valchêne sont affectés à la garde des camps…

Endrew l'interrompit de la main.

— En regardant nos forces et celles de nos ennemis, réfléchit Endrew, je suis tenté de penser que nous sommes en supériorité numérique. Cependant, je me suis laissé dire que les cavaliers des plaines de Prynsil Moor et les archers-mousquetiers de Penthryl sont parmi les meilleurs de toutes les Franges. Et la cité fortifiée des félins de Larion est protégée par un système de défense ressemblant à celui des boucliers enchantés léristéristes. On dit les artificiers et ingénieurs du grand khan très efficaces.

— Cette forteresse doit tomber si nous voulons prendre les provinces animales, Votre Majesté, affirma Pélante.

Les seigneurs et leurs suites la regardèrent comme si elle avait proféré une insanité. Endrew sourit malgré lui.

— Dame Pélante a raison, la soutint MacCermath. C'est le verrou pour accéder à tout leur territoire et aux tunnels de communication derylites.

Endrew tapota MontCrakin.

— A-t-on des nouvelles de l'ambassade envoyée au gouverneur de ces rats souterrains ?

— Non, aucunes, Votre Majesté, répondit Lochlainn.

Endrew se demandait s'il fallait vraiment compter sur ces gnomes imprévisibles. Le mieux serait de les exterminer comme les autres.

— Alors n'en tenons pas compte. Nous devons nous occuper de Larion si nous voulons passer dans les plaines de Prinsyl Moor et les provinces animales. Amener le champ de bataille dans les marécages serait, à mon avis, une grossière erreur. Général MacCermath, envoyez des messages aux forces de la coalition nord : qu'elles descendent vers les Trois Sœurs, entre la Forêt aux Sorciers et Sombrebois. Qu'elles menacent Penthryl et Prifyalir. Avaril n'osera pas bouger toutes ses garnisons ou ses cavaliers vers le sud pour soutenir Larion. Nous aurons alors les mains libres.

Personne ne trouva à redire à la stratégie royale. MacCermath, Ainrinth mirent au point avec le roi quelques détails ; Pélante et le seigneur Elrithian Marnor s'ingénièrent à planifier le transport de troupes marnoraines et l'organisation des escadres pour détruire les pirates.

Le conseil continua alors avec des affaires de moindre importance. Puis, vers la fin de l'après-midi, Endrew congédia tout le monde sauf ses gardes du corps – la guerrière silencieuse était revenue – et Pélante.

Le roi s'avança avec la plénipotentiaire sur la terrasse où, peu de temps auparavant, il avait tué Deirdre en combat singulier. Le soleil déclinait sur un horizon chargé de nuages éparpillés, étendus sur un ciel bleu cobalt. Endrew jeta un œil de côté à la Léristérite : elle était d'une rare élégance dans son uniforme vert et doré, l'épaule couverte du manteau blanc à rotonde de sa charge. Elle avait réuni ses cheveux bruns en un chignon strict et ses traits trahissaient un peu de fatigue.

Endrew vacilla sur ses pieds. Deux de ses gardes vinrent le soutenir. Pélante ressentit un malaise en les sentant si près d'elle, avec ces cimiers fermés qui ne laissaient voir que des yeux un peu trop fixes à son goût.

— Ça ira, ça ira, grommela le roi.

Les gardes reculèrent sans un mot. Pélante demanda :

— Maerlar va envoyer Edjer-Verian sur le *Chimère Étoilée* et l'escadre de l'amiral O'Leary ?

— C'est l'ordre que j'ai fini par donner.

— Si un jour les Yaxchilanes apprennent…

Endrew trancha l'air de son poing et son visage s'empourpra.

— Si les Yaxchilanes l'apprennent, qu'elles viennent me réclamer justice ! Je les empalerai sur mon épée et je les regarderai gigoter au bout comme des vers de terre sur l'hameçon d'un pêcheur hilare, voilà ce qui les attend ! Quant à vous, vous avez ce que vous voulez.

— Récupérer le *Chimère Étoilée* serait…

— Maerlar sait déjà ça. Ne vous inquiétez pas, femme.

Pélante faillit montrer son agacement à entendre ainsi traiter une Amazone de Léristère par un rustre orlandais inculte. Cependant, sa sagesse prit le dessus.

— Et qu'a fait Maerlar pour votre… bras ?

Endrew souleva la cape et lui montra.

La Léristérite détourna vivement les yeux, prise d'une horrible nausée. Elle vida ses boyaux par-dessus le garde-fou.

7

— J'ai mal aux pattes ! s'insurgea l'un des deux dodos du Chaos. Quelle cruauté !

— Les poilus nous torturent sans vergogne, critiqua sa compagne. Quelle honte !

Aourhegan et Ryan s'assirent sur un tronc d'arbre mort non loin de leurs deux montures qui geignaient. Le sous-bois était frais grâce à la brise qui dévalait les versants sud des Trois Sœurs : Hélioris, fils du Titan Hypérion, brûlait dans le ciel et, dans sa grande bonté, déversait sur le monde une lumière ardente. La jeune Fée se dit qu'il aurait pu se garder d'être aussi généreux : la chaleur était insupportable.

— Bon, je suppose que nous ne sommes pas à la lisière nord du Sombrebois pour entendre les divagations de tes deux cavales à plume ? grommela Ryan, qui ôta son chapeau pour s'éventer.

Il déposa son arc de chasse à côté de lui. Aourhegan vit que le changelin avait toujours les deux pistolets à crosse de nacre hérités de son père nordique. Difficile aussi pour lui de dissimuler ses origines féeriques, avec ses deux yeux couleur d'or rouge. Elle qui ne l'avait connu que rieur et désinvolte, aujourd'hui elle le trouva las, les yeux cernés.

— Excuse-moi un instant, le pria-t-elle. Je suis exténuée. J'ai chevauché ces deux volatiles insolents pendant deux jours sans me ménager.

— Prends ton temps, l'interrompit-il. Je viens du cercle druidique au nord de Drakerheel, et je peux te dire que j'ai du mal à me remettre de ce que j'y ai vu.

Aourhegan se libéra du poids de son mousquet et de son boudin de cuir, puis délaça sa longue cape de voyage. Elle se passa un peu d'eau sur le visage.

Puis elle se tourna vers Ryan :

— Moi d'abord, ou toi ?

— Mon amie, je crois qu'il importe peu.

La Fée Noire s'assit en tailleur sur un rocher au bord de la mare :

— Alors commence.

— La situation au sein de la Forêt aux Sorciers est dramatique. Les cercles druidiques sont rompus, la plupart des hiérophantes sont morts, ainsi que leurs disciples et l'élite des Sidhes : la Mort Blanche les a décimés presque instantanément à la suite de la corruption du Chêne-Monde de Galabréà. La plupart des survivants se sont rassemblés à Penthryl, car ils comptent sur le seigneur Avaril pour les protéger.

— Que sais-tu de la situation au nord des Trois Sœurs ?

— Pas grand-chose : tu as dû croiser des réfugiés, toi aussi. Que t'ont-ils dit ?

Aourhegan essaya de chasser de son esprit la vision de ces colonnes d'hommes, de femmes et d'enfants poussiéreux qui descendaient vers les plaines de Prinsyl Moor.

— Que Galabréà est aux mains de mercenaires cruels et qu'Esther Agliath n'est plus que cendres.

— J'ai entendu pis que pendre à propos de ces mercenaires, Aourhegan. Ils viendraient du continent, on les surnomme les Lames-Tornades, l'élite des soldats de la baronnie du Valchêne. Personne ne sait ce que sont devenus les membres du concile : plus de deux cents magiciens et druides de l'île ont simplement disparu. J'ai fait un détour par le domaine de Bonisal O'Kree comme tu me l'as demandé dans ton message, mais il était vide. Je ne sais où se trouve le maître-mage.

Les épaules d'Aourhegan s'affaissèrent légèrement.

— Et toi, quelles nouvelles apportes-tu du Sud, mon amie ? demanda Ryan qui puisa un peu de pain dans son sac avant d'y mordre à pleines dents.

— J'ai été envoyée comme assistante d'un des secrétaires d'ambassade des Fées Noires pour participer au conseil réuni par Muirenn, la reine-sorcière. Celle-ci voulait organiser les armées et la résistance contre Endrew Jaurgrynn. Mais mon compatriote a activé une sorte de joyau runique pendant la réunion et m'a assommée. Les sigles ont guidé sur nous des milliers d'oiseaux corrompus par l'Anti-Vie. Par chance, Muirenn venait juste de récupérer une relique puissante et a pu sauver la plupart d'entre nous. Mais Atèshe, l'ambassadeur de Djengis, est mort, ainsi que la moitié des participants. Avaril a été blessé, mais il s'en remettra.

— Pourquoi es-tu là, alors, au lieu d'être en ta cité pour tirer cette trahison au clair ?

— La situation à Aydhin est très confuse : plusieurs factions politiques se déchirent sous le regard indifférent de notre reine, Solaryne. J'ai préféré me proposer lorsque Muirenn a demandé des volontaires pour une expédition vers le nord.

— Et tu es partie seule ?

— Tout le monde se méfie de tout le monde, moi la première. Muirenn a accepté que je parte ainsi, mais j'ai ces deux oiseaux stupides et toi. J'espérais que tu amènerais quelques-uns de tes confrères.

— Mes « confrères », comme tu dis, ont rejoint l'armée d'Avaril. Ils pensent pouvoir faire une différence en défendant leurs terres. Pour la plupart d'entre eux, le Nord est déjà perdu.

Aourhegan soupira.

— Muirenn a été en rapport avec les officiers d'un navire yaxchilan dont l'une des représentantes accompagne un groupe d'investigateurs, des magiciens. Ils auraient découvert que la Mort Blanche prend sa source dans des Nœuds de magie corrompus. Qu'il suffirait de les assainir pour arrêter la progression du fléau. La reine-sorcière voudrait savoir si le Chêne-Monde pourrait être une de ces sources.

Ryan hocha la tête :

— Les rumeurs disent que c'est le premier foyer d'infection.

— Nous devons en avoir le cœur net. Il faut que nous découvrions ce qui s'est passé, Ryan.

Celui-ci se leva et épousseta son habit de chasse.

— Je serais très honoré de pouvoir chevaucher une de tes montures.

— Tu as entendu ? fit un des dodos. Il a dit « honoré ». Voilà quelqu'un qui sait reconnaître la valeur des fiers destriers que nous sommes !

— Je te laisse ce plaisir, ricana l'autre.

— Fermez-la, vous deux, ou je vous coupe la langue, grommela Aourhegan.

— Insolente, s'agaça l'un des volatiles. Et injuste.

— Allons, un peu d'humour, protesta l'autre.

Les deux amis enfourchèrent les deux oiseaux géants et se mirent en route.

8

Après quelques heures de chevauchée vers le nord-ouest, les deux monteurs de dodos rencontrèrent les premiers signes de conflit : des colonnes de fumée montaient à l'horizon, noircissant un ciel aux nuages épars.

Des dizaines de fermes pillées accentuaient encore le sentiment de désolation. Vers le milieu de l'après-midi, alors qu'ils suivaient une clôture bordée par un bois d'ifs, on leur tira dessus depuis la palissade d'une métairie fortifiée. Les francs-tenanciers de cet endroit n'avaient pas quitté leur propriété et se méfiaient de tout le monde. Des ouvriers agricoles travaillaient dans les vergers, protégés – surveillés ? – par des gardes.

La nuit tombée, ils trouvèrent une clairière avec un ruisseau. Deux ravines offraient des points d'échappatoire. Autour, l'humus d'une forêt de chênes embaumait l'air.

Le ciel enflammé à travers les frondaisons ravissait l'esprit d'Aourhegan. La jeune Fée Noire s'occupa des dodos qui, exténués, étaient heureux qu'on les débarrasse de leurs fontes. Comme ils l'avaient décidé, ils ne firent pas de feu. Ryan et elle étaient, chacun à leur manière, des Êtres-Fées : leur vision nocturne, comparable à celles des grands félins des provinces animales, leur permettait de se déplacer aisément dans l'obscurité.

Ryan offrit quelques tubercules de navet à Aourhegan. Celle-ci accepta et les agrémenta d'un peu de sel et d'une tranche de viande séchée. Ryan se coiffa de son chapeau, banda son arc et le passa à son épaule :

— Je vais monter la garde sur les rochers. Je te réveillerai dans quatre heures.

— Entendu.

Aourhegan le regarda disparaître dans les ombres du petit promontoire. Elle aimait bien cette entente qui s'était installée entre elle et Ryan depuis quatre ans. Ils s'étaient rencontrés lorsque le limier l'avait sauvée d'un loup géant dans la Forêt aux Sorciers. Depuis, ils se voyaient le plus souvent possible. Ils n'avaient pas encore tenté de franchir le pas de l'accouplement, cependant. Et, quelque part, Aourhegan était sûre que leur relation ne laissait pas la place à ce genre de coquetterie : ils adoraient explorer, s'aventurer dans des endroits fous, trouver le moyen de franchir des Seuils, résoudre des énigmes et accompagner, parfois, des mages ou des druides dans leur quête de savoir ou de protection des Franges. Coucher ensemble briserait peut-être cette harmonie.

Aourhegan vérifia que les dodos étaient bien nourris, puis étala une couverture sur le sol forestier et utilisa son boudin de cuir comme oreiller : son esprit vagabonda et elle se surprit à ne pas connaître grand-chose du passé de Ryan. Il avait vingt ans, à l'échelle humaine. Elle en avait cent quatre à celle des Fées Noires, ce qui devait se traduire par quinze années humaines.

Lorsque Ryan la réveilla, elle sortit d'un rêve atroce où une créature insectoïde, fusionnée avec l'immense colonne de Saphir noir au centre de sa cité, la dévorait.

Elle jura, ayant du mal à faire la différence entre rêve et réalité.

— Que se passe-t-il ?

Plusieurs coups de feu retentirent au loin.

Tandis qu'elle préparait ses affaires, Ryan commenta :

— Au nord, le plateau donne sur le domaine de Lairdloch, un des comtes des terres libres. Dans la nuit, j'ai entendu des clameurs et je me suis approché : apparemment, il est assiégé.

— Lairdloch ? Ce nom me dit quelque chose. N'est-ce pas lui qui voulait restaurer la servitude des ouvriers agricoles de la région bréenne ? Sa motion a été refusée en bloc par le concile.

— Il me semble. Ne traînons pas ici. J'ai vu des molosses de guerre et des cavaliers qui faisaient des patrouilles aux alentours.

Les dodos ne furent pas très heureux d'être réveillés, mais déjà des aboiements de chien retentissaient dans la forêt. Cela les dissuada de pinailler.

— Il faut contourner par le nord-ouest, dit Ryan. Je ne pense pas qu'ils en aient après nous, mais si les chiens passent par ici et sentent notre odeur ou celle des dodos, ils vont nous pourchasser.

Aourhegan acquiesça :

— Je ne vois pas d'autre solution : le versant nord de la colline est trop abrupt, finit dans les contreforts et la forêt est trop dense de ce côté-là. Ouest et nord, puis vers les plaines en espérant passer inaperçus. Je vais faire en sorte qu'on nous confonde avec le paysage…

— Je ne sais pas si c'est bien sage, tu sais, avec la Mort Blanche. Et je sens dans l'air comme une puanteur étrange.

— Moi aussi. Et ça vient juste de…

Elle n'eut pas le temps de terminer. Les dodos se mirent à couiner. Trois énormes dogues noirs aux colliers ornés de piques déboulèrent des sous-bois sans prévenir. Aourhegan eut juste le temps d'apercevoir des orbites vides et un souffle verdâtre s'échapper de leurs gueules avant de viser et de tirer avec son mousquet. Le premier animal s'effondra, un plomb dans la tête. Ryan sortit ses deux pistolets et fit feu sur un des chiens monstrueux. Celui-ci s'abattit dans le ruisseau. Le troisième bondit sur la patte de son dodo et le mordit cruellement. Aourhegan laissa tomber son mousquet, dégaina son épée d'acier larionite et trancha la tête de la bête féroce. Le cadavre étêté courut un peu dans tous les sens avant de se cogner à un rocher.

Les coups de feu avaient attiré l'attention, des ordres furent donnés, des cris se rapprochèrent.

Aourhegan rengaina, se pencha et récupéra son mousquet. Sans échanger une parole, les deux compagnons éperonnèrent leurs montures et suivirent la ravine de l'Ouest. Les dodos, stimulés par la terreur, abandonnèrent toute raison et s'emballèrent – celui de Ryan avait même oublié la douleur à sa patte. Les arbres défilaient à toute allure. Plusieurs coups de feu furent tirés dans leur direction. Les plombs passèrent loin d'eux.

Ryan obliqua au nord lorsqu'ils sortirent de la ravine. Le taillis devenait plus dense, et l'intérêt des dodos se fit ressentir : plus bas et plus petits, ils pouvaient se faufiler là où des chevaux devaient contourner les obstacles. Ils jaillirent du couvert des arbres pour suivre un muret qui longeait des pâturages. Mûriers et noisetiers s'entremêlaient sur toute la longueur de la base de la colline. Il leur fut facile de rester hors de vue du manoir et des bâtiments de ferme assiégés.

— Il y a un gué plus loin au nord-ouest ! hurla Ryan. À une lieue et demie ! Il se trouve près de rapides qui s'engouffrent vers les lacs de Galabréà.

— Et tu comptes faire quoi ? Te jeter à l'eau ?

— Tu vois une autre solution, toi ?

Ils dépassèrent le dernier muret et se retrouvèrent totalement à découvert dans la nuit étoilée. Derrière eux, personne. Du moins pour le moment.

Au loin, Aourhegan pouvait nettement voir le manoir de Lairdloch en flammes, les militaires qui rassemblaient les habitants dans la grande cour. Des cavaliers montés sur de puissants chevaux de guerre inspectaient un groupe près des barrières d'un corral : Aourhegan comprit qu'il s'agissait d'une vingtaine de personnes âgées, étant donné la voussure de leurs corps. Des soldats en armure sombre se tenaient là aussi, lames en main. Sur un signe d'un des cavaliers, les épées et haches s'abattirent jusqu'à ce que plus personne ne bouge. Aourhegan sentit une flambée de colère l'envahir.

Le cavalier qui avait ordonné la mise à mort tourna son heaume vers elle : il avait un masque de félin. Pendant les quelques secondes qu'elle put le distinguer, elle fut prise d'un frisson de terreur incontrôlée.

Puis un nouveau muret, plus haut, lui cacha la scène.

— Mordets et malédictions ! jura Ryan.

Son dodo s'abattit sous lui et le limier sauta pour éviter d'être écrasé. Aourhegan arrêta sa monture et tendit la main à son ami.

— Vite !

Ryan regarda le volatile géant qui agonisait au sol: la plaie de sa patte dégorgeait un liquide purulent. Il sortit un de ses poignards de chasse, lui trancha la gorge, puis saisit la main de la Fée Noire. Une fois à l'arrière, le dodo se plaignit mais recommença à trotter à toute vitesse. Ryan tourna la tête: une dizaine de cavaliers accompagnés d'autant de chiens les poursuivaient.

— Nous ne pourrons jamais les semer ainsi, cria le limier.

Il agit avant qu'Aourhegan ne pût le retenir. Il se laissa glisser à terre, roula sur l'herbe de la prairie et se redressa. Il tendit son arc, encocha une flèche et attendit.

La jeune Fée Noire voulut un instant le dissuader, mais le sacrifice de son ami ne servirait à rien si elle s'arrêtait maintenant.

— Dodo, tu fonces comme si la mort et ses démons étaient à tes trousses!

— Est-ce la peine d'user de telles formules pour me stimuler? s'agaça l'oiseau géant.

Le dodo sauta d'un remblai jusque sur un chemin à ornières, puis détala à toute vitesse vers la rivière à travers un ensemble de vergers. Aourhegan jeta un œil en arrière: elle vit Ryan tirer une flèche, un cavalier s'effondrer, puis un autre. Un chien mordit la poussière. Les premiers dogues furent sur lui.

Un rang de pommiers lui boucha la vue. Elle se concentra à nouveau sur son camouflage et sentit le champ féerique lui répondre, mais avec difficulté, comme s'il avait été frappé d'une léthargie maladive: quelque chose drainait les champs de pouvoir aux alentours.

Les pattes du dodo du Chaos frappaient le sol au même rythme que son cœur. Le verger s'éclaircit, une barrière se présenta, la monture bipède la sauta avec agilité. Ils s'enfoncèrent dans la nuit, les prairies et les champs défilaient, un autre taillis, des maisons basses. Les collines rocheuses et le défilé se profilaient dans l'obscurité : elle vit même le gué qui, en été, permettait de passer à ce point de la rivière au lieu d'aller en amont jusqu'au pont oriental.

Sur sa droite, suivant la route principale, elle vit six cavaliers qui cherchaient à lui couper la route. Celui qui avait le masque de tigre se trouvait à leur tête. Il pointa dans sa direction.

Comment était-ce possible ? Il voyait à travers son camouflage léger… Était-ce un de ces sorciers du Valchêne qu'on disait à moitié daemoniques ?

Plus qu'un quart de lieue !

Elle pressa les flancs du dodo. Laissa tomber les fontes pour l'alléger. Le groupe commença à gagner sur elle. Deux des poursuivants la visèrent avec des pistolets et firent feu. Les deux plombs la manquèrent.

Vous n'êtes pas à portée, se réjouit Aourhegan. *Et vous avez gâché deux de vos munitions.*

Le gué se rapprochait très vite. Elle arriva sur la route principale, une avenue de terre battue bordée par des plantations à gauche et la rivière à droite. Elle se retourna : les cavaliers n'étaient plus qu'à cent toises. Ils gagnaient du terrain mais le passage n'était plus très loin. Le dodo semblait voler sur ses deux pattes.

Encore un chemin de traverse à droite. Le gué à moins de cent cinquante toises. La rivière scintillait dans la nuit : les étoiles se reflétaient ainsi que la lune, énorme, d'un jaune ocre presque bilieux. Les encouragements furieux des cavaliers à leurs montures lui arrivaient comme un son de victoire personnelle.

L'un de ces cris était différent : Aourhegan se retourna, surprise d'entendre quelqu'un proférer des syllabes en ormérite. Le cavalier de tête avait les mains levées au-dessus de lui et psalmodiait d'une voix si puissante que des ondes de choc faisaient onduler l'air autour de lui.

Aourhegan jura à nouveau mais le gué n'était plus loin. Au pire, elle pourrait se jeter dans les rapides. Plus que ces deux grands saules à passer…

Les branches d'un des arbres s'animèrent soudain. Elles frappèrent le dodo aux jambes et au cou, Aourhegan au niveau du torse. L'animal eut le souffle coupé et les pattes brisées. Aourhegan fut propulsée en arrière, à moitié assommée.

Les cavaliers arrivèrent à sa hauteur, deux mirent pied à terre en ricanant. Ils tendirent les mains pour se saisir d'elle. La Fée Noire vit dans un brouillard qu'ils ne portaient pas de gorgerins, juste un casque qui laissait leurs mentons et leurs gorges découverts, et un haubert de mailles légères. Leur chef qui s'approchait, c'était autre chose : une cuirasse sombre couvrait son torse et une cotte protégeait toutes les parties de son corps.

Elle dégaina son épée et sa dague. La lame de Larion transperça la gorge d'un des deux cavaliers. Elle le fit tourner et déséquilibra le deuxième. Puis elle passa derrière, lui fit une clef de bras et mit la lame sur sa jugulaire.

— N'avancez pas ou je le saigne comme un porc ! dit-elle en reculant.

Le cavalier à masque de tigre sauta à bas de sa monture, s'empara de ses deux pistolets, en arma un et tira à bout portant dans la poitrine de l'otage d'Aourhegan. La jeune Fée Noire le regarda couler au sol en gargouillant du sang.

Le sorcier pointa alors son autre arme sur Aourhegan. Sa voix profonde, fascinante, à moitié étouffée par le masque de son heaume, s'éleva :

— Tu as le choix, jeune Fée Noire. Tu lâches tes armes et tu nous suis calmement en tant que prisonnière de guerre, ou tu agis comme ton compagnon. Je n'aurais alors d'autre choix que de t'abattre comme une chienne et de te donner à mes dogues aveugles.

Aourhegan décida de vivre.

Et de briser le crâne de cet homme dès qu'elle en aurait l'occasion.

9

Les landes marécageuses se perdaient dans le brouillard matinal. La lumière du soleil, absorbée par la densité des nuages de brume, posait sur le paysage désolé un œil chassieux. Bruits d'eau, coassements, grognements ponctuaient le silence.

Les marais exhalaient cette odeur qu'Edjer ne percevait plus.

Ses sens olfactifs n'étaient plus que l'ombre de ce qu'ils avaient été. Comme lui n'était que l'ombre de sa puissance antique.

Les Prêtres-Mages et leurs sbires avaient détruit son peuple, autrefois maître des grandes étendues que le Marais Glauque avait recouvert de sa pourriture stagnante. Deux mille ans plus tôt, lacs, chutes d'eau titanesques, cascades et méandres de torrents, de rivières, de rus bouillonnants occupaient les vallées de ce pays oublié. Dégradé. Souillé.

Les Sidhes, la Louve Impératrice, les Ogres – maintenant disparus – venus des Seuils et des forêts denses tout autour avaient constitué des ennemis et des mets de choix.

Edjer-Verian soupira ; quelques églantiers et saules pleureurs moururent. La végétation aux alentours se dessécha. Des poissons remontèrent à la surface de l'étang fangeux à côté duquel il s'était posé.

— Seigneur Edjer-Verian ? Tout est prêt ainsi que vous l'avez demandé.

Le Dragon des Brumes se retourna. Rhiord se tenait là, à l'angle du temple à moitié englouti.

Edjer-Verian reprit sa forme d'homme-lézard ailé :

— Je vous suis.

Ce furent les voix de ses ennemis qui dissipèrent les brumes obscurcissant l'esprit de Ferhian.

La première chose qu'il constata : il ne souffrait pas. Le souffle empoisonné du dragon l'avait pourtant grièvement brûlé.

Les deux voix se rapprochaient : il essaya de bouger légèrement. Des anneaux de métal solide enserraient ses poignets, son torse puissant, ses cuisses et ses chevilles. Il les sentait pulser sur son cuir épais. Soulevant une paupière, il vit qu'il se trouvait dans une salle au plafond incurvé dont le sol était légèrement incliné. Son nez perçut des effluves qu'il connaissait bien : des fondrières, ainsi que la forte fragrance de l'ozone et de l'acier chauffé à blanc.

Au-dessus de lui, soutenu par une espèce de chariot et des chaînes pendant du plafond, un long tube de métal rouge aux inscriptions dorées se terminait par une sphère d'énergie bleutée reliée à des tubulures. Celles-ci étaient enfoncées dans son cuir de troll et le démangeaient.

Ferhian se dit que le tube devait être une sorte de canon, une arme ou un focalisateur. Mais à quoi pouvait-il bien servir ?

Les voix furent à présent assez proches pour qu'il comprenne ce qu'elles disaient en gaélique :

— Il suffit d'armer le focalisateur de flux ondilignes une fois qu'il sera branché sur vos ondes mentales, seigneur Edjer, affirma quelqu'un. Les nouveaux paramètres ne peuvent pas être interrompus, en revanche. Une fois l'acte commencé, il n'y a pas d'arrêt, ou alors je devrais à nouveau tout réenchanter.

— Vous avez fait du bon travail, fit l'autre. Maerlar sera fier de vous.

Le troll essaya de rassembler ses souvenirs. La fonderie et les hauts-fourneaux de Pyral, l'horlocréature ignoble, le combat, puis l'effondrement du Nœud souillé, et le dragon.

La mémoire lui revint peu à peu. Parshah et Sean incinérés. Et Arline ? Son cœur se serra en pensant à sa petite protégée. Il osa soulever à nouveau une paupière. Un homme habillé de vêtements cabalistiques portant un masque de rat cornu accompagnait jusqu'à l'autre socle de pierre un homme-lézard aux ailes membraneuses repliées.

L'homme masqué joua avec des runes en trois dimensions sur un pupitre. La table de pierre bascula. L'homme-lézard au museau cendreux s'y accola.

Le troll grogna en son for intérieur.

Une petite opportunité, et je les écrabouille tous les deux.

Son esprit se fixa sur cette arme, ce focalisateur. Les chaînes permettaient de l'orienter. Il testa discrètement les anneaux qui le retenaient. Celui de son poignet droit était branlant. Cet endroit était vieux, les installations usées par l'humidité et les siècles. Ferhian déduisit que ce devait être un des nombreux palais ou temples des Prêtres-Mages antiques.

Une grave erreur, pensa-t-il. *Le concile a été imprudent à ce sujet. Une fois cette crise achevée, Bonisal va devoir s'en occuper. Trop de choses sont à portée de main des plus ambitieux…*

— Préparez-vous, seigneur Edjer, annonça l'homme au masque.

L'interpellé passa autour de son crâne de reptile un diadème runique. Puis il s'allongea et laissa les tubulures enchantées, mues comme par des mains invisibles, se planter dans sa chair écailleuse. Une onde de choc secoua Ferhian.

— Activation de l'énergie du focalisateur, dit le sorcier. Prêt à déverser la conscience draconique dans la mémoire onirique du sujet. Attention, dans trois, deux, un…

Le ronronnement au-dessus du troll commença à augmenter de volume.

Ferhian tira d'un coup sec sur l'anneau, qui céda. Il leva son énorme main, attrapa l'embout du focalisateur alors que celui-ci concentrait toute la magnitude enchantée et la conscience d'Edjer dans la sphère.

Le sorcier n'eut pas le temps de réagir. Ferhian dirigea la sphère vers le pupitre : une succession d'éclairs emplit le laboratoire. L'homme au masque de rat cornu fut propulsé contre le mur, où il se brisa comme un vulgaire pantin. La foudre ravagea les installations, Ferhian vit la conscience draconique présente dans la sphère se dissoudre et le corps de l'homme-lézard explosa en une tornade de cendres qui se déposa lentement sur le sol.

Le troll, haletant, attendit que les runes et inscriptions sur le focalisateur s'éteignent. Le laboratoire ne fut bientôt éclairé que par la lumière des plots.

Une barre de métal traînait sur le sol. Le troll s'en servit comme levier pour briser les arceaux retenant son torse, puis son bras gauche. Il ne fut pas très difficile de faire sauter ceux qui emprisonnaient ses cuisses et ses chevilles.

Des grésillements emplissaient la pièce. Ferhian franchit l'espace jusqu'au pupitre principal. Il y avait plusieurs armoires près du corps du sorcier. Il les fouilla, retrouva sa masse de gel et le sac à moitié brûlé par le feu empoisonné du dragon. Se restaurant, car il avait grand faim, il fouilla le cadavre, sans succès. Sous le masque, un visage laid au nez tordu et aux yeux tombant : la face d'un traître à la magie, qui ne méritait pas de vivre.

Ferhian mit le masque dans son sac : peut-être que Bonisal saurait en tirer quelque chose.

Le troll retrouva aussi son armure à moitié fondue par l'acide. Il décida de la laisser là. S'emparant de la cape du sorcier, il s'en fit un kilt de taille raisonnable. Deux mousquets derylites sur des râteliers attirèrent aussitôt son attention. Il les vérifia, les chargea avec la poudre et les balles qu'il dénicha dans son propre havresac.

Sa masse de gel en main, il suivit un labyrinthe de couloirs. Personne ne lui barra la route. Il traversa un hall penché, dont la moitié nord se trouvait sous les eaux. Des batraciens coassaient sur un pilier effondré. Ferhian emprunta une colonnade, puis un balcon à sec avant de se retrouver au niveau d'un embarcadère grossier où flottait encore une chaloupe.

Ferhian ne reconnut pas l'endroit. Il haussa les épaules et se mit en route vers le sud : l'île proche, coiffée d'une couronne de hêtres anciens, lui semblait un bon endroit pour s'orienter. Il pataugea dans un ruisseau vaseux et monta la pente. Arrivé au cercle de hêtres, il entendit un rire cristallin, familier. Et perçut l'odeur de grillades.

Pas de doute, quelqu'un faisait à manger.

Si proche de l'antre des deux autres vauriens ? s'étonna-t-il. *Sans doute certains de leurs sbires.*

Stupéfait, il aperçut sur un sentier, à moins de vingt pas, un énorme loup passant la queue haute, ou plutôt une louve qui lui sembla familière.

Discrètement, il s'approcha du cercle de hêtres et du feu de camp qui brûlait en son centre. La louve remontait le sentier en parallèle.

Ferhian glissa derrière le tronc d'un arbre. Les broussailles alentour dissimulaient sa masse. Il jeta un œil vers le centre de la clairière : assis là sur des souches anciennes, un homme-tigre des provinces animales – Djengis, pas moins, resplendissant dans son armure dorée – dévorait à pleines dents un petit lézard empalé sur un poignard. La majestueuse Solaryne, reine des Fées Noires, emmitouflée dans sa longue cape, regardait un homme vêtu d'une longue tunique bleu ciel depuis l'ombre d'un arbre. Le troll reconnut aisément ce nouveau personnage : il portait toujours sa barbe noire bien taillée et son front s'ornait de l'étoile tatouée de son école de prédilection, l'analyse et l'investigation. Bonisal, le maître d'Arline et de Sean. Le magicien qui l'avait recueilli, soigné, qui lui avait sauvé la vie, en somme.

Ferhian cligna les yeux. Que faisaient là des gens aussi importants, sans leur suite ? Une rencontre secrète ? Bonisal n'était-il pas censé être malade, ou avoir disparu ? Et cette odeur… le lézard grillé n'arrivait pas à la dissimuler. La charogne, la décomposition. Tellement familier.

— Vous n'avez rien à vous reprocher, dit le maître-mage à la reine Solaryne. Vous avez fait ce qui devait être fait. La résistance à Maerlar Ravanaï n'est plus une solution. Il faut embrasser sa voie.

— Je sais, Bonisal, répondit Solaryne. J'aimerais que Ferhian sache que nous savons tout de ses anciennes trahisons, et qu'il n'a rien à craindre de notre maître à tous. Qu'il ne fera que le guider sur le droit chemin.

Bonisal haussa les épaules :

— Les trolls ont une destinée toute tracée : servir d'esclaves sous la houlette des nouveaux seigneurs de l'Orlandie. Ils seront envoyés dans les mines de terraverre au centre de Pyral, ou bien dans les montagnes du Nord. Travaillant sans relâche, l'esprit abruti par la ténébrae, ils permettront la renaissance de notre superbe nation. Autant qu'ils obéissent à un maître fort, puissant et lucide.

— Nous serons parmi les seuls survivants, gronda Djengis entre ses crocs. Le progrès ne s'arrête pas à de simples massacres. Cette transition est nécessaire. Faer n'a pas voulu écouter, il s'est embourbé dans son obstination à vouloir trouver une solution au fléau alors qu'il était déjà condamné.

Solaryne soupira :

— J'ai hâte de goûter à l'exaltation de cette magnifique liberté : les Franges féeriques pour nous, et nous seuls.

Djengis la contredit :

— Tu te trompes, nous ne faisons pas cela pour la liberté. Nous accomplissons ce dessein pour améliorer le sort des êtres de ce monde. Nous le faisons en pleine connaissance de cause, par la logique pure de l'inévitabilité, de la fatalité, de la domination de l'entropie.

Ferhian avait l'impression que le temps s'allongeait, s'étirait. Il ne sut pas exactement pourquoi. Il jeta un œil en arrière, vers le temple qui s'enfonçait dans les fondrières maudites du Marais Glauque. Il leva son énorme main devant lui : elle tremblait. Son esprit, saturé d'informations et de mots, de phrases aussi terribles que définitives, lui enjoignait de se calmer.

Était-ce une voie possible pour lui ? Après tout, le peuple troll méritait un vrai commandeur. Un vrai chef. N'avait-il pas laissé son propre peuple le condamner à l'exil pour le sauvegarder d'une guerre civile meurtrière ? Ne s'était-il pas laissé accuser injustement pour que la paix règne ?

La guerre était sur les Franges. Partout. L'Orlandie tout entière était une plaie gigantesque. Les dieux n'avaient pas empêché cette horreur de se réaliser. Était-ce une punition ? Ou simplement l'avenir de ces territoires ravagés ? Fallait-il un sang nouveau, un pouvoir nouveau, pour remplacer la poussière des siècles passés ? Pour amener l'Orlandie dans une nouvelle ère, quitte à passer par le génocide et l'autoritarisme inévitable, censé canaliser les énergies vers le progrès inéluctable ?

Ferhian avait de nouveau mal à la tête, mais la solution semblait se cristalliser. Il n'était pas sûr qu'elle fût la bonne, ou la plus éthique. Mais qu'importait la morale lorsque le pays est menacé ? L'intégrité d'un royaume multiculturel comme l'Orlandie n'avait plus d'importance face à la survie pure et simple dans un mécanisme de destruction fatal.

Dans une nation en péril, il n'y a plus d'amitié qui compte.

Il sortit de l'ombre du hêtre, s'avança dans la clairière. Les trois compagnons tournèrent leurs regards vers lui, n'affichant aucune réelle surprise. Ferhian, la masse sur l'épaule, déclara :

— Je vous ai entendus. Aujourd'hui, il n'y a qu'un moyen de vous faire pardonner ce déshonneur et ne pas mourir écrabouillés par la puissante masse que je manie : me laisser mener le peuple troll selon mes vœux, si vous m'en donnez le pouvoir.

Alors même qu'il prononçait ses mots, Ferhian sut : il avançait sur une terre inconnue d'où il n'avait aucune chance de revenir. Il s'y sentait entraîné.

Enhardi.

Poussé.

Solaryne, majestueuse, posa ses mains gantées sur son énorme avant-bras :

— Je savais qu'au fond de toi s'agitait le ver de l'opportunisme, mon ami. Je l'ai toujours su, lorsque j'ai contemplé ton exil dans mes miroirs de vision. Tu dois effacer ce passé qui entache ton âme. Retrouver le panache qui ne t'a jamais quitté. Redonner au peuple troll la gloire qui l'a toujours stimulé jusqu'à ce qu'Ephrem t'humilie, ainsi que ton père.

Ferhian serra plus encore le manche de sa masse gelée. Il fit claquer ses crocs, plissa les yeux et frappa l'écorce du hêtre à côté de lui. L'arbre trembla et un vol de feuilles flotta dans l'air autour d'eux. Puis le hêtre se couvrit de givre et mourut.

— Je suis prêt, dit-il. Il n'y a pas de futur. Juste le présent. Et le passé m'encourage de sa fragrance : je vais tuer Ephrem et mener mon peuple à la gloire. Et à la mort s'il le faut. Mais jamais, jamais il ne sera réduit en esclavage : si nous devons travailler dans les mines de terraverre, nous le ferons selon nos termes, et pas selon ceux de Maerlar ou de ses alliés.

Djengis sourit, Solaryne acquiesça et Bonisal dit :

— Ton pacte est scellé ici, et aujourd'hui.

Puis le magicien sourit, ses yeux fondirent et il ouvrit la bouche de manière impossible : des vers géants en sortirent, accompagnés de tentacules d'un noir immonde. Ferhian hurla alors que les pseudopodes se précipitaient sur lui et entraient dans sa bouche, ses oreilles, son nez.

— Et tu es des nôtres, à présent, ricana Solaryne.

Couchée à la lisière de la clairière, la Louve Impératrice, morte depuis des siècles, retroussa ses babines de contentement.

Ferhian sourit à son tour.

La noirceur de mon âme ne demandait qu'à s'éveiller.

10

— Nous avons de la visite, chuchota Rhiord à l'oreille d'Edjer.

Celui-ci jeta un œil à la forme allongée du troll. Les tubulures s'étaient détachées d'elles-mêmes et le diadème de métal rouge s'était relevé. Les lèvres à moitié brûlées de Ferhian remuaient lentement. Il prononçait des mots sans suite d'une voix angoissée.

— Plus aisé que je ne l'avais anticipé, s'étonna Edjer.

Le Dragon des Brumes se leva lentement. Rhiord l'accompagna hors du temple. Le soleil s'était couché depuis peu. Étangs et mares reflétaient le rouge sanglant du ciel. Sur les saules, sorbiers, sureaux et autres églantiers, des centaines d'oiseaux étaient perchés. Un être engoncé dans un manteau à capuche se tenait sur l'ancien parvis du temple, près de la fontaine brisée. Entre les pans de sa cape, on voyait les ténèbres bouillonner. Deux orbites vides d'yeux lupins les dévisageaient tous les deux : quelques vers annelés s'y promenaient. Les restes décharnés d'un museau de loup pointaient vers le sol.

Maerlar Ravanaï parla de sa voix abyssale :

— Magus Secondarius Rhiord, du conseil des animaux étranges. Edjer-Verian, mon Dragon des Brumes, comme il est plaisant de vous revoir tous les deux. Et, je l'espère, avec de bonnes nouvelles pour la suite des opérations.

Rhiord s'inclina avec respect. Edjer-Verian se transforma à nouveau en dragon aux écailles noires et pourpres. Il alla se percher sur un énorme bloc de marbre trempant dans l'eau. Les oiseaux des alentours le contemplèrent avec curiosité de leurs yeux sans vie. Rhiord prit la parole :

— Seigneur Ravanaï, membre honoraire de notre conseil ainsi qu'il a été voulu par les Léristérites et l'ordre du Valchêne, nous avons en effet réussi, grâce à l'intelligence incisive de votre serviteur, à percer les défenses du troll Ferhian et à le préparer à vos sondes et implants mentaux. Il ne devrait plus opposer trop de résistance.

— À quel point ? s'enquit Maerlar.

Ce fut Edjer qui répondit :

— Il est prêt à défier en duel Ephrem et à prendre la tête de son peuple, mais il a quelques conditions à vous soumettre. Je suppose que ce ne sera pas un problème pour vous. Je ne voyais pas comment faire autrement, et le Magus Secondarius non plus.

Maerlar ne dit rien. Il réfléchit. Le ciel s'assombrit encore plus. Des nuages lointains s'effilochèrent dans la lumière du jour agonisant.

— Pourquoi pas ? Je vais juste m'assurer qu'il est consentant et qu'il ne vous a pas joués. Rhiord, passez devant, je vous rejoins. Edjer, je dois te parler.

Le Magus Secondarius se retira dans le temple.

— Je vous écoute, seigneur Ravanaï, souffla le dragon.

— Bientôt, tu vas avoir l'occasion d'éprouver les limites de ton pouvoir.

— Ne l'ai-je pas déjà fait ? J'ai failli disparaître dans un Nœud de magie à Pyral pour ramener ce troll. Il s'en est fallu de peu que…

— Ne m'interromps pas !

La voix claqua comme un fouet. Maerlar serra dans sa griffe décharnée le morceau de saphir noir qui lui permettait de contrôler le dragon. L'éclat fiché dans le crâne d'Edjer luit, et le seigneur drakère ressentit une terrible douleur. Maudissant sa situation, il se fit la remarque que même le fait d'être une créature de l'Anti-Vie ne préservait pas de la souffrance. Le monde des ténèbres était décidément mal fait.

— Veuillez me pardonner, maître.

— Voilà ce que tu vas faire : tu vas voyager jusqu'à la cité de Dundalk, sur l'île de Dufanàghy. Une flotte battant pavillon radléàrhe devrait s'y trouver. Tu la détruiras et tueras tous ceux qui se trouvent à bord. Le *Soleil*, navire amiral, ne doit pas en réchapper, ainsi qu'un navire à quatre mâts possédant une cheminée en son centre, et qui a pour nom *Chimère Étoilée*.

— Et la cité de Dundalk ?

— Tu n'y toucheras pas, la destruction des navires suffira à insuffler une terreur profonde et inextinguible.

— Et si je ne trouve pas ces vaisseaux là-bas ?

— Alors, débrouille-toi pour les débusquer et les couler. Tu as plus d'un tour dans ton sac. Tu sauras faire face à toutes les situations. J'ai insufflé dans ton éclat de saphir noir assez de pouvoir tiré des Nœuds de magie souillés pour te soutenir lorsque tu franchiras les étendues maritimes. Ne me fais pas regretter cette décision. Va, et fais ce que dois.

Le dragon allait s'envoler quand une question lui vint à l'esprit :

— Ce navire à cheminée semble vous inquiéter plus que les autres. Pourquoi ?

— Ils utilisent une technomagie fondée sur le terraverre. Une sorte de bouclier qu'il te faudra détruire ou outrepasser d'une manière ou d'une autre.

— Bien, maître.

Et cela ne te serait pas venu à l'esprit de me le préciser avant que je parte, arrogant personnage ? grommela Edjer intérieurement. *Il est grand temps que je réfléchisse à un moyen de me libérer de ton emprise. Cependant, tant qu'il aura ce saphir noir en sa possession…*

Maerlar pénétra dans le temple. Edjer fit claquer ses grandes ailes membraneuses et prit son essor.

Dundalk était à au moins un jour de vol.

Un jour de plus à vivre pour ses proies.

11

Vedrize, chef de la Guilde du commerce techno-magique yaxchilane, frappa du plat de la main sur la table de la grand-chambre.

— Je réclame une punition exemplaire ! s'indigna-t-elle. L'ingénieur en chef a osé s'emparer d'un des cœurs terraverriques de mes golems en sommeil pour reconstituer une partie de ses réserves ! Non contente d'être allée jusque-là, elle m'insulte à tout-va sans aucun respect pour mon grade civil !

— Vous savez où vous pouvez vous l'foutre, vot' grade ? s'esclaffa Coaztli, l'ingénieur en chef du *Chimère Étoilée*.

— Calmez-vous, officière ingénieur Coatzli, ordonna la maîtresse-capitaine Rilize Atzari. Et vous aussi, dame Vedrize. On dirait deux échappées d'Yzok qui se disputent un bout de gecko. Exposez-moi la situation le plus calmement possible. Commençons par votre version, ajouta-t-elle en hochant la tête en direction de la machiniste bourrue.

La peau déjà cuivrée de Vedrize vira au rouge vif. Mais Rilize la fit taire d'un froncement de sourcil menaçant.

— Nous avons quatre automates de réserve, maîtresse-capitaine, répondit Coaztli. Chacun possède un cœur terraverrique d'au moins trois mana-étalons. Nos réserves à nous sont épuisées. Alors je me suis servie sur un golem pour faire remonter la chaudière à un cinquième de sa puissance. On est en guerre, le service prend l'pas sur le civil, c'est vrai ou pas ?

— Vous avez raison, acquiesça Rilize en jetant un œil à deux membres d'équipage qui redoraient les moulures du balcon arrière. Dame Vedrize, même si le conflit orlandais s'est achevé par une pirouette politico-guerrière, je dois vous rappeler que nous sommes en cheville avec les insoumis menés par l'amiral O'Leary. Aussi, tant que les Léristérites et nous-mêmes n'auront pas signé de trêve, les prérogatives martiales des officiers de ce navire prévaudront.

— C'est une honte, fit Vedrize en se levant, furieuse. Je vais de ce pas rédiger…

— Rédigez ce que vous voulez, mais si ma chef machiniste décide de démanteler les automates pour réparer le moindre taquet de ce navire, il en sera ainsi. Je suis seule maîtresse à bord après l'Honorable Excellence Ijane Férimiria.

— Si seulement elle était là, je vous assure que votre carrière en prendrait un coup, répliqua Vedrize, piquée au vif.

À ce moment précis, le cube noir et or posé sur le bureau de la maîtresse-capitaine pulsa : une légère luminescence s'en échappa, puis divers sigles flottèrent au-dessus. Les trois femmes échangèrent des regards intrigués. Rilize s'empara du cube, fit jouer plusieurs runes. Le nom et le code chiffré d'Ijane apparurent. Puis une voix familière s'éleva :

— Ici Ijane Férimiria. Je repère deux personnes présentes autour du cube à part vous, maîtresse-capitaine Atzari.

— Ce sont dame Vedrize, la chef de Guilde de l'antenne yaxchilane, et mon ingénieur, Zarane Coaztli, Votre Excellence.

— Et j'ai une plainte à formuler… commença Vedrize.

— Je n'ai cure de vos gémissements plaintifs, rétorqua aussitôt Ijane. Je ne sais pas combien de temps je vais pouvoir maintenir ce canal ondiligne ouvert, alors nous allons parer au plus pressé. Maîtresse-capitaine, quelles sont vos position et situation ? Et, surtout, quelles sont les nouvelles du conflit ?

Il y eut un véritable vacarme derrière Ijane.

Celle-ci se retourna : des barres de métal s'étaient effondrées au centre du navire éventré. Rigori, qui manipulait un palan, s'efforçait de sortir le trône des décombres. Arline, positionnée sur une des passerelles au-dessus, le guidait avec ses bésicles enchantées.

— Le crochet numéro trois a lâché, se désola la jeune magicienne. Le bord du fauteuil de métal a fait craquer plusieurs poutres.

— Je vais redescendre pour arrimer, dit Rigori en sautant de son siège de commande.

— Tout va bien ? s'enquit la voix de Rilize par le cube. Votre Excellence, quel était ce bruit ?

— Patientez une petite minute, maîtresse-capitaine.

Ijane s'éloigna, franchit le parvis et se retrouva bientôt dans la salle de la herse. Enfin un peu de calme.

— Bon, faites-moi donc un rapport succinct, maîtresse-capitaine.

— Nous nous trouvons à Dundalk, un port de baleiniers sur l'île des monastères dédiés à Lug et d'autres divinités.

Rilize expliqua les événements récents : la bataille navale de Sunéryle, la rencontre avec Deirdre et Muirenn, le duel sur le belvédère de Brashâal.

— J'ai pris sur moi d'accepter l'alliance proposée par la reine-sorcière pour que la jeune fille puisse défier en combat singulier Endrew Jaurgrynn. Mon instinct me disait que c'était la bonne solution. Mais une magie insidieuse a sauvé le Haut Roi.

— Ne vous fustigez pas pour cela. J'aurais agi de même, grommela Ijane. Pourquoi n'avez-vous pas conclu une trêve avec les Léristérites ?

— Une partie de la Marche radléârhe a refusé de se rallier à Endrew Jaurgrynn et ce malgré sa victoire au duel d'honneur. Le seigneur Donnely lui-même a été arrêté pour haute trahison car son neveu a volé le fameux sabre et a disparu avec pour je ne sais quelle raison. L'amiral O'Leary et ce qui reste de la flotte radléârhe sont amarrés à Dundalk. J'ai pris la décision de les escorter contre la vindicte des Léristérites.

Ijane réfléchit.

— Avant de vous conter par le détail ce qu'il s'est passé et vous donner mes ordres, continua-t-elle, j'aimerais savoir d'abord comment se passent les choses dans le nord de l'île.

Un grésillement passa à travers les canaux enchantés. Rilize dut se répéter :

— Des baleiniers qui voulaient faire escale à Esther Agliath ont parlé d'une cité en ruines, sous le coup d'une loi martiale. Mais nous ne savons rien de plus.

— Ces nouvelles ne m'enchantent guère. Car c'est non loin, à Galabréà, que se trouve un autre Nœud corrompu. Et nous devons y aller.

— En territoire ennemi, c'est peu prudent. L'endroit doit être gardé, ou fortifié, contra Rilize, inquiète.

— C'est là que le *Chimère Étoilée* entre en scène, maîtresse-capitaine. Le chambellan Rigori a pu déterminer qu'un des canaux de transport des fonderies mène directement à un vieux port abandonné qui donne sur la mer Nordique.

— Vous voulez que nous vous retrouvions près de ce mouillage, Votre Excellence ?

— Vous et toute l'escadre d'O'Leary, ainsi que le plus de volontaires possible. Convainquez l'amiral qu'il s'agit d'une lutte pour la survie de tous les peuples de l'Orlandie, et pas seulement les peuples féeriques. Les deniers de la Guilde technomagique sont à bord avec vous. Servez-vous-en aussi pour recruter toute personne de Dundalk susceptible de pouvoir participer au conflit contre l'usurpateur.

— Les deniers de la Guilde ? s'étrangla Vedrize.

Ijane secoua la tête.

— Prenez cela comme un emprunt à long terme, dame Vedrize. Faites-le signer à la maîtresse-capitaine Rilize. Je le contresignerai lorsque nous procéderons aux modifications du *Chimère Étoilée*.

Il y eut un silence puis la voix de Coaztli sortit du cube :

— Vous allez modifier mon… notre magnifique navire, Votre Excellence ?

Ijane revint à l'arche d'entrée du chantier naval antique. Rigori faisait lentement descendre le trône dans un chariot posé sur des rails. Arline se trouvait déjà sur le gaillard, bien assujettie à une passerelle mouvante. La jeune magicienne utilisait un sceptre runique qu'ils avaient découvert un peu plus tôt sur un panneau à instructions et désenchassait lentement les rivets du canon éthérique.

— Nous allons greffer au navire de nouvelles technomagies. Et avant que vous ne me posiez la question, sachez que, oui, il est bien possible que nous puissions en retirer des bénéfices substantiels lorsque la guerre sera terminée.

— Très bien, Votre Excellence, dit Rilize.

— Je n'ai pas fini. Réactivez tous les golems de la Guilde en sommeil dans les cales. Je crois que nous en avions deux en plus de ceux qui se trouvaient à Rhedyort. Dame Vedrize, me le confirmez-vous ?

— C'est exact. Mais justement, l'un des quatre sera inutilisable car nous manquons cruellement de terraverre…

— Ne vous en faites pas pour ça. L'adaptation des horloreliques sur le *Chimère Étoilée* prendra un certain temps. Il y a du terraverre brut ici, et bientôt notre bâtiment pourra s'enorgueillir d'avoir assez de réserves pour tenir dix ans.

— Vot' Excellence, s'enthousiasma Coaztli, vous me mettez l'minerai dans l'four, comme on dit par chez nous à Derewitz !

— Parfait, dit la nécromancienne en ôtant son tricorne et en s'essuyant le front. Appareillez le plus vite possible, je vous transmets les coordonnées que le chambellan Rigori m'a données pour la position du port abandonné. Quand pensez-vous arriver au mouillage ?

— Laissez-moi calculer avec les cartes, Votre Excellence.

— Faites vite. La communication commence à se désagréger.

Rilize se dépêcha.

— Si tout va bien, et avec la nouvelle réserve de terraverre prise au quatrième automaton, je pense que le voyage jusqu'à vos coordonnées devrait durer six à huit heures.

— Comptez un peu plus. Nous avons du travail ici. Prenez une demi-journée pour embrigader le plus de combattants possible et, surtout, convainquez O'Leary et son escadre.

— À vos ordres.

— Je coupe la communication. Je vous attends dans vingt-quatre heures à la porte donnant sur le port.

12

Ijane n'aimait pas l'idée de laisser Arline seule, mais celle-ci continuait à étudier les divers schémas runiques pour mettre en marche les élévateurs centraux.

La nécromancienne et Rigori, quant à eux, se dirigeaient vers la gare d'arrivée, ou du moins celle qu'ils avaient empruntée à l'aller.

Rigori la guida. Ils montèrent des marches, longèrent des corniches protégées par des garde-fous : Ijane, fascinée, contemplait les installations runiques en contrebas et les générateurs ondilignes ancrés en profondeur. L'ampleur de l'ouvrage lui donnait le vertige.

— Nous y voilà, dame Ijane, dit Rigori.

Les deux compagnons avaient grimpé un large escalier en spirale. Ils débouchèrent dans une salle où des sillons profonds finissaient le long de quais de déchargement. Dans une paroi était enchâssée une des portes circulaires.

Ijane s'en approcha.

— Elle s'ouvre vers le haut. Comme la herse. Il faut trouver le mécanisme.

— Ici, dit Rigori.

Le derylite montra une casemate où pourrissaient deux treuils rongés par la rouille. Les chaînes qu'ils actionnaient disparaissaient dans des tuyères au sein du roc.

Ijane repéra une console et effleura une rune ormérite qui disait « enclenchement ».

Rien. Tout était désactivé. Rigori apporta deux énormes barres de métal et les enfonça dans des tubulures sur le côté du treuil.

— Nous allons devoir faire ça à la main, dame Ijane.

— Certes.

S'appuyant sur la barre, elle commença à faire pression. Le treuil tourna lentement. Rigori donnait de la voix en jurant copieusement. Les taquets cliquetèrent sur les encoches. La porte se souleva d'un pouce. Ijane était inondée de sueur.

— Allez, l'encouragea Rigori avec un sourire amène. Dites-vous qu'il ne reste plus qu'une centaine de crans !

Un quart d'heure plus tard, Ijane, assise au sol, reprenait lentement son souffle. Elle eut la force de prononcer deux syllabes pour faire évaporer la sueur de son corps. Rigori, appuyé sur le treuil, regardait la porte béante : les trois para-élémentaires propulsifs étaient tranquillement adossés à leurs zones de régénération.

— Ils sont là où nous les avons laissés.

— Et la porte vers les hauts-fourneaux ? demanda Ijane.

Ils sortirent sur les quais extérieurs. Une épaisse couche de débris et de poussière recouvrait l'ensemble de la gare. La porte vers la fonderie n'était plus que décombres : poutres de métal, blocs de pierres, outils et verre fondu. Les hauts-fourneaux, inaccessibles, le resteraient longtemps.

— On peut affirmer que Sean et Parshah auront une tombe digne d'eux, dit Ijane.

Arline attendit que les deux autres s'éloignent.

La jeune magicienne déposa sa cape sur la limaille de fer et les dalles de marbre fissurées, puis s'assit dessus. Autour d'elle, le chantier naval l'écrasait de son immensité. Elle ferma les yeux, enfila ses gants et retira deux bourses en cuir de son havresac. Elle y puisa le noir saphir et le cristal vivant contenant le journal de Faer, ainsi que les notes et les formules syllabiques du rituel de purification.

Son esprit était torturé depuis que la nécromancienne lui avait fait comprendre que le verrouillage de plusieurs dossiers critiques dans le cristal vivant n'était pas un acte innocent de la part de Faer.

Je veux savoir pourquoi je me bats. Pourquoi les gens que j'aime meurent. Pourquoi notre île est soumise à la guerre et à la misère. Je veux savoir ce qui ne tourne pas rond dans la tête de mes maîtres. Je ne veux plus leur obéir aveuglément. Je veux leur enfoncer mes cris de souffrance dans le crâne et extirper leur honte passée, de manière à affronter ce qui doit être.

Et que ceux qui m'ont manipulée, trompée, dupée, utilisée, se préparent à subir le châtiment qu'ils méritent.

Elle ôta ses gants.

Arline hésita. La sensation de danger, omniprésente, faillit la dissuader.

Puis le visage de Lorcan lui revint en mémoire. Et Parshah. Et Sean. Ferhian…

Les dés sont jetés.

De sa main droite, elle prit le saphir noir. Le joyau sombre de l'Anti-Vie la brûla profondément mais elle n'en eut cure. Arline serra les dents. Des images de sang et de mort assaillirent son âme. Cadavres déchiquetés, dragons gigantesques obscurcissant les cieux, navires dont les canons déversaient des geysers de flammes sur des cités maudites, continents entiers gelés par la mort, dérivant dans les cieux.

Arline faillit se perdre dans ces moments de démence. Mais elle fit à nouveau appel aux souvenirs de ses amis défunts. Elle reprit le contrôle. Les images s'éloignèrent.

La jeune fille referma ses doigts sur le cristal vivant de Faer. Se focalisa sur les dossiers verrouillés dans la magiographie. Ouvrit un canal dans son esprit, au sein des champs de magie.

Les verrous volèrent en éclats. Des milliers de mots s'incrustèrent alors dans le cerveau d'Arline, se déversant comme un torrent de vérité.

Trop de choses, trop de mots, trop d'horreurs, trop d'injustice, trop de tortures, trop de destins écrasés par les raisons d'un petit nombre. Des noms fusèrent, des lieux, des rituels, un conseil fait de masques d'animaux hilares devant la souffrance, des hommes-tigres maniant des sabres d'énergie et détruisant tout sur leur passage.

Arline vit un arbre infini rongé par les braises d'un feu empoisonné et des rivières de sang qu'on déversait au sein de son cœur. Il n'y eut plus alors qu'un vaste champ de ruines fumantes sur lequel planait un ciel noirci d'oiseaux.

Plusieurs êtres, aux quatre coins de ce monde de désolation, la fixèrent soudain.

Et elle se vit au centre de ce champ de ruines. Agenouillée sur une roche d'un noir de néant.

Brandissant le cœur encore battant de sa propre poitrine déchiquetée.

Arline lâcha les deux joyaux et s'écroula, foudroyée par sa vision.

Quelque part au-dessus de la Forêt aux Sorciers, Edjer-Verian se tordit soudain de douleur. L'éclat de saphir noir dans son crâne se fissura. Il faillit perdre le contrôle de sa forme draconique. Il s'était retrouvé, l'espace d'un instant, au-dessus d'un monde dévasté au centre duquel une jeune humaine venait de s'arracher le cœur.

Dans le temple, près de Ferhian, Maerlar Ravanaï porta la main au crâne de lupin qui lui servait de réceptable. Rhiord le retint de justesse avant qu'il ne tombe. Le sorcier de l'Anti-Vie avait vécu, l'espace d'un instant, la plus angoissante des expériences: il avait cru se dissoudre à nouveau dans le néant auquel Faer et Bonisal l'avaient condamné.

Aourhegan, enchaînée, releva la tête. Un éclair de douleur avait traversé son corps. Une image avait brûlé dans son esprit: celle d'une jeune fille perdue dans une lande stérile, blafarde, dévastée par un fléau d'oiseaux fondus en un seul être de néant.

Endrew, sous la tente de commandement au bord du Marais Glauque, dormait seul lorsque la souffrance envahit tout son côté gauche. Il vit dans son cauchemar le visage d'une femme aux cheveux d'un blanc d'os et affublée d'une queue de goupil roux. Elle tenait un cœur battant dans ses mains. Et, au centre du cœur, un joyau sombre qui pulsait au même rythme que le nouveau bras que lui avait greffé Maerlar.

Il se trouvait sur un promontoire surplombant une terre dévastée par tous les fléaux du monde. La jeune fille, agenouillée au centre de ce pays infini, lui dit: «Retourne-toi.»

Deirdre se tenait derrière lui. Elle lui trancha la tête avec SaerAnà.

Sa tête, détachée du corps, s'envola vers les cieux de plume noire en hurlant.

13

— Foutre maudit de Lug ! s'exclama Endrew.

Réveillé en sursaut, il s'assit sur le côté de son lit de camp. Brideï, la garde du corps silencieuse, et un autre guerrier sinistre entrèrent sans un bruit, examinant les lieux.

On n'entendait que le crépitement des feux de camp, le coassement lointain des crapauds et le chant des cigales.

Endrew se leva. Il avait dormi avec sa broigne, celle qu'il portait toujours sous sa cuirasse et sa cotte de mailles. Il se sentait poisseux. La chaleur de la nuit orlandaise, surtout aussi près de la Petite Désolation, n'arrangeait pas les choses. Le greffon de son bras gauche, que la sorcellerie de Maerlar avait implanté, le lançait encore après le cauchemar.

Il se dirigea vers la bassine en cuivre qui reposait sur sa table de travail, y versa un peu d'eau. Le Haut Roi s'en passa sur le visage. Sous ses doigts, il sentit les cicatrices du passé, la rugosité de sa peau. Curieux, il intensifia la lumière de la lampe à naphte au-dessus de la bassine et regarda sous sa cape. Les muscles du bras daemonique finissaient de se former, s'intégraient avec ceux de son moignon. Un long gant de velours noir recouvrait le reste et il sentait pulser la puissance intrinsèque des esprits de la corruption.

Endrew trempa ses cheveux dans l'eau de la bassine et se redressa, la laissant s'écouler lentement sur sa nuque, son cou, pénétrer entre sa tunique et sa peau. Cela le rafraîchit.

Violent, désertique, brûlé.

Qui était cette fille aux cheveux blancs ? Pourquoi avait-il l'impression de l'avoir déjà vue ? Pourquoi ce saphir noir ? Il ressemblait à celui que brandissait sans cesse Maerlar lorsque le sorcier utilisait l'Anti-Vie. Endrew avait-il contemplé l'avenir de l'Orlandie ? Ce désert ?

Et pourquoi pas ?

La vie valait-elle d'être vécue après le duel ?

Il n'y avait que la mort, le désespoir, la corruption, l'avidité, et la misère.

Et si je retrouve cette fille aux cheveux blancs, elle sera ma nouvelle reine. Une souveraine aussi impitoyable que moi. Et nous ferons régner l'horreur en Orlandie.

Et nous détruirons Maelar Ravanaï quand nous n'aurons plus besoin de lui.

Des bruits de pas. Endrew avait déjà perçu les voix de Lochlainn et de MacCermath, accompagnés de la Léristérite et de ses deux agents. Neil, son aide de camp, un jeune écuyer marnorain qui le vénérait comme un dieu, l'appela à travers le rideau de communication.

— Votre Majesté, le conseil vous attend. Il y a matière urgente.

— Entre, fit Endrew en réajustant le gant noir sur son nouveau bras.

Il rabattit sa cape, fit signe à Brideï et à son comparse de laisser entrer Neil. Les deux autres gardes du corps suivaient celui-ci. Le jeune homme s'inclina et s'empara immédiatement de la cuirasse damasquinée de son roi.

— Pourquoi tant de hâte ? bougonna Endrew. Le soleil n'est même pas encore levé.

— Je crois qu'il y a eu un problème avec le seigneur Ainrinth, sire.

Le soleil venait juste d'atteindre son zénith. Il éclaboussait la lisière du marais, entre deux collines couvertes de buissons touffus.

Sur la crête de l'une d'elles, un groupe de cavaliers contemplait la vallée en contrebas.

Ainrinth abaissa sa longue-vue et gratta les écrouelles sous le col de son armure. Un porteur de bannière, le capitaine de sa garde de cuirassiers et le commandant du régiment brànne affecté au front du Sud se tenaient derrière lui. Devant lui, mousquet et grand arc à l'épaule, un limier maigre et hâve, habillé de vert sombre, était accroupi, ainsi que deux éclaireurs.

— Vous êtes sûr de ce que vous avez vu, lieutenant Fyr ? s'enquit Ainrinth.

L'intéressé acquiesça :

— Le limier Yvryn ici présent nous a emmenés jusqu'au point qui surplombe la vallée encaissée, monseigneur. Et…

— Je veux l'entendre de sa bouche. Approche, limier.

Le dénommé Yvryn avait d'étranges pupilles d'un bleu intense, presque scintillant. Ses hautes pommettes et son teint hâlé de montagnard dénonçaient son origine brànne.

— Tu es un changelin, limier.

L'autre ne se démonta pas.

— C'est exact, monseigneur. Du moins un quart, par ma grand-mère, une réfugiée venue d'un village du Marais Glauque après une attaque des Fées Noires. Elle et mon grand-père paternel se sont connus à Dùnliffden.

— Et affronter des changelins dans cette guerre ne te perturbe pas, limier Yvryn ?

L'éclaireur regarda son supérieur, le lieutenant Fyr, qui haussa les épaules. Ainrinth sortit une cravache de ses bottes et frappa Yvryn au visage.

— Tu ne détournes pas la tête quand je parle ! fulmina le Scrofuleux.

— Pardonnez-moi, monseigneur, rétorqua l'autre, la joue cuisante de la morsure du cuir. Et pour répondre à votre question, non, cela ne me perturbe pas. J'estime accomplir mon devoir de soldat brànne en luttant contre les ennemis de la Couronne.

— Monseigneur, s'insurgea le commandant du régiment. Je connais très bien Yvryn. Il sert dans notre armée depuis dix ans.

Ainrinth le foudroya du regard.

— Il suffit d'une goutte de sang féerique et l'homme est gâché, commandant O'Malley ! Mais soit. Montre-moi ton poignet, limier Yvryn.

Celui-ci s'exécuta.

— Au moins tu n'as pas utilisé le pouvoir maudit de ceux de ton sang, limier. Sinon nous en verrions des traces. Maintenant, raconte-nous ce que tu as vu.

Le limier montra deux montagnes qui perçaient la brume comme des dents jumelles.

— Hier, nous sommes partis repérer la vallée d'Origh située entre les Deux Larmes jumelles. Quelle ne fut pas notre surprise de découvrir une petite armée qui campait sur la lande près des ruines du tertre sacré. Nous avons reconnu les bannières du seigneur Avaril et un nombre important de ses hommes – au moins cinq cents. Des licornes noires broutaient dans la prairie. Un contingent d'une cinquantaine de trolls se trouvait là aussi et, au sommet d'une colline trônait une tente surmontée des bannières de Muirenn Orlagh et de Penthryl.

— Comment avez-vous fait pour ne pas vous faire repérer ? s'enquit le commandant O'Malley, soupçonneux.

— Nous avons évité leurs sentinelles et leurs patrouilles. Le vent souffle vers le nord, les lupins ne nous ont pas sentis.

Le lieutenant Fyr confirma d'un hochement de tête.

— Il n'empêche, contra O'Malley, tout cela pourrait être une mise en scène. C'est trop facile.

— Une mise en scène ? fit le seigneur Ainrinth. Que voulez-vous dire ?

— La magie des êtres féeriques est puissante dans le Marais Glauque, monseigneur. Il se pourrait que ce soit un piège.

Ainrinth éclata de rire.

— Vous oubliez, commandant, que la Mort Blanche frappe tous ceux qui utilisent la magie, druides, mages, Êtres-Fées. Même s'ils avaient la puissance de s'en servir, la peur, oui, cette peur qui touche tout être vivant à l'idée de mourir, les en empêcherait. Capitaine MacFarlann, avez-vous un avis sur la situation ?

L'officier à la moustache fournie répondit :

— Eh bien, monseigneur, je serais d'avis de profiter de l'occasion avant qu'ils ne décident de changer de position.

— Comment cela ?

— Apparemment, il s'agit d'une armée de renforts qu'on envoie à Larion ou d'une force pour attaquer de flanc tout effort poussé vers la forteresse. Nous possédons au moins deux fois plus d'hommes et de mousquetiers, ainsi que cent cavaliers lourds et leurs écuyers. Et il ne faut pas négliger l'opportunité de capture ou d'élimination pure et simple de Muirenn Orlagh.

— Nous ne pouvons pas commettre l'avant-garde sans en référer au Haut Roi, monseigneur, protesta O'Malley. Ce serait contre…

Ainrinth fit claquer sa cravache contre ses bottes.

— Il suffit ! Le roi ne peut pas être partout ! Ce n'est pas un gamin qui a presque vingt-cinq ans de moins que moi qui va me dicter tous mes mouvements ! Le capitaine MacFarlann a raison, il faut profiter de l'occasion et apporter à Sa Majesté la tête de Muirenn Orlagh.

— J'insiste pour qu'un message soit envoyé au roi, monseigneur, répliqua O'Malley.

— Faites. Le temps que sa réponse nous parvienne, nous aurons déjà terminé l'opération. Messieurs, voilà une occasion de se couvrir de gloire !

Des ordres furent lancés, on oublia les limiers.

Yvryn descendit la colline pendant que l'armée se préparait à marcher. Il se dirigea vers la lisière d'un bois de saules, étendit la main dans un buisson. Un lynx vint lui lécher la main, puis partit en courant dans les sous-bois. Yvryn retourna avec les éclaireurs, le regard dur.

Il n'avait aucun regret.

14

Le lynx disparut dans les rochers après avoir délivré son message à Muirenn Orlagh.

— Ils ont mordu à l'hameçon, se réjouit-elle. Ce seigneur Ainrinth est un imbécile arrogant. Je me demande pourquoi Endrew l'a placé à la tête de son avant-garde.

Ephrem, le gigantesque troll, ajustait sa longue-vue depuis le point le plus haut de la vallée d'Origh. Il voyait, au loin, des mouvements de troupes : canons tirés par des chevaux, cavaliers lourds, ces chevaliers orgueilleux dont les armures brillaient au soleil, et des centaines de mousquetiers flanquant des régiments de cuirassiers.

— Pour se débarrasser d'un imbécile, je suppose, dit-il.

Le seigneur de Penthryl déclara :

— Il a bien fait. Pour notre plus grand plaisir.

Muirenn Orlagh soupira :

— Tout est prêt, messieurs ?

— Il y aura sans doute des pertes, avoua Ephrem, mais c'est le risque.

— Je ne suis pas la plus apte à prendre des décisions, mais le conseil de la Résistance a tranché, conclut la reine-sorcière. Et ceux qui sont sur le terrain, malgré leur rareté, se sont portés volontaires. Si tout se déroule comme prévu, Endrew devra se priver de plus de deux mille hommes pour sa campagne contre les Franges féeriques.

— Que la Déesse-Mère vous entende, pria Avaril.

Muirenn eut un sourire en coin.

— Elle a une dette envers moi. En ce moment, elle est tout ouïe.

Les éclaireurs des régiments brànnes égorgèrent les sentinelles changelines qui guettaient le passage du col, près de la rivière des Larmes.

Aussitôt, les canons entrèrent en action depuis les contreforts où ils avaient été apportés et une pluie de flèches enflammées s'éleva, retomba sur les tentes du camp de la Résistance. Une vingtaine de boulets explosifs ravagèrent l'enclave et des corps furent projetés dans les airs.

Le camp des Franges, pris par surprise, sombra dans le chaos le plus total : la tente de Muirenn s'affaissa, des licornes galopèrent dans tous les sens, fauchant des soldats sur leur passage. Des centaines de mousquetiers brànnes débouchèrent par la crête nord et le versant est, coupant toute échappatoire, installèrent leurs trépieds et tirèrent par roulements sur tout ce qui bougeait. Les trolls furent les plus touchés : leur masse les désignait comme cibles privilégiées. Ils s'effondraient dans les roseaux proches de la rivière ou dans les fourrés des bois de saules. Les licornes aussi tombaient par dizaines tandis que leurs cavaliers lupins essayaient de répondre aux tirs. La vallée tout entière résonnait du bombardement et des tirs. Enfin, les quelques centaines de Résistants des Franges, changelins, lupins et trolls qui restaient organisèrent un dernier carré au milieu du vieux cromlech sacré.

Ainrinth ordonna enfin le cessez-le-feu. Il ne voulait pas que le très ancien cercle de pierres soit détruit par un seigneur des Marches. Inutile d'ajouter une malédiction supplémentaire à ses écrouelles déjà bien ennuyeuses.

— Que la cavalerie et les piquiers se mettent en route, dit-il. Nous allons les finir au corps-à-corps.

Lui-même prit la tête des chevaliers brànnes, portant lances, masses et espadons.

— Est-ce bien prudent, monseigneur ? s'inquiéta O'Malley. La sagesse voudrait que nous les bombardions pour les finir. Les canons léristérites ont montré…

— Ne mentionnez plus jamais ces femmes sans honneur et irrespectueuses, sinon je vous promets que vous serez le prochain à avoir votre tête au bout d'une pique, commandant. Allez rejoindre vos mousquetiers.

Il éleva la voix pour que tous l'entendent :

— La bataille de la vallée d'Origh sera chantée comme un exemple de la bravoure brànne !

Une clameur s'éleva des rangs, les armes furent brandies, le capitaine O'Rourke leva haut la bannière et commença à déclamer un chant rimé. Deux cornemuses et plusieurs tambours le reprirent. Ainrinth rabattit la visière de son heaume, ajusta son gorgerin et pointa vers la vallée avec sa lourde épée de seigneur :

— Pour l'Orlandie ! Pour les Marches ! Brànnes, osez, fendez, tuez, massacrez, répandez le sang de nos ennemis !

La charge ébranla le sol. Les cuirassiers et les piquiers se mirent à chanter en courant, la rage de tuer au cœur. Chevaliers et écuyers, armes en main, longèrent la rivière, passèrent le col.

Les compagnies montées pénétrèrent dans les espaces découverts et la charge prit de l'ampleur. Les cavaliers se concentrèrent en fer de lance. Derrière eux, les mille piquiers brànnes finissaient de franchir le col en trottant dans leurs armures lourdes.

Ainrinth, exalté, se rapprochait encore du cromlech : des centaines d'ennemis avaient épaulé leurs mousquets et commençaient à tirer dans la direction de la cavalerie brànne. Des licornes noires survivantes montées par des lupins armés essayaient d'utiliser les sous-bois pour contourner la charge, mais une compagnie montée légère les engagea.

Les piquiers finirent de franchir le col et toute l'avant-garde s'avança alors dans la vallée d'Origh.

Deux cavaliers tombèrent pendant la charge, percés de balles. Ainrinth entendit un plomb siffler à son oreille. Plus que cent toises avant d'entrer en contact avec les Résistants regroupés dans les ruines du cromlech. Des trolls se préparaient à recevoir la charge avec de grands épieux dressés devant eux. Mais il était trop tard : les cavaliers brànnes allaient tout emporter sur leur passage.

— Je te tiens, reine-sorcière ! hurla Ainrinth en voyant l'arrogante figure féminine montée sur une licorne au centre du cromlech, sa bannière argent et noir alicornaire haut levée au bout d'une hampe de lance.

La charge passa les premiers dolmens effondrés, des corps furent emportés par le torrent, les épées brànnes ouvrirent des rivières de sang.

Puis, soudain, il n'y eut plus personne. Les corps frappés disparurent en fumée, le camp s'évanouit dans les brumes affleurantes, les licornes noires que combattait la cavalerie légère se désagrégèrent en lanières d'éther. La charge perdit de son inertie tandis que des exclamations de surprise fusaient dans les rangs. Les piquiers qui s'étaient dangereusement dispersés dans le dessein de piller le camp furent pris d'un horrible sentiment de panique.

Seuls, sur des dolmens encore intacts du cromlech, des trolls assis en tailleur apparurent. Couverts de symboles et de peintures de guerre, ils irradiaient une aura d'un vert aveuglant. Leurs longs sabres ciselés de runes et de glyphes féeriques étaient plantés dans le granit. Ils se mirent à chanter, et leurs voix couvrirent sans peine celles de la cornemuse et des soldats brànnes.

— Tuez ces sorciers ! hurla Ainrinth.

— C'est un piège, dit O'Rourke. O'Malley avait raison depuis le début !

Il agita la bannière pour signaler la retraite aux porteurs de drapeaux des collines, mais découvrit, à la place des mousquetiers des crêtes du Nord et de l'Est, des centaines de soldats portant l'uniforme de Penthryl, pointant la gueule de leurs armes vers eux. Les cadavres de leurs hommes jonchaient le sol au sommet des collines.

Des tirs de canons retentirent : les boulets s'écrasèrent au milieu des piquiers. Les soldats brànnes, désemparés, moururent par dizaines.

— Tuez ces sorciers trolls ! insista Ainrinth. Arrêtez ce chant maudit !

Il fit volter son destrier, des chevaliers le suivirent et l'imitèrent lorsqu'il dégaina ses pistolets aux fines ciselures d'or. Il visa un des sorciers. Tira et en blessa un qui tomba à la renverse. Ses cavaliers, désorganisés, ne furent qu'une dizaine à faire feu sur les autres, mais il était trop tard : le chant s'était achevé.

La terre gronda sous les sabots de leurs montures. Les chevaux de guerre se cabrèrent, certains s'abattirent au sol en entraînant leurs cavaliers, qui furent écrasés. Les centaines de soldats d'infanterie qui couraient vers le col furent déséquilibrés par une brèche gigantesque qui s'étoila dans toutes les directions. Des arbres furent arrachés du sol, des nuages de poussière aveuglants s'élevèrent, accentuant la panique alors qu'un feu roulant de boulets explosait dans les rangs. Un contingent troll apparut au niveau du col, lance en avant, pavois levés, et marcha vers le centre de la vallée : il massacrait tous les hommes qui passaient à sa portée ou qui se jetaient sur ses armes. Une troupe de cavaliers qui avait réussi à éviter les gouffres en longeant le bord de la rivière le chargea, mais elle fut stoppée net par une autre compagnie de ces géants féroces armés de mousquets.

Ainrinth ne savait plus où donner de la tête. Cependant, il lui restait le col du Nord, malgré les tirailleurs et mousquetiers d'Avaril : la brume allait l'aider. Il regroupa une cinquantaine de ses chevaliers et une centaine d'écuyers, qui suivirent la bannière brandie par O'Rourke. Plusieurs sorciers trolls essayèrent de s'éloigner du cromlech, mais Ainrinth et sa petite troupe les rattrapèrent. Le seigneur brânne en décapita un avec sa grande épée seigneuriale, puis le groupe de cavaliers s'enfonça vers le nord au milieu des tirs de mousquets ennemis. Alors qu'ils allaient atteindre la lisière d'un grand bois de chênes, une charge de licornes surgit d'un ravin boisé pour les intercepter.

Ainrinth lança le cri de guerre des Brânnes :

— Brânne, pourfends et chante la gloire !

Ses chevaliers reprirent en chœur. À la tête des lupins montés, le seigneur Ainrinth reconnut Muirenn Orlagh, brandissant SaerAnà qui flamboyait de mille feux.

Les licornes noires et les chevaux caparaçonnés entrèrent en collision. Des cornes éventrèrent, les armes à feu des lupins emportèrent des têtes avant qu'ils ne tirent leurs épées du fourreau, des lances de chevaliers empalèrent animaux et hommes-bêtes dans des hurlements d'agonie. Muirenn et Ainrinth, fous de rage et de haine, se chargèrent mutuellement au milieu du tumulte : les deux adversaires passèrent l'un à côté de l'autre. L'épée d'Ainrinth frappa de haut en bas, ouvrant toute l'encolure de la licorne noire en un geyser de sang. La reine-sorcière avait bondi sur l'échine de sa monture ; SaerAnà armé de taille, elle visa parfaitement le col du seigneur brànne. Le gorgerin de l'amure, en acier cent fois trempé, ne résista pas au tranchant du sabre sacré : l'orichalque et l'enchantement de la lame tranchèrent métal, cuir, chair et os. La tête d'Ainrinth se détacha de son corps.

La licorne de Muirenn s'effondra, elle se retrouva à quatre pattes sur le sol. Aussitôt, elle se transforma en loup géant et bondit dans la mêlée, arrachant le bras du capitaine O'Rourke ainsi que la bannière des régiments brànnes.

Lorsque la poussière de la bataille retomba, les Résistants avaient perdu trois cents hommes lors des assauts-surprises sur les mousquetiers et les batteries de canon, ainsi qu'une vingtaine de trolls lors des contre-charges du col – dont cinq sorciers-chamans.

En face, plus de deux mille hommes avaient péri.

Plus tard, Muirenn et Avaril vinrent voir Yvryn et les quelques limiers brànnes qui avaient rejoint leurs rangs. La reine-sorcière boitait légèrement. Les changelins, trois hommes et deux femmes aux yeux clairs et aux cheveux noirs, s'inclinèrent devant la majesté de Muirenn, et l'admiration brillait dans leurs regards.

— Vos indications nous ont été très utiles, déclara Muirenn. Le seigneur Avaril et moi-même vous sommes très reconnaissants d'avoir pris contact avec nous dès l'arrivée des troupes aux abords du marais. Vous avez permis aux Franges féeriques de remporter une victoire rapide et décisive.

Yvryn prit la parole :

— Je crains que ce ne soit qu'un répit, Votre Majesté. Tant que la Mort Blanche s'étendra dans toute l'île, nous serons menacés d'extermination totale. Et je n'ai pas que des bonnes nouvelles à vous annoncer.

Avaril remua sur ses pieds :

— Allons bon, que se passe-t-il encore ?

— Il se trame une traîtrise, monseigneur : j'ai entendu des rumeurs qui disaient que le Haut Roi n'a pas l'intention d'attaquer immédiatement, qu'il comptait camper sur des positions loin de Larion, à la frontière du Marais Glauque.

— Il attend sans doute des renforts depuis le Sud, et espère nous prendre en tenaille avec les forces du Nord ? demanda Penthryl.

— Je ne crois pas. Je sais par les confidences d'un officier éclaireur que l'état-major d'Endrew compte sur une force à l'intérieur des Franges pour l'aider.

Muirenn fronça les sourcils :

— Ce n'est pas étonnant. Je me demande s'il ne s'agit pas des Fées Noires, dont nous ne savons rien. Leur territoire et Aydhin, la cité éternelle, nous sont interdits d'accès, et ce depuis la traîtrise de leur envoyé.

Yvryn acquiesça :

— Je ne sais pas, Votre Majesté. Mais la méfiance est de mise.

— Je te remercie, Yvryn.

Le limier s'inclina et se retira avec ses frères et sœurs changelins.

Muirenn leva les yeux avec Avaril sur la tête du seigneur brànne. Celle-ci était fichée sur une pique entre deux rocs à l'entrée de la vallée.

— Il n'a jamais autant servi qu'à présent, déclara Ephrem en arrivant à leur hauteur.

Mais personne ne rit de cette boutade.

Endrew prit la mort d'Aimrinth avec calme et sérénité. En revanche, la perte des deux mille combattants signifiait un siège plus long et plus coûteux à Larion.

— Djengis, d'après nos informations, fortifie et répare les murs croulants de sa forteresse, dit-il à son état-major réuni dans sa tente. Il n'a pas participé à l'embuscade empreinte de félonie et de déshonneur qui a eu raison de notre avant-garde. Muirenn, Avaril, Ephrem et lui ont, je l'espère, des points de désaccord.

— Faut-il avancer à la rencontre de Muirenn et de son armée pour les exterminer à leur tour ? demanda Lochlainn.

MacCermath intervint :

— Ils se sont retirés au-delà des Larmes jumelles, il serait trop dangereux de nous y enfoncer ainsi.

— J'approuve, dit Endrew, penché sur la carte du Marais Glauque.

— Qu'attendons-nous, donc, sire ? demanda Tyrmon, l'officier qui accompagnait tout le temps Pélante.

La Léristérite lança un regard noir à son agent, puis à Endrew, qui méditait en tapotant la carte de ses doigts. Son regard s'appesantit un peu plus sur Brideï, la femme en armure. Celle-ci leva la main, un merle entra et se percha sur son gant. Il portait un message autour d'une patte.

Brideï déposa l'oiseau sur une table basse et apporta le petit cylindre à Endrew avant de revenir à sa place.

Le roi lut le message et inspira profondément.

— Je pense que dans deux jours nous pourrons marcher sur Larion sans craindre Muirenn et ses sbires. Et nous serons en position de force pour négocier… ou raser cette cité d'hommes-bêtes impies.

15

Lorsque Aourhegan posa les yeux sur Galabréà, la ville brûlait encore.

Les soldats brànnes avaient obligé les prisonniers à marcher toute la nuit. Une longue plainte parcourut les rangs des enchaînés lorsqu'ils virent la cité sacrée d'Orlandie recouverte d'un brouillard diffus, rougeâtre, percé çà et là par des bûchers.

Le Chêne-Monde, l'arbre géant qui s'élevait au-dessus du centre de la ville, était terni par des taches d'un blanc malade. Son feuillage, d'ordinaire couleur émeraude, avait pris la teinte du vieil ivoire. Son faîte se perdait dans une spirale de nuages sanglants.

Aourhegan se mit à pleurer. L'homme au masque de tigre, qui la faisait chevaucher devant lui, en travers de sa selle, lui demanda d'un ton railleur :

— Que penses-tu du travail magnifique que nous avons accompli ici ?

— J'essaie de ne pas penser, répondit-elle, ou alors si : j'imagine votre trop rapide agonie lorsque je vous ouvrirai la gorge d'une oreille à l'autre.

Il lui tapota la tête en riant.

— Une Nerhalfen telle que toi devrait pouvoir apprécier cette complète transformation du Nœud féerique.

Ce fut au tour d'Aourhegan de se figer : il était rare qu'un mortel connaisse le langage ormérite et soit capable de citer le nom des Fées Noires dans leur idiome ancien.

Un grand camp militaire, sur lequel flottaient les bannières et oriflammes brànnes, avait été établi dans les ruines de plusieurs grandes fermes fortifiées. Des centaines de soldats vaquaient à leurs occupations quotidiennes. Plus loin, les murailles de la cité elle-même étaient patrouillées par des guerriers en cuirasse noire zébrée de rouge brillant : les tristement célèbres Lames-Tornades que Ryan lui avait décrits. Elle avait cru repérer son ami à un moment, dans les brumes de la nuit, mais elle ne pouvait pas en être sûre : derrière la file de captifs, un fourgon à barreaux transportait des prisonniers blessés, pressés les uns sur les autres en tas sanglants et méconnaissables.

Tout autour du Chêne-Monde, la cité s'était transformée en un immense cimetière : bâtiments en ruines, rues pavées recouvertes de cendres et de crasse. Des charrois tirés par des chevaux nerveux allaient, vides, vers le Palais accolé à l'arbre divin, et d'autres en venaient, pleins de corps nus et pâles.

— Qu'avez-vous fait ici ? s'étrangla Aourhegan.

— Une grande œuvre, crois-moi. Mais tu n'as pas répondu à ma question. Que pense un être corrompu tel que toi de la fin du règne des druides, des mages et de la féerie sur l'Orlandie ?

— Je ne vois que folie, désespoir, destruction. Vous êtes un dément.

Aourhegan vit qu'une dizaine de ces étranges Lames-Tornades attendaient sous l'entrée massive des murailles, derrière le pont-levis et la barbacane. Des dogues aveugles les secondaient. Un officier s'approcha.

— Déjà de retour, seigneur Dergirion ? Lordlaich a été plus facile à soumettre que vous ne l'aviez prévu.

— En effet, mon cher Amari, mes sortilèges ont eu raison de quelques esprits faibles et les portes se sont ouvertes pour un assaut précis, efficace et meurtrier. Occupez-vous des prisonniers, capitaine.

— À vos ordres.

Amari leva la main vers les liens d'Aourhegan mais le sorcier l'arrêta d'un geste.

— Cette Fée Noire est ma propriété.

Cette phrase alarma Aourhegan. Dergirion caressa les cheveux de la jeune Fée Noire. Lorsque les doigts gantés effleurèrent son menton, elle perdit son sang-froid et mordit. Malgré l'épaisseur de cuir, Dergirion poussa un cri de douleur. Il la frappa violemment au niveau de l'oreille. Aourhegan tomba. Les mercenaires se mirent à rire. Le capitaine Amari et ses hommes restèrent impassibles.

— Sale petite garce, grommela Dergirion.

Il pointa du doigt, dans la file de prisonniers, une fillette qui ne devait pas avoir plus de neuf ou dix ans. Deux mercenaires l'arrachèrent à l'étreinte de sa mère, qui protesta :

— Non, prenez-moi, je vous en supplie !

Les prisonniers grondèrent mais les soldats brànnes les mirent en joue et ils se calmèrent. La fillette fut amenée devant le cheval de Dergirion, puis les deux mercenaires se retirèrent. Aourhegan eut un moment d'angoisse en voyant la mine terrorisée de la gamine.

— Ne lui faites pas de mal, je ferai ce que vous voudrez, dit-elle dans un souffle.

— Vraiment ? demanda Dergirion.

Il ôta son gant et regarda la trace des dents de la jeune Fée Noire sur son doigt.

— Il est trop tard, jeune Fée Noire. Tu as fait un choix. Maintenant, place aux conséquences.

Dergirion se tourna vers les chiens. Il claqua des doigts, deux dogues redressèrent les oreilles.

— Je vous en supplie, insista Aourhegan. Ne faites pas ça. Vous n'avez rien à y gagner ! Ce n'est qu'une petite fille. Elle n'est rien pour vous. Punissez-moi, mais pas elle.

— Tu as raison sur une chose, jeune Fée Noire. Et si tu consens enfin à me dire ton vrai nom, je te jure qu'elle ne souffrira pas de ton outrage à ma personne.

La Fée Noire serra les dents.

— Aourhegan Veniryon, fit-elle dans un souffle.

Dergirion fit un signe de tête à Amari. Celui-ci dégaina une de ses longues lames. Il s'approcha de la petite fille et lui trancha la tête de manière impeccable.

Une bourrasque soudaine souffla sur le pont-levis et la barbacane, apportant quelques flocons de cendres.

Aourhegan regarda la tête de la petite fille rouler sur le pavé, puis elle releva les yeux vers l'homme au masque de tigre.

— J'ai tenu ma promesse : elle n'a pas souffert, dit simplement le sorcier avant de tourner bride vers la cité.

Aourhegan jeta un œil en arrière alors que l'allure de la monture s'accélérait et qu'elle devait suivre pour ne pas tomber. Les Lames-Tornades rassemblaient les prisonniers. Un soldat brànne ramassa la tête de la petite fille et la ficha sur une épée qu'il montra aux autres en riant.

Puis elle croisa le regard du capitaine Amari qui remontait le pont-levis, escorté de deux chiens aveugles :

l'espace d'un instant, elle crut y déceler comme de la pitié, mais c'était plus probablement du mépris.

Aourhegan entra dans la ville cimetière, cette nécropole cendreuse au Chêne-Monde flétri, avec l'impression de laisser derrière elle son âme et tous ses espoirs.

Aourhegan fut séparée des autres prisonniers alors qu'ils traversaient la place centrale de la cité. Des traces d'anciens bûchers souillaient les rues et les avenues vides. Des os étaient visibles partout, entassés en pyramides. La longue file d'hommes et de femmes enchaînés disparut par la porte cochère métallique d'un ensemble de bâtiments administratifs.

Amari était resté à l'entrée de la cité avec sa compagnie. D'autres soldats, vêtus de harnois d'écailles rouge sang et drapés dans des capes de brocart couvertes de flammes, attendaient Dergirion et Aourhegan. Ils les escortèrent jusqu'à un palais niché entre deux racines du Chêne-Monde. Aourhegan identifia la Tour du concile, qui flanquait la structure, là où les mages et les druides se réunissaient auparavant.

Aourhegan avait souhaité infiltrer les rangs ennemis, elle était servie. Elle se mit à tousser. Une douleur irradiante embrasa ses poignets l'espace d'un instant.

Dergirion la traîna jusqu'aux grilles du bâtiment. Ils furent accueillis par une flopée de petits homoncules en livrée qui s'occupèrent aussitôt de la monture du sorcier.

Aourhegan s'effondra au milieu de la cour, près d'une fontaine d'où coulait toujours une eau claire et limpide.

Elle en but avidement. Le sorcier s'approcha d'elle et lui tira violemment les cheveux.

— Il n'est pas encore temps de te reposer, petite Nerhalfen. Je dois te prémunir contre ta fin prochaine.

— Tuez-moi, cela vaudra mieux.

— Ne me tente pas.

Dergirion appela plusieurs homoncules. Ils accoururent et s'emparèrent d'Aourhegan. Celle-ci se sentait de plus en plus mal. La corruption ambiante ébranlait son être. Elle leva les yeux sur les bannières du Valchêne qui flottaient sur les tours et les murailles. Quelque chose d'indicible était entré ici, avait pourri le Chêne-Monde et détruit sa grâce, empoisonnant l'air, la terre, l'eau. Elle se laissa porter par les homoncules empressés. Précédés par Dergirion, ils franchirent des portes vitrées majestueuses, passèrent de grands halls aux tentures anciennes éclairés par des globes diffusant une lueur jaune pâle.

Les homoncules suivirent le sorcier dans un appartement spacieux meublé avec goût. Les automates remirent Aourhegan debout. Une femme d'une quarantaine d'années aux cheveux roux courts et aux traits harmonieux se trouvait là. Elle portait une tunique de brocart d'un rouge violent et des braies serrées plongeant dans des bottes à ourlet. Un bracelet à son poignet luisait légèrement : Aourhegan discerna des équations et des sigles qui tournaient autour en un lent mouvement circulaire. L'humaine mit un genou à terre devant Dergirion et jeta un regard surpris à Aourhegan.

— Félin sacré, je te souhaite…

— Que fais-tu ici, Taniliandre ? Je te croyais à la source du Nœud, en train de superviser les préparatifs du prochain écoulement.

La femme se releva pendant que le sorcier à masque de tigre ôtait sa cape poussiéreuse. Les homoncules s'en emparèrent prestement.

— J'ai vu que tu étais rentré, et j'ai voulu t'acc…

— Tais-toi. Laisse-nous à présent. Et mets ton masque. Tu es pitoyable.

— Qui est cette petite vipère que tu as… ?

— Si tu me poses une question de plus, je te réduis en cendres ici et maintenant.

— Nous verrons, siffla Taniliandre, ajoutant la rébellion à l'insolence.

La magicienne s'en alla, furieuse. Aourhegan regarda autour d'elle : les meubles marquetés et astiqués, les homoncules qui la surveillaient de leurs yeux sans vie, les fenêtres du salon qui donnaient sur l'étendue méridionale des plaines de Galabréà.

Dergirion était penché sur une écritoire, tiroir ouvert. Son large dos recouvert des plaques de sa cuirasse donnait envie à la Fée Noire de s'emparer d'une des armes accrochées au mur et de le tuer, là, séance tenante. Elle voulut faire un pas, mais ses poignets la lancèrent soudainement. La douleur la figea. Dergirion se retourna enfin : il avait un torque en or rouge dans la main. Ciselé en forme de deux *Daemoni* voûtés et cornus, l'un féminin et mince, l'autre masculin et obèse, l'objet était parcouru de minuscules runes pourpres.

Aourhegan voulut reculer, mais les homoncules se saisirent d'elle et Dergirion referma le torque autour de son cou. Le métal était froid sur sa peau. Le magicien toucha quelques runes, la Fée Noire sentit la douleur de ses poignets disparaître. En louchant vers le sol, elle avait l'impression que les daemons la fixaient de leurs yeux de chat.

— Voilà. Tu ne mourras pas dans les souffrances de la Mort Blanche. Du moins pas maintenant.

— Je ne comprends pas. Pourquoi me sauvez-vous la vie ? Je vous hais, et je n'ai qu'une seule envie : vous tuer.

— Tu peux toujours essayer.

Dergirion sortit un de ses pistolets derylites de sa ceinture, activa les sigles runiques sur les plaques latérales et le chargea à l'aide d'un écouvillon. Puis il arma le chien, tendit la crosse à la jeune Fée Noire. Celle-ci referma les mains dessus, leva le pistolet vers le front du sorcier. Le doigt d'Aourhegan pressa sur la détente, mais ne put aller jusqu'au bout. Le torque se mit à pulser. Une atroce douleur transperça le corps de la Fée Noire. Elle lâcha le pistolet.

— Il t'est désormais impossible de me nuire, jeune Aourhegan Veniryon. J'ai intégré dans ce torque une contingence qui te l'interdit.

— Et la Mort Blanche ?

— Tu n'es pas atteinte de ce fléau. Les Nerhalfens, comme les Trolls, sont immunisés. Les Fées Noires peuvent peut-être contracter la maladie, mais en mourir… c'est une autre histoire.

— Pourquoi m'avez-vous gardée en vie ? Je ne vous suis d'aucune utilité. Je ne suis qu'une simple limière.

— Tu vas m'être utile, si tu survis et si tu comprends quelles sont tes racines profondes, Aourhegan Veniryon.

Il prononça une syllabe rauque qui fit frissonner la Fée Noire. Le masque se détacha. Apparut alors le visage fin d'un membre du peuple des Fées Noires, à la peau de satin sombre, la joue barrée d'une cicatrice hideuse.

— Je suis un Nerhalfen, ou Fée Noire, si tu préfères, et je me nomme Dergirion Degethar.

— Je comprends à présent votre intérêt pour ma personne, commenta Aourhegan d'un ton moqueur.

Dergirion prononça une syllabe, et la douleur transperça à nouveau la jeune limière. Il la prit par le bras et l'entraîna avec lui dans une grande chambre au lit à baldaquin. Des instruments de torture et d'autres, plus ambigus, plus arrondis, pendaient à des crochets sur les murs.

Aourhegan comprit ce qu'il voulait faire et essaya de résister de toutes ses forces.

Mais elle était trop faible. Et impuissante face à la volonté du torque.

16

Hector, monté sur le renard roux d'Arline, traçait son chemin sur les plaines et les bois de Prinsyl Moor. Dans les cieux au-dessus d'eux, Litorlil allait et venait, les avertissant des dangers et des obstacles. Ils avaient quitté MontCrackin selon les instructions de la jeune magicienne, car le gouverneur Yvarm leur avait transmis d'inquiétantes informations : Arline, ses compagnons et le contingent de soldats derylites avaient disparu corps et biens sous l'effondrement du cratère nord du mont Pyral.

Litorlil, le familier merle de Bonisal O'Kree, gardait une petite once d'espoir, car le renard d'Arline ne s'était pas évanoui en fumée.

— Comment est né ce renard étrange ? s'était enquis un jour Hector, qui s'ennuyait ferme à MontCrackin en attendant le retour des autres. Il n'a même pas de nom. Pourquoi cette relation empathique avec Arline ?

Litorlil, à qui les Derylites avaient donné une bonne provision de graines succulentes, avait répondu tout en picorant :

— Pourquoi vous y intéressez-vous ainsi ? Sont-ce vos affaires ?

— Voyons les choses ainsi, messire Litorlil : je transporte des informations vitales pour l'avenir des habitants de cette île. Je dois les remettre à Bonisal O'Kree, sans doute un grand maître-mage comme l'était le mien, Faer. Avouez que cette responsabilité qui me pèse et que je n'ai pas eu l'honneur de vraiment mériter me donne droit d'accéder à certaines informations, non ?

— La relation entre Arline et son renard est d'ordre personnel, messire Hector. Je me considérerais comme un oiseau-mouche si je me laissais aller à révéler ne serait-ce qu'une bribe de ce secret terrifiant.

Hector avait pris alors le sachet de graines et avait menacé de le vider par la fenêtre de la petite chambre qu'on leur avait allouée.

— Ah, mais que faites-vous ? Ce sont là graines de grandes qualités : alpiste, tournesol, avoine, lin et sarrazin en provenance des meilleures cultures de Prinsyl Moor !

— Je renonce à vider ce sachet dans les gouffres montagneux de cet endroit si vous me livrez le secret d'Arline.

Litorlil émit un petit trille de consternation mais céda :

— La chose s'est faite en deux parties : tout d'abord, Arline devait concevoir, pour son examen de l'école du Corporêtre…

— Pardon ?

— Oui, l'étude des variations corporelles pour changer d'apparence.

— Ah. Continuez, mon bon.

Le sachet était toujours suspendu entre ciel et terre.

— Pour son examen de la matière du Corporêtre, Arline avait concocté une potion de transformation renardine. Elle s'était trompée dans divers ingrédients ou Sean, son compère, l'avait induite en erreur. Toujours est-il qu'elle s'est retrouvée avec des oreilles, un museau et une queue de renard quand il fallut passer à l'essai.

Hector ricana.

— Elle est bien bonne, celle-là. Et ensuite ?

— J'y viens, monsieur l'impatient. Eh bien, malgré tous les efforts de Bonisal, elle ne put retrouver sa forme tout de suite, elle dut supporter cette humiliation – bien drôle, il est vrai – pendant une des affaires qu'elle et Sean durent résoudre pour le seigneur Avaril. Cependant, après une certaine période, Bonisal et Arline virent que son corps et celui du renard virtuel commençaient à se désagréger au niveau particulaire. Aussi le maître-mage mit-il au point un rituel qui sépara les deux entités : d'un côté Arline, de l'autre le renard. Il ne persista qu'un problème : lorsqu'ils se trouvent à moins d'une lieue l'un de l'autre, ils ressentent exactement les mêmes choses et sont affectés physiquement, ou presque, de la même manière.

— Fâcheux. Et hors de ce rayon d'une lieue ?

— Qu'en sais-je ? Demandez au renard. Je ne suis pas une encyclopédie ambulante. J'ai répondu à vos questions, donnez-moi ces graines à présent, ou je vous picore les runes du visage.

Hector avait dû admettre que le merle familier avait bien comblé sa curiosité. Sauf pour une chose :

— Pourquoi n'ont-ils simplement pas dit au renard de s'en aller au loin puisque, au-delà du rayon fatidique, les deux pouvaient vivre leur vie sans être affectés l'un par l'autre ?

Litorlil, occupé à picorer ses graines, ne répondit pas.

Aussi, deux jours plus tard, lorsque le renard, qui galopait sur un sentier séparant des champs d'orge et des pâturages non loin de Pryfyalir, s'écroula en glapissant et fut secoué de spasmes, Hector redouta un rapport avec l'état de la jeune magicienne, quelque part sous les ruines de Pyral. Litorlil se percha sur une barrière et trilla en bafouillant :

— Qu'a-t-il ?

— Je n'en sais rien, monsieur l'oiseau pontifiant. Vous voyez bien qu'il traverse une crise.

Le renard se tordit dans tous les sens, parfois de manière impossible, sa tête tournant sur elle-même, les pattes se modelant et se remodelant sans cesse.

— On dirait… on dirait qu'il grandit… fit Litorlil.

Hector s'approcha. Devant eux, la fourrure du renard changeait de couleur : elle devenait sombre, se striait de pourpre ou de mauve par endroits. Sa gueule s'allongea, rappelant celle d'un loup. Mais sa queue luxuriante restait la même. Lorsque la transformation fut terminée, il secoua sa nouvelle gueule et posa sur Litorlil et Hector deux yeux d'un jaune ocre, sans pupilles.

— Euh… Gentil goupil ? hasarda Hector.

— Il n'y a plus de goupil, gronda la bête. Arline m'a enfin donné une conscience indépendante. Cela fait si longtemps que j'attends.

— Qu'est-il advenu d'elle ? s'inquiéta Litorlil. Vous pouvez lui parler ?

— Non. Elle a tranché le lien en me donnant mon indépendance lorsqu'elle a utilisé ce saphir noir. Mais elle a fait… autre chose de moi… en puisant dans ses souvenirs, ses émotions, ses désirs.

La créature se rapprocha de la barrière. Hector recula. Un poteau l'arrêta.

— Vous ne nous voulez pas de mal, au moins ?

— Loin de moi cette idée, petit couard, ricana le renard géant. Je vais vous accompagner jusqu'à Drakerheel, chez Bonisal O'Kree. Ensuite, je vivrai mon destin. Peut-être qu'Arline aura besoin de moi. Elle vient de s'avancer dans un territoire inconnu, en aveugle, par dépit, colère, frustration et désespoir. Elle m'a créé à cause de toutes ces émotions destructrices. Elle va avoir besoin de moi, un jour ou l'autre. Ma transformation n'est pas achevée, mais elle puise dans tant de noirceur qu'il me sera difficile de contrôler mes pulsions meurtrières.

Hector demanda :

— Et en vous créant, Arline vous a-t-elle donné un nom ? En avez-vous choisi un ?

— Elle m'a créé masculin, sans le vouloir, et un nom s'est écrit en lettres de flammes brûlantes dans mon esprit. Je ne sais pas pourquoi.

— Et quel est-il ?

— Lorcan.

— Quelle surprise ! s'exclama l'homoncule en levant les yeux au ciel.

— Nous remettons-nous en route ? siffla Litorlil.

— Monte à nouveau sur mon dos, petit homoncule, toi qui te nommes Hector, ordonna le renard noir. Nous serons demain matin à Drakeheel, si la Déesse-Mère le veut.

Hector sauta sur la fourrure soyeuse du renard.

D'une foulée élastique, puissante et élégante, Lorcan se dirigea vers la Forêt aux Sorciers.

Les brasiers funéraires illuminaient la nuit. Les trolls s'étaient retirés sur une île rocheuse pour incinérer ceux d'entre les leurs qui avaient succombé aux coups de l'ennemi. Muirenn Orlagh et le seigneur Avaril, accompagnés de leurs escortes, étaient venus assister aux funérailles.

Les chamans trolls avaient payé le prix fort. Sept des treize adorateurs de la Déesse-Mère étaient morts après avoir drainé le pouvoir du cromlech qui avait créé les illusions. Celles-ci avaient cependant rempli leur fonction et la bataille avait été gagnée.

Muirenn eut une pensée pour Deirdre, qui reposait sans doute dans le mausolée des Donnely à présent. Lorsque la guerre serait terminée, elle se promit d'aller prier sur la tombe de sa fille unique.

— J'avais toujours pensé que les trolls enterraient leurs morts ou les faisaient couler dans la vase du Marais Glauque, dit Avaril qui lissait sa moustache tout en observant les bûchers.

L'odeur de chair brûlée commençait à devenir obsédante. Muirenn répondit :

— Les chamans trolls sont considérés par leur peuple comme sacrés : leur don leur vient des étoiles qui passent dans le ciel, de Phébée, la Titanide lunaire, fille de la Déesse-Mère, et le don alloué doit retourner vers le ciel nocturne lorsque la lune se lève. Comme elle le fait en ce moment.

Avaril contempla le croissant lunaire à travers la fumée et les brumes du marais. Il hocha la tête, comprenant fort bien la symbolique rituelle. Il commenta :

— Nous avons sous-estimé les cavaliers lourds d'Ainrinth. Les nobles brànnes ont toujours été de grands guerriers, possédés par Murigen, la déesse de la Mort et de la Guerre.

— Il n'est plus temps d'avoir des regrets. Nous ne pouvons que porter le deuil. J'ai moi-même commis une erreur tragique, et j'en paierai le prix toute ma vie.

Ephrem parlait avec ses conseillers et deux chamans aux longues nattes ornées d'os d'animaux. Elles brandissaient toutes les deux des bâtons de sureau cerclés de fer. Ephrem et ses conseillers les tancèrent mais les deux trolles montrèrent le ciel. Les flammes des brasiers se courbèrent un instant lorsqu'une bourrasque puissante balaya l'île.

Muirenn eut un sombre pressentiment.

— Que se passe-t-il ? s'alarma Avaril.

Ses gardes du corps et les lupins de Muirenn formèrent un cercle autour de leurs seigneurs.

Le ciel fut illuminé d'une longue langue de feu couleur émeraude. Un terrible cri figea les participants aux funérailles. Les mousquets se levèrent. Un rapace d'une taille impressionnante apparut dans la lueur des flammes et se posa entre les brasiers, cliquetant avec des grincements sinistres. Sur son échine se tenait un troll au cimier étincelant, gigantesque dans son armure rouge sang.

Le chevaucheur de l'abomination automate ôta son cimier sculpté et montra son visage.

Des murmures parcoururent la foule. Les chamans tournèrent aussitôt le dos au nouveau venu. Seul Ephrem bomba le torse et lança avec mépris :

— Je vois que tu as trouvé une monture à ton image, mon frère : une mécanique ancienne des Prêtres-Mages. Tu n'as toujours été qu'un esclave.

Aucune expression ne traversa les traits à moitié ravagés de Ferhian. Muirenn vit que quelqu'un se tenait derrière lui, dans l'ombre massive de son corps.

Le troll dit, d'une voix assez forte pour couvrir le crépitement des flammes :

— Je suis Ferhian, fils de Valrash, et je viens défier mon frère cadet !

Un chaman se retourna sur un signe d'Ephrem, qui considérait sans doute que le fait de parler à son frère n'était plus digne de lui. Le sorcier s'approcha, levant haut son bâton où pendaient plumes, peaux de rats et écailles de lézards :

— Tu as été banni, tu es un invisible, fils d'un traître et d'un fou. Quel est ce droit que tu t'arroges de venir ainsi défier notre chancelier suprême ?

— J'ai avec moi la preuve que mon père était innocent des crimes qu'on lui a imputés, que j'ai été banni injustement et que mon frère cadet a…

— Il suffit, rugit Ephrem. Tuez-le : il a remis les pieds sur une terre trolle sacrée et il doit, comme le disent les traditions, le payer de sa vie.

Quelques soldats levèrent leurs mousquets. Le chaman qui avait parlé leva son bâton :

— N'en faites rien ! La tradition est claire : l'accusé et l'accusateur doivent confronter leurs versions.

— C'est encore une diablerie concoctée par mon frère, s'insurgea Ephrem. Je…

— J'ai dit ! gronda le troll chaman.

Ferhian descendit de son aigle. Derrière lui se tenait un être à la peau noire, habillé d'une armure de mailles et d'une belle cape pourpre. Il faisait sauter dans sa main un petit cristal runique et souriait avec insolence. Muirenn pâlit : elle reconnut celui qui avait assommé Aourhegan à la réunion de la Résistance, une semaine plus tôt.

— Que veut dire cette traîtrise ? dit la reine-sorcière. Ce chien des Fées Noires travaille pour Maerlar Ravanaï.

— Il est sous ma protection, répliqua Ferhian d'un ton sec. Et, de ce fait, sous celle du conseil des Anciens. Son destin est lié au mien.

— Ainsi va la vie, fit l'intéressé. Ravi de vous revoir, dame Muirenn, seigneur de Penthryl… C'est un véritable honneur…

— Gardez vos paroles bouffonnes pour vous… menaça Muirenn.

Elle avait à moitié dégainé SaerAnà.

Avaril lui mit la main sur le bras, les lupins grognèrent. Muirenn se calma.

Son regard croisa celui de Ferhian, qui regardait dans sa direction tout en flattant la gorge d'acier de sa monture.

La haine qui brûlait dans ces yeux la suffoqua.

17

— Nous ne sommes pas sur notre territoire, commença le vieux chaman troll qui se nommait Rossar. Mais nous pouvons, sur celui où nos morts sont brûlés, tenir le conseil des Anciens. C'est un privilège que nous donne l'autorité de la Déesse-Mère et de sa fille, Phébée, grâce au caractère consacré des funérailles. Et cela, je suis sûr que Ferhian, fils de Valrash, le savait parfaitement. En ce troisième jour du second mois de l'été, le Pyr-Tal-Erin, je déclare donc cette session extraordinaire ouverte jusqu'à la résolution du problème soulevé.

Au centre d'un demi-cercle constitué des chamans survivants et de plusieurs trolls portant les chevrons de sang, Ephrem et Ferhian se faisaient face. Entre eux, plusieurs pierres avaient été entassées à la hâte, pour former une table. Les trolls, par centaines, observaient depuis le cercle extérieur des brasiers. Muirenn et Avaril se trouvaient à l'opposé du conseil. Ylyrion Dalrinyr, le mâle Fée Noire, attendait à côté de la table, entre les deux trolls.

Rossar frappa le sol de son bâton ferré. La terre lui répondit par un grondement.

— Exposez vos griefs. Ferhian, accusateur, la parole te revient.

Le troll au visage ravagé pointa Ephrem de sa main gantée :

— J'accuse mon frère cadet, Ephrem, d'avoir trahi il y a treize années de cela les alliés de la guerre des Larmes au conclave de Moregh pour non seulement provoquer la continuation de la guerre, mais aussi éliminer le chancelier, notre père, qui conduisait les négociations avec les félins de Djengis, et pour m'accuser du forfait.

Des sifflets, des insultes et des malédictions fusèrent depuis les rangs trolls.

— Qu'as-tu à répondre à cela, Ephrem, fils de Valrash ? lança un des capitaines en levant la main pour ramener le calme.

— Que sommes-nous là à supporter ainsi les déclarations d'un fou aigri épris de vengeance ? répliqua Ephrem avec un mépris souverain. Il a passé trop de temps avec les humains et les changelins.

— Tu dévies de la question, Ephrem, gronda le vieux chaman. Réponds.

Ephrem, surpris du ton sévère du chaman, reprit, l'air offensé :

— À l'époque des faits, Ferhian aurait dû se trouver avec Valrash mais il avait été « retardé ». Des témoins que j'ai produits à l'époque, des trolls des marais chasseurs de lézards, l'ont vu attendre avec un groupe de ses amis à plus de deux lieues du point de rencontre du conclave. Tous les témoignages ont été retranscrits pendant le procès. J'étais moi-même aux négociations et n'ai dû la vie sauve qu'à la chance.

Ferhian rétorqua :

— J'avais reçu un message oral d'un Bonnet-Noir me disant que le lieu de rendez-vous avait été déplacé à cause des risques d'embuscade. Ce Bonnet-Noir n'a jamais été retrouvé, je n'ai rien pu prouver à l'époque. Le conseil des Anciens a suspecté que j'étais pour quelque chose dans la trahison, que j'avais donné le lieu et la date de rendez-vous des félins et des trolls aux Fées Noires, mais c'est faux, comme l'on va le voir. Celui qui a trahi notre père, notre peuple, et nos alliés de l'époque, n'est autre qu'Ephrem !

— Inepties d'un dément ! rugit ce dernier.

Ferhian fut traité de tous les noms par la foule trolle.

— Étaye ton accusation, ensuite Ephrem pourra répondre de cet acte, dit un des capitaines désignés par Rossar.

Ferhian fit un pas vers la table, tendit sa puissante griffe vers Ylyrion. Celui-ci lui donna le cristal vivant qu'il faisait sauter depuis le début dans la paume de sa main. Ephrem fronça les sourcils. Muirenn s'aperçut qu'il transpirait abondamment. Les yeux du cadet de Ferhian suintaient de culpabilité et de terreur. La reine-sorcière prit une profonde inspiration. À côté d'elle, Avaril n'en menait pas large non plus. Il avait pris conscience des enjeux de cette comédie tragique.

Ferhian dit :

— Nous allons enfin montrer à tous le vrai visage de mon frère.

Il toucha le cristal vivant, qui tournoya. Les runes brillèrent. Une image se forma au-dessus. Mais avant que les silhouettes ne deviennent nettes, ainsi que le son d'une conversation, Ephrem brandit sa lance dentelée puis en abattit la lame comme une hache de combat sur le cristal, qui se brisa en mille morceaux.

— Nul besoin de voir la magie impie des Fées Noires à l'œuvre, glapit-il, la respiration saccadée. Nous savons tous qu'ils font ce qu'ils veulent de leurs cristaux vivants, comme les magiciens maudits de Galabréà !

Muirenn était stupéfaite, tout comme Avaril. Le conseil des Anciens tout entier semblait consterné. Les trolls, dont Ephrem espérait le soutien, restèrent confinés dans le silence. Même Ylyrion, inquiet, avait perdu son expression insolente. Il recula de plusieurs pas vers l'aigle géant.

Ferhian se tourna vers le conseil :

— Je demande le jugement des Anciens sur l'aberration qui vient d'être commise. La preuve qui accusait Ephrem, un extrait de son entrevue avec la capitaine du Secret d'Aydhin, aurait prouvé à tout jamais mon innocence.

Rossar se leva, les sourcils froncés. Il s'avança jusqu'à la table de pierre, contempla les morceaux du cristal éparpillés. Puis il dit :

— La Déesse-Mère décidera.

Les trolls l'acclamèrent.

Muirenn serra les dents. Un combat à mort.

Ephrem sauta sur la table pour prendre de l'élan et empaler son aîné. Celui-ci dévia la lame avec la coudière de sa cuirasse. Ferhian referma la main sur la hampe. Ephrem perdit l'équilibre. L'aîné détacha d'un geste sûr sa grande masse de gel. Elle émit une brume bleutée alors que les sigles s'enflammaient d'une belle teinte saphir.

— Tu vas payer pour le meurtre de notre père. Une bonne fois pour toutes, je vais faire ce qui aurait dû être fait il y a treize ans.

Ferhian fit tournoyer sa masse et se mit en position défensive, les pieds bien calés au sol. Ephrem tenta de lui assener un coup sur l'arrière du genou avec l'acier de sa hampe, Ferhian feinta alors que la lance arrachait les mailles de ses épaules, tranchant dans la chair. Il ramena son arme en un mouvement circulaire qui frappa son frère de plein fouet au ventre. Ephrem se plia en deux de douleur. Ferhian grogna en jetant un œil à son épaule blessée, puis se décala pour attaquer en force. Ephrem se laissa tomber en arrière puis utilisa l'inertie de son frère aîné pour le soulever de terre et le propulser sur la table de pierre, qui émit un craquement sourd.

Ephrem se releva vivement. Sa lance trancha l'air. Ferhian la bloqua avec le manche de sa masse, la fit rouler autour de la hampe et heurta le visage de son frère avec l'embout métallique. Le nez d'Ephrem se brisa net. Celui-ci hurla de rage et bouscula Ferhian, qui dut se désengager. Il resta planté là quand Ephrem le chargea à nouveau. Ferhian fit un demi-pas de côté, laissa la lance lui transpercer la hanche. Il s'en empara alors, d'une étreinte de fer. Ephrem, stupéfait et déséquilibré, ne put éviter ou parer la masse qui lui fracassa la tête.

Il tomba à la renverse, le crâne brisé.

Ferhian dit :

— Que notre père repose en paix.

Dans le silence le plus complet, il se tourna vers le conseil des Anciens tout en retirant la lance de sa hanche, impassible sous la douleur.

— Le conseil est-il satisfait ?

Rossar consulta les autres membres du regard. Les capitaines restaient de marbre, mais Muirenn pouvait discerner leur indéfectible admiration. Le vieux chaman s'avança vers Ferhian :

— Tu es notre nouveau chancelier. Tu as réhabilité le nom de ton père. Ton bannissement est annulé.

Puis il cracha sur le cadavre d'Ephrem.

Ce fut comme si un barrage s'était brisé : le flot des hurlements et rugissements déferla sur l'île des Funérailles. Ylyrion s'approcha en applaudissant.

— Vraiment, quel beau combat, monseigneur ! s'exclama-t-il.

En un geste brusque, Ferhian empala Ylyrion avec l'arme de son frère. Puis il le souleva de terre.

— Sale chien de Fée Noire, gronda Ferhian. Je sais que c'est toi qui as corrompu Ephrem il y a treize ans. Qui l'as dressé contre nous, contre son père, contre son peuple. Maerlar me l'a dit avant de te laisser monter derrière moi. Lui as-tu déplu d'une manière ou d'une autre ?

L'autre essayait de parler, d'utiliser des syllabes enchantées pour se libérer, mais la lame fichée dans ses poumons l'en empêchait. Il ne put qu'agoniser.

Les trolls s'étaient à nouveau tus, mais beaucoup avaient le sourire aux lèvres.

Sans autre forme de procès, Ferhian jeta Ylyrion dans les flammes d'un brasier proche.

— Maintenant, dit le troll à ses capitaines, le peuple troll se retire des guerres des Franges jusqu'à nouvel ordre. Ordonnez le repli de nos régiments et de toutes nos ressources.

Puis, alors que le chaman examinait sa plaie, il se tourna vers Muirenn, Avaril et leurs escortes qui attendaient, dans l'expectative.

— Quittez ces terres sacrées, vous n'êtes plus les bienvenus ici.

— Chancelier, commença Muirenn, je voudrais que nous…

— Partez maintenant, ou périssez !

La reine-sorcière et son escorte se remirent en selle, ainsi qu'Avaril et ses cavaliers.

Ils quittèrent, l'espoir en berne, l'île des Funérailles.

18

Arline se souvenait du premier trajet entre MontCrackin et les fonderies de Pyral.

Sean et Parshah avaient ronronné l'un contre l'autre. Ferhian avait plaisanté. Maintenant, ces trois êtres vivants avaient disparu de sa vie. Elle se demanda brièvement si son renard, Hector et Litorlil étaient partis pour Drakerheel ; si le goupil n'avait pas trop souffert du toucher mental du saphir noir.

Il ne restait plus qu'Ijane…

Et Bonisal.

Assise dans le berceau du para-élémentaire propulsif, Arline serra les mains sur sa besace, où pulsait le sombre joyau. Elle regarda défiler les parois du tunnel, éclairé de loin en loin par des globes de lumière enchantés.

À côté d'elle, Ijane s'affairait à vérifier les attaches de la bâche qui recouvrait l'énorme canon éthérique. Rigori avait réussi à le déplacer sur un chariot du chantier naval grâce à un palan, pour ensuite le transférer de la même manière sur l'élévateur près de la herse.

La deuxième créature transportait le trône de métal runique. Et la troisième un grand nombre de câbles et de branchements, de générateurs technomagiques que la nécromancienne et le chambellan derylite avaient cru bon d'emporter.

La Yaxchilane croisa le regard de la jeune fille. Arline vit qu'elle avait des cernes. La nécromancienne dit, haussant le ton pour couvrir le sifflement du vent :

— Je vous avoue que depuis votre petit tour avec le saphir noir, je me pose des questions sur votre santé, physique comme mentale. Vous avez bien pris la double dose de remède ?

Arline toussa. Après sa petite expérience avec le sombre joyau, elle avait eu une attaque qui avait décuplé l'emprise de la Mort Blanche sur son corps : lorsque Ijane l'avait retrouvée, mourante, ses bras étaient constellés de taches et d'éclatements en étoile couleur nacre. La potion concoctée par la nécromancienne avait fait disparaître la plupart d'entre elles.

La jeune fille se dit qu'ils devaient tous sentir la mort et la pourriture : pas de toilette depuis des jours. Elle avait soif et désirait manger autre chose que des lanières de viande séchée et du pain rassis. Néanmoins, elle répondit :

— Je voulais savoir, mais je n'ai rien appris, comme je vous l'ai déjà dit, mentit-elle. Le verrouillage de ces dossiers possède plusieurs clefs et équations encryptées que seul un maître-mage peut lire.

— Nous l'avions déjà déterminé à Fort Trath, ce me semble. Il était inutile d'insister.

— Je me devais de le faire, à la mémoire de mes amis.

Ijane elle-même n'était pas au mieux de ses capacités : la Mort Blanche la rongeait plus rapidement que les mages orlandais et elle avait hâte d'arriver à Galabréà pour purifier le Nœud. La bonne nouvelle était qu'avec la disparition de Sean les doses du remède avaient augmenté d'autant dans les réserves : il en restait à présent plus de dix jours, et au besoin elle pourrait en refaire aisément avec Arline sur le *Chimère Étoilée*, avec les réserves de l'apothicaire du bord. La nécromancienne ôta son tricorne, le vent étant particulièrement puissant dans ce tunnel réduit.

La tête d'Arline bascula sur le côté : elle s'était endormie. Ijane se pencha vers l'extérieur pour regarder où en était Rigori : le chambellan, le visage couvert d'un nouveau pansement, avait aussi piqué du nez. La nécromancienne savait qu'il se passerait au moins trois à quatre heures avant l'arrivée à la gare de l'ancien port de la côte est.

Ijane réarrangea le lacet qui enserrait ses cheveux noirs : par la bouche des abysses, qu'elle puait ! Elle avait hâte de reprendre ses quartiers à bord du navire. La nécromancienne regarda de nouveau Arline. La jeune fille avait de la volonté, de cela on ne pouvait douter. Une volonté féroce qu'il fallait maîtriser, focaliser, canaliser et, surtout, contrôler. Ijane se fustigeait, elle n'aurait jamais dû la laisser seule après le deuil qui l'avait frappée : trop jeune pour comprendre, pour encaisser le choc sans commettre des actes qui pouvaient avoir des conséquences irréversibles.

— Je me demande…

Aussi discrètement que possible, elle sortit son cube d'analyse, en effleura délicatement plusieurs runes. Le cube brilla de sa luminescence verte, due à l'énergie terraverrique résiduelle : le visage d'Arline fut baignée par cette lumière et Ijane détacha plusieurs sigles qui symbolisaient la corruption ambiante ressentie dans le Nœud souillé de Pyral. La nécromancienne étouffa la lumière et promena le cube près de la joue d'Arline, puis de son bras, le long du ventre.

La magiographie qui s'afficha lui montra un réseau de veinules à l'intérieur de la peau de la jeune fille, sous l'épiderme, dont l'origine était le foie et les reins. Encore minuscules, elles s'accrochaient aux corpuscules d'Arline comme de petites créatures de l'Anti-Vie. Son corps combattait l'infection et Ijane vit que même le remède était efficace contre ce nouveau fléau qui attendait patiemment son heure. Mais c'était manifeste : au creux des entrailles de la jeune magicienne, une graine s'était plantée et la Mort Blanche servirait de fertilisant. Que se passerait-il lorsque ces veinules grossissantes atteindraient le cœur, puis le cerveau ?

— Et si j'évitais de donner une réponse à cette question ? fit Ijane en tirant lentement son poignard de chasse du fourreau.

Elle en approcha le fil de la gorge de la jeune fille. Celle-ci dormait paisiblement, elle ne sentirait rien. Peut-être était-ce mieux ainsi ? Ijane pesa le pour et le contre. Sans Arline, pourrait-elle purifier les Nœuds ? Si elle trouvait Bonisal O'Kree, peut-être. Non, c'était stupide : Bonisal pouvait très bien être mort, à présent.

La nécromancienne contempla Arline. Celle-ci eut un soubresaut :

— Sean… Lorcan, non, non, ne me… ne me sauvez pas, je suis… perdue, bafouilla-t-elle dans son sommeil. Mère… je t'aime… ne me laisse pas… Tu es morte… non…

Puis sans prévenir, elle se tourna vers Ijane et l'enserra de ses bras, posant la tête sur son épaule. Désarmée, la nécromancienne ne sut comment réagir. Elle posa d'abord cube et poignard sur le socle du canon, derrière, puis entoura les épaules de la jeune fille de son bras.

— Dors, petite Arline, chuchota-t-elle, nous trouverons une solution.

Arline se serra un peu plus dans son sommeil, Ijane sentit la chaleur formidable qui se dégageait de ce corps.

— Sensiblerie que tout cela, grommela-t-elle.

Elle s'endormit elle aussi, sereine pour la première fois depuis très longtemps.

Il fallut que l'ingénieur du *Chimère Étoilée* et ses aides appliquent dix charges de poudre à canon pour que les énormes gonds rouillés de la porte du port antique sortent enfin de leurs pivots. La détonation retentit en échos sourds entre les falaises, et le battant rond s'effondra.

— Résultat? s'enquit Rilize Atzari alors que la poussière soulevée par l'explosion se redéposait lentement au sol.

Elle utilisa sa longue-vue. L'amiral O'Leary et le capitaine O'Nevil, de l'escadre radléàrhe, Coatzli et Alsame, à l'abri derrière plusieurs grandes colonnes abattues, l'imitèrent. La mer explosait sur les brisants sous les rayons du chaud soleil matinal. Onze navires de guerre, dont le *Soleil* et le *Chimère Étoilée*, ancrés dans la baie, sonnèrent en même temps la cloche du quart de huit heures. Deux goélettes, toutes voiles dehors, patrouillaient au large.

Coatzli grommela:

— J'crois bien qu'on a réussi, maîtresse-capitaine.

La poussière finissait de se disperser avec la brise de mer. Au fond des ruines, la masse énorme de la porte d'aciorichalque sise dans la falaise de basalte reposait sur les anciens berceaux d'arrivée. Des morceaux de roche se détachèrent du sommet de la paroi et allèrent s'écraser violemment au sol. Rilize et Alsame dévisagèrent Coatzli.

— Bon, on peut pas tout prévoir au pouce près, hein ? grogna Coatzli. J'aurais préféré que Son Excellence trouve un moyen de l'ouvrir de l'intérieur.

La maîtresse-capitaine remit son tricorne sur ses courts cheveux noirs. Puis, suivie de l'ensemble des officiers présents, se rapprocha des profondes tranchées. Elle escalada plusieurs tonnes de décombres et redescendit près d'un mur qui supportait encore un panneau écrit en derylite, et qui grinçait dans la brise. Elle s'empara d'un portevoix que lui tendit Alsame, le dirigea vers l'énorme trou encombré de débris :

— Ici la maîtresse-capitaine Rilize Atzari. Y a-t-il quelqu'un dans le tunnel ? Dame Ijane Férimiria ? Êtes-vous là ?

— Peut-être sont-ils en retard au rendez-vous ? hasarda l'amiral O'Leary en se caressant la barbe.

Rilize réitéra son appel, se passa un mouchoir sur le visage et le front : la chaleur concentrée du soleil dans cette crique fermée faisait souffrir tout le monde. Personne ne répondit.

— Première officière Alsame, qu'on amène les trois golems depuis la plage. Quatre fusilières avec moi. Amiral, capitaine, veuillez rester ici, cela peut être dangereux…

Le vieil officier radléàrhe dégaina son pistolet et une rapière, sourire aux lèvres :

— Allons donc ! Mesdames, je suis désolé, mais en Orlandie, quand il y a de la bagarre, les hommes passent devant !

— Ce ne sera pas nécessaire, fit quelqu'un en gaélique depuis l'intérieur du boyau géant.

Ijane Férimiria et le chambellan Rigori, triple tromblon à l'épaule, couverts de poussière et le teint crasseux, s'approchaient depuis un quai de déchargement latéral. Une jeune fille aux cheveux blancs et à l'air sombre les suivait, vêtue d'une tunique bleue qui avait connu des jours meilleurs. Plus loin, les trois élémentaires polyvalents glissaient au ralenti le long des travées.

Les fusilières lancèrent une clameur de joie. Rilize et Alsame s'empressèrent auprès de leur supérieure, et des présentations furent échangées. Ijane félicita O'Leary et O'Nevil de la rébellion. Elle leur fit la promesse qu'ils servaient la cause de leur pays en restant alliés avec les Yaxchilanes et le *Chimère Étoilée*.

— Dame Férimiria, s'esclaffa l'amiral, même si les Yaxchilanes n'existaient pas, nous resterions insoumis et ravagerions les côtes et les flottes de l'usurpateur de toutes nos forces.

— Il vous faut pourtant des sources de ravitaillement, car vous ne pourriez pas soutenir un tel effort, le reprit Ijane. Nous devons d'abord mettre un terme à la Mort Blanche pour que les magiciens et les druides reprennent l'autorité qui est la leur.

— Sagement parlé, acquiesça l'amiral. Et, bien sûr, vous avez un plan ?

— L'opération que je médite va nécessiter de tout le monde de grands efforts. Ingénieur Coatzli, venez avec les automates. Au fait, où est Vedrize ?

— Elle comptabilise ses inventaires en ce moment même, répondit Rilize.

Ijane haussa les épaules et montra les élémentaires qui venaient de s'arrêter à une dizaine de toises. Tout le monde la suivit. Les pas lourds des monstrueux golems yaxchilans de métal bleu, guidés par Coaztli, se répercutèrent dans l'ancienne gare. Rigori et Arline ôtèrent la bâche du canon éthérique. Son énorme fût et son socle bardé de câblages runiques stupéfièrent tout le monde.

— Ingénieur Coatzli, la jeune magicienne Arline et vous ferez installer cette arme à la place de la tourelle inactive du *Chimère Étoilée*, et ce le plus vite possible.

Elle tapota le métal et montra les longues lignes d'inscriptions et de sigles.

— Je peux vous assurer qu'il fera de réels dégâts lorsqu'il sera relié au réservoir terraverrique de la chaudière grâce aux divers générateurs que j'ai rapportés.

Coatzli croisa les bras :

— Vous savez que nous n'avons plus beaucoup de terraverre, Votre Excellence ? Un petit bijou comme celui-là doit siphonner comme une poivrote le jour de la Saint-Ghylian. Où qu'on va trouver de pareilles réserves raffinées, excepté sur l'territoire de la Matriarchie ?

— Faisons décharger le canon et le trône qui se trouve sur l'autre véhicule, d'abord. Ensuite, les golems, équipés de conteneurs doublés de plomb, deux de vos aides et moi-même, irons chercher dans les mines de terraverre de Pyral de quoi propulser le *Chimère Étoilée* pendant vingt ans.

Arline eut un spasme et tourna soudain les yeux vers l'horizon marin. Elle grimpa sur les décombres de la porte. La nécromancienne l'apostropha :

— Arline, qu'y a-t-il ?

La jeune fille tourna son regard vers le nord-nord-est. Elle répondit :

— Une menace se rapproche de nous, Ijane. Ne me demande pas comment je le sais, je suis juste certaine qu'elle va s'abattre sur nous. Il faut faire vite.

19

Alors qu'il glissait sur les courants aériens au-dessus des montagnes dérygliathes, Edjer-Verian s'interrogeait sur cette étrange vision qu'il avait eue au moment où il survolait la Forêt aux Sorciers : qui était cette jeune humaine ?

Il se souvenait du néant qui habitait ce regard. Comme si, au travers de son cœur brisé, arraché, elle lui avait transmis l'angoisse de la vie passée, l'horreur d'être séparé de ceux qu'on aime, les sacrifices inutiles, les batailles perdues d'avance, l'inutilité de la résistance, la futilité de la vie, la terreur d'une mort sans dessein.

Edjer en eut soudain assez de la beauté terrible du soleil qui rongeait ses écailles. Il plongea à travers la fine couche de nuages et piqua vers l'océan. Il redressa juste avant de percuter la houle agitée. Le déplacement d'air fit naître un sillon d'écume derrière lui. À un mille au nord, un baleinier toutes voiles dehors faisait route vers les îles septentrionales. Il le laissa derrière lui et se dirigea vers la petite bande de terre qui se dessinait à l'horizon oriental.

Dundalk.

Le Dragon des Brumes obliqua vers le nord-est et rasa les flots. Il ne sortit de la protection des vagues qu'à une bonne demi-douzaine de milles du port principal :

il voyait au loin les mâts de plusieurs navires, mais pas de rassemblement important.

Le dragon glissa sur la gauche et remonta les falaises jusqu'aux bancs de brume nuageux recouvrant les crêtes d'une chaîne de montagnes. Puis il s'élança le long des versants ourlés de pinèdes, survola quelques hameaux de montagnes et se posa sur l'avancée rocheuse d'un pic abrupt qui dominait le bourg.

L'escadre radléàrhe et le *Chimère Étoilée* ne se trouvaient plus dans le port ou la baie de Dundalk.

Ergo : il fallait trouver quelqu'un qui lui dise où pouvaient bien être les navires. Sa vision draconique lui permit de distinguer le bâtiment massif de la capitainerie au milieu d'entrepôts et d'auberges le long des quais. Ceux-ci, pendant la matinée, étaient grouillants de monde. Des ouvriers s'activaient à la réparation de plusieurs jetées : y avait-il eu combat ici ?

Il prononça plusieurs mots de pouvoir terrifiants qui asséchèrent immédiatement la terre autour de lui : des écureuils qui fuyaient l'horrible présence se consumèrent et tombèrent en poussière. Tous les insectes des environs se recroquevillèrent et moururent. La vision du monstre s'affina et il projeta son esprit vers les ouvriers. Il se retrouva immédiatement au milieu d'eux, découvrit facilement un groupe d'officiels qui inspectaient l'ensemble des quais, des plans à la main. L'un d'eux arborait une vareuse de marine marchande et des chevrons de baleinier sur les épaules. Son chapeau à boucle semblait trop petit pour lui, ainsi que ses culottes de pantalon, distendues par une bedaine conséquente.

Edjer-Verian se concentra davantage. La terre gémit à plus de vingt toises à la ronde, sa substance vitale drainée.

L'esprit du dragon pénétra celui de l'officier. Celui-ci se raidit soudain devant ses collègues. Il fut pris de spasmes violents. Edjer-Verian entra au plus profond de l'être, si commun, viola sa mémoire : il y chercha des références à l'escadre, au *Chimère Étoilée*. Il se vit signer l'ordre d'appareillage à un homme portant les galons d'amiral. Souhaiter bon voyage.

— *Où allez-vous, cher ami ?*

— *Nous suivons le* Chimère Étoilée. *La guerre continue pour nous.*

— *Bon voyage, et que l'usurpateur soit renversé, amiral.*

— *Tout cela ne me dit pas où ils sont allés,* gronda le dragon dans l'esprit terrorisé du mortel.

— *Non, arrêtez, je vais vous le dire. Ne me tuez pas.*

— *Parle.*

Au sud-sud-ouest, vers les côtes est de l'Orlandie. Je les ai vus appareiller hier dans l'après-midi, ils ont pris ce cap sous un bon vent de sud-est.

— *Merci.*

De sa puissante volonté, Edjer-Verian écrasa le cerveau de l'officier et dévora l'énergie de son âme. Là-bas, sur le quai, un homme s'écroula et mourut.

Je n'ai rien détruit, se dit Edjer. *Je n'ai tué personne en me montrant ouvertement. Une simple attaque a tué ce pauvre homme. Il abusait de la bonne chère et du bon boire, de toute manière. Il n'aurait pas vécu longtemps. Je suis trop généreux.*

Nanti de son information, le Dragon des Brumes reprit son vol. Il mit le cap vers le sud-sud-ouest.

Son âme ancienne bouillonnait. Un combat s'approchait.

Mais il n'était pas tranquille.

Toujours, l'image de cette jeune fille aux cheveux blancs l'obsédait.

Ijane revint quatre heures plus tard avec les conteneurs runiques remplis de minerai terraverrique collecté par les golems.

L'amiral O'Leary avait ordonné à l'escadre de se rapprocher du *Chimère Étoilée*, comme suggéré par la maîtresse-capitaine Rilize. Ainsi, le bouclier du navire yaxchilan pourrait être étendu autour de l'escadre – il serait moins puissant, mais offrirait une première couche de protection.

Pour la manœuvre de chargement, le *Chimère Étoilée* se rapprocha des anciens quais et, à l'aide de ses palans, souleva les golems sur des plates-formes, puis les descendit avec leurs conteneurs dans la cale de la chaudière, qu'on referma aussitôt. Ijane monta à bord avec le contingent qui était parti avec elle et, sous les saluts de l'officier de quart, se dirigea vers le gaillard d'avant.

Rilize, Vedrize et l'ingénieur Coaztli étaient réunies autour du canon éthérique. Celui-ci reposait sur la plate-forme circulaire de l'ancienne tourelle double. Arline, les bésicles sur le nez, traçait des schémas et notait des équations. Elle suait dans l'air chaud de début d'après-midi, mais Ijane vit avec plaisir qu'elle portait une chemise propre, des culottes de marine vert sombre et un gilet noir brodé venant de ses propres malles. Ses cheveux encore humides prouvaient qu'elle avait pris le temps de faire sa toilette. La nécromancienne l'envia, mais il n'y avait pas vraiment de temps à perdre.

— Maîtresse-capitaine, signalez à l'escadre de l'amiral : nous mettons le cap immédiatement vers le nord. Suivez la côte tant que le vent de sud-ouest continue de souffler. Éloignez-nous s'il tourne trop vers le sud-est. Direction Esther Agliath. À la voile pour le moment, laissez du temps aux machinistes de raffiner le terraverre.

— À vos ordres, fit Rilize Atzari. Je serai sur la dunette si vous avez besoin de moi.

Les ordres furent relayés. Sifflets et cris retentirent. Des membres d'équipage grimpèrent dans les enfléchures, d'autres s'emparèrent des écoutes. Ijane vit les drapeaux d'appareillage fleurir aux drisses du mât d'artimon : les huniers et perroquets ne furent pas longs à se déployer dans toute l'escadre de l'amiral O'Leary. Le *Soleil* et le *Chimère Étoilée* prirent de l'erre, ainsi que les cinq frégates de combat et les quatre caravelles à voiles triangulaires. Au loin sur l'horizon oriental, les goélettes de reconnaissance virèrent de bord pour voguer en parallèle.

Ijane sentit l'étrave du navire fendre la houle et le balancement régulier du pont la réjouit. La mer et le *Chimère Étoilée* lui avaient manqué. La nécromancienne monta l'escalier menant à la plate-forme de la tourelle pour y rejoindre Arline.

La maîtresse armurière du vaisseau et Coatzli suivaient les instructions de la jeune fille. Des câblages épais qui disparaissaient dans les entrailles du navire par l'échelle de coupée avant formaient un enchevêtrement inextricable.

Les générateurs du canon éthérique vibraient légèrement. Leurs sigles rougeâtres luisaient faiblement dans la lumière du soleil. Arline accueillit Ijane avec une moue peu engageante :

— Les équations différentielles entre les deux vecteurs de puissance sont difficiles à ajuster, dame Ijane. Mes bésicles et moi-même sommes surchargés. Ici et là, les adaptateurs d'énergie sont déréglés.

— Il fallait s'y attendre, répliqua la nécromancienne, après mille ans à subir les ondes de choc du Nœud de Pyral.

Coatzli, qui finissait de relier un câble à étiquette rouge sous le générateur, grogna de plaisir :

— Et voilà. Le dernier branchement. Et les roulements fonctionnent avec les pédales de commande.

— Vous pourrez relier aussi le trône qui sera installé dans la dunette directement aux chaudières centrales ? demanda Ijane.

Coaztli se gratta le crâne de ses ongles crasseux. Sa tunique d'ingénieur et son tablier protecteur étaient couverts de traces de suie et de brûlures. Elle se retint à l'affût du canon alors qu'une vague particulièrement forte alla gifler la joue tribord du navire.

— Avec l'aide d'la p'tite demoiselle, ça devrait prendre moins de douze heures. Si elle veut bien m'apporter ses lumières en matière de branchements et liaisons runiques d'adaptation.

Arline fit le tour du canon et déplia le siège de tir manuel encastré dans le ventre du générateur. Elle s'y assit et enfonça ses deux poignets dans des anneaux de métal. Ijane la regarda faire et Coatzli vérifia les attaches.

— On peut donc contrôler le canon ainsi ?

— Bien sûr, regardez, répliqua Arline.

Elle appuya de son index sur l'embout du bras métallique, une rune se mit à briller. Un revêtement de métal se déplia depuis le générateur et entoura le corps d'Arline d'une couche de verracier. Un masque se mit en place à l'intérieur, pour couvrir sa bouche et son nez. Sa voix parvint à Ijane, déformée par le filtre :

— L'officière Coaztli et moi avons découvert que ce siège de commande était imperméable et résistant, d'après les équations, à de grandes températures ainsi qu'à d'intenses pressions.

— Cela ne m'étonne pas, dit Ijane. Les navires que nous avons vus en construction dans le chantier naval m'avaient semblé conçus pour affronter autre chose que la simple fureur des flots. Mais dans quel dessein ? Sans les Prêtres-Mages qui les ont construits, nous ne pouvons qu'extrapoler vainement.

— Exact, ajouta Arline. Utilisons ce que nous possédons déjà. Ce canon peut développer une décharge extrême de huit mana-étalons en puissance éthérique para-élémentaire plasmique, l'équivalent de vingt obus de la tourelle qui se trouvait ici auparavant.

Coaztli fit la moue.

— Le problème est que le terraverre va fondre comme neige au soleil si nous faisons cela. Il faudra êt' prudent et éviter les tirs trop puissants, ne serait-ce qu' pour pas faire fondre les câblages.

— J'allais vous poser la question, justement, dit Ijane. Et en utilisant la focalisation éthérique du trône ?

Arline désengagea la gangue de verracier et jeta un œil à Coaztli.

— Eh bien, hésita celle-ci, nous n'avons pas encore réellement mesuré ce que le fauteuil peut vraiment faire, mais à en juger par ce que vous avez subi, dame Ijane, on dirait que cela permet de centraliser toute la nervure énergétique d'un bâtiment…

— En effet, acquiesça Ijane. Je l'ai ressenti : toutes les parties branchées sur le fauteuil de contrôle peuvent être commandées par la pensée. Si nous le faisons avec le *Chimère Étoilée*, la chaudière sera soumise, par exemple, à la volonté de la personne qui s'y assiéra.

Arline émit un gargouillement et vomit sur la plate-forme. Ijane et Coazlti se précipitèrent pour l'aider, mais la jeune fille tendit le bras vers l'est :

— Quelque chose arrive… d'horrible… Anti-Vie…

Ijane et Coaztli relevèrent les yeux dans la direction indiquée.

À l'horizon nord-est, une des goélettes s'enflamma comme une vulgaire torche. Ses mâts se consumèrent sous l'assaut d'un feu de couleur cramoisi et sa coque chavira sous le poids d'un énorme dragon qui déploya ses ailes sombres.

Ijane se figea.

— Le dragon, dit-elle. Ce n'est pas croyable !

Sur tous les navires, l'alerte retentit : sifflets, tambours, cris de terreur devant cette monstrueuse créature. Deux caravelles trop proches l'une de l'autre s'éperonnèrent et leur mâture s'effondra dans un craquement sinistre.

Arline se releva tandis que Rilize ordonnait le branle-bas sur la dunette. Les fusilières grimpèrent dans les hunes ou se mirent à proximité des officières pour les protéger. Ijane prit place sur le siège de tir du canon :

— Coaztli, aidez-moi, puis allez aux chaudières : je veux que toute la puissance terraverrique soit prête… Dès que vous avez une puissance minimum à m'annoncer, faites-le-moi savoir par la communication de mon cube.

— Mais le terraverre n'est pas raffiné…

— Nous n'avons pas le choix ! Arline, va te mettre à l'abri dans la passerelle du pont inférieur avec Rilize et les officières ! Soldats, aidez-la !

Coaztli disparut vite fait par l'échelle de coupée avant.

Deux fusilières escortèrent Arline jusqu'à la dunette. Ijane prit le commandement du canon et referma sur son corps la gangue de verracier. Elle utilisa la manivelle droite pour le faire tourner lentement vers l'endroit où le dragon s'en prenait à la deuxième goélette. Puis celle de gauche pour orienter l'angle de tir.

Le bourdonnement du bouclier résonna soudainement dans tout le navire. Comme prévu, la sphère de protection translucide s'étendit sur cent cinquante yards de rayon et engloba le *Soleil*, les frégates et les deux caravelles restantes. Même O'Leary n'avait pas jugé important d'aller au secours des deux navires qui avaient paniqué : ils se trouvaient trop loin à présent que le dragon reprenait de l'altitude et se dirigeait vers eux.

Ijane sentit son cœur s'accélérer et dut se concentrer pour ne pas céder à la terreur. Elle n'avait pas de mal à imaginer ce que pouvait ressentir le commun des mortels à voir un tel monstre piquer ou charger en crachant ses flammes infernales.

— Ici Coaztli, fit le cube de communication dans la poche de veste d'Ijane. Vous avez une dizaine de mana-étalons à votre disposition.

Ijane sentit l'afflux de puissance dans le générateur. Les ingénieurs avaient réussi à raffiner un peu de terraverre. De multiples coups de canons et de mousquets retentirent depuis les navires radléàrhes, mais le dragon était simplement trop haut dans le ciel.

La nécromancienne ajusta l'angle et la distance : le dragon fonçait droit sur la sphère du bouclier, comme s'il avait l'intention de la briser en se jetant dessus. Ijane sourit.

— Parfait.

Elle choisit une puissance de trois mana-étalons et pressa le sigle de mise à feu lorsque la mire runique rouge et le Dragon des Brumes, la gueule ouverte et prête à cracher son horrible feu corrompu, se rejoignirent dans la vision de verracier.

20

Arline entra dans la passerelle sous la dunette. Rigori se trouvait là, en train de charger son tromblon à triple canon. Rilize et ses officières coordonnaient l'action de combat : la jeune magicienne comprit rapidement que tout le monde était un peu dépassé. Combattre un dragon ne correspondait pas à l'idée que toutes ces femmes se faisaient d'un engagement à la loyale, ou du moins conventionnel. Néanmoins, Rilize conservait son calme :

— Cap au nord-nord-est, transmettez par drapeaux à l'escadre. Je ne veux pas finir drossé sur le rivage à cause du combat.

— Cap au nord-nord-est, répéta la pilote.

La première officière Alsame et les maîtresses d'équipage sur la dunette reprirent l'ordre. Les écoutes furent tirées pour permettre aux voiles de mieux prendre le vent. Arline s'accouda à une rembarde extérieure et regarda la flotte sous le dôme vert brillant se conformer aux ordres. Son cœur battait à tout rompre : le dragon fonçait droit sur le bouclier.

— Tourelle de poupe chargée, obus perforant, parée à faire feu, annonça Alsame depuis le pont supérieur. Canons tribord et bâbord en position mais inutilisables sur une cible volante !

— Tourelle arrière, faites feu à volonté sur le dragon dès que vous le pouvez ! ordonna la maîtresse-capitaine.

Sur le gaillard, le canon éthérique était pointé dans la direction du reptile légendaire. Arline se tourna à nouveau vers le dragon et, prise d'une intuition qu'elle jugea aussitôt de mauvais augure, puisa dans sa besace la bourse qui renfermait le saphir noir. Le joyau battait comme un cœur à l'intérieur.

— Tu as tué Sean, Parshah et Ferhian, créature infernale, dit-elle à haute voix, mais dans la confusion, cela passa inaperçu. Il est l'heure de les venger.

Elle défit les cordons de la bourse et s'empara à nouveau du sombre joyau.

Edjer-Verian souffla sur le dôme translucide en puisant dans toute la force de l'Anti-Vie. Les flammes léchèrent la surface. La sphère en entier se fendilla d'un bord à l'autre et une partie s'écroula en éclatant comme du verre surchauffé. Un énorme trou se forma : utilisant ses griffes, le dragon passa au travers. Des centaines de coups de feu l'accueillirent : mousquets et canons à mitraille du *Soleil* et des frégates le criblèrent aussitôt.

Edjer ne ressentit que des picotements sans importance. Il arracha les derniers vestiges du bouclier et se propulsa à l'intérieur de la sphère. Des tirs fleurirent sur le pont du plus grand des navires, celui aux roues à aubes.

Le rayon concentré du canon à plasma éthérique tiré par Ijane désagrégea une bonne partie de son torse. Les obus de la tourelle arrière dispersèrent une de ses ailes. Il chut rapidement vers les flots.

Avant de s'écraser en mer à côté d'une des frégates – dont il entendait déjà les marins hurler victoire –, il se transforma en brume. Puis il envahit le pont du navire avant de se reformer au centre du gaillard, déchiquetant plusieurs hommes et fusiliers qui se trouvaient à portée de ses griffes et de ses crocs. Il enflamma alors le reste du vaisseau avec son souffle. Des dizaines de marins furent immédiatement consumés.

Edjer-Verian avait compté que les autres navires n'ouvriraient pas le feu sur lui alors qu'il s'occupait de sa proie. Cependant, le roulement de tonnerre de centaines de canons tonna dans un magnifique exemple de tirs simultanés.

Les boulets soulevèrent des dizaines de murs d'écume et un certain nombre le touchèrent. Il fut projeté à plus de cinquante yards de distance par le simple effet de force des projectiles. Absorbant toutes les âmes des marins qu'il venait d'incinérer, il se reconstitua rapidement, redevint brumes cendreuses ; reprit de l'altitude pour éviter de se trouver à nouveau sous le feu nourri des batteries du deux-ponts et de ses escortes.

Le vrai danger provenait du canon éthérique sur le grand vaisseau noir à plaques de cuivre.

Il surgit tel un phénix pourpre au-dessus du *Soleil*, vira à droite et cracha son feu mortel sur une autre frégate. Les flammes englobèrent le navire, et la moitié de l'équipage périt. Un nouveau tir du canon double arrière du *Chimère Étoilée* le prit de plein fouet et lui fit faire une embardée. Des couleuvrines et des mousquets n'arrêtaient pas de l'arroser de tous côtés.

Il n'avait jamais affronté autant d'hostilité et de puissance de toute sa vie et de toute son Anti-Vie : il exultait. Passant à travers les flammes de la frégate qui brûlait, il se plaça face au *Chimère Étoilée*, dans l'alignement de ses mâts et un peu en contrebas, dans l'angle mort du canon éthérique. Puis il se laissa porter par ses ailes à moitié déchiquetées, ayant l'intention de rentrer de plein fouet sur le navire yaxchilan pour le disloquer.

Surpris, il vit le canon éthérique faire feu à nouveau, pulvérisant la base du mât de misaine et trois fusilières qui se trouvaient sur le gaillard d'avant. Edjer n'eut que le temps de voir la silhouette brillante sur le siège de tir et toutes les runes du fût exploser de lumière en même temps. Il souffla ses flammes sur l'avant du navire. Puis l'éther plasmique le transperça de part en part avant d'aller se perdre dans l'océan en une gigantesque explosion de chaleur.

Rigori sur les talons, Arline se rendit sur la passerelle extérieure malgré les ordres de Rilize. Elle se pencha à bâbord. Des flammes dévoraient l'avant du bâtiment et le mât de misaine échoué sur l'eau traînait comme une ancre flottante. Le navire commença à perdre de son erre. De nombreux membres d'équipage se précipitèrent vers l'avant pour aider à éteindre l'incendie.

Arline vit Ijane se propulser hors de la gangue de verracier et commencer à tisser un sortilège de ses mains en chantant.

Mais la jeune magicienne ne se sentait pas concernée pour le moment.

— Tu es toujours là, sale créature putride…

Elle le vit : il se reconstituait sur la roue à aubes bâbord, déchiquetant le métal et les pales de la mécanique. Sa gueule monstrueuse referma ses crocs sur les axes, et le navire tangua dangereusement. Arline leva le saphir noir et hurla :

— Edjer-Verian, je sais qui tu es !

Aussitôt, le temps se figea autour d'eux. Ce fut comme si une nouvelle tapisserie d'événements se déroulait devant les yeux de la jeune magicienne. Un endroit désolé, une terre sans vie, plaine à perte de vue. Le dragon, gigantesque, semblait aussi surpris qu'elle. Il se trouvait à moins de vingt toises de la jeune humaine, furieux.

Il rugit :

— Je ne sais pas qui tu es, mais tu vas payer pour ton intrusion.

Arline s'agenouilla.

— Je ne crains rien dans ce monde spirituel, créature dc l'Anti-Vie. Le cœur qui bat dans mes mains est là pour t'anéantir.

Edjer siffla de rage : il ne comprenait pas. La jeune humaine était comme dans son rêve, à genoux, mains brandies, mais elle ne lui offrait pas son cœur. Elle lui tendait avec l'air haineux un joyau ressemblant fort à celui de Maerlar.

— J'ai du mal à le croire ! s'esclaffa le dragon. Mais tu n'as pas la puissance pour manier de telles reliques !

Il prit une longue inspiration et souffla de toutes ses forces sur Arline. Celle-ci ferma les yeux. Les flammes impies furent absorbées par le saphir.

Puis la jeune magicienne rouvrit les yeux : ils étaient noirs comme la nuit, constellés d'étoiles.

— Tu as tué Sean, tu as tué Parshah, tu as tué mon ami, Ferhian, pour cela, je vais te détruire, dussé-je vouer mon âme aux pires tourments des Strates Inférieures !

Le saphir noir émit une lueur pourpre et ocre. Edjer voulut s'envoler, soudain pris de panique, pour plonger sur la jeune magicienne. L'explosion de lumière l'atteignit et le perça en maints endroits. Avant de se désagréger, il eut le temps de dire :

— Ferhian est vivant, mortelle ! Et il sert mon maître !

Arline fut déstabilisée. Elle perdit sa concentration. Le monde changea à nouveau. Le temps reprit son cours. La jeune magicienne vit le dragon lâcher la roue à aubes déchiquetée et se transformer en un nuage de cendres qui s'éloigna promptement vers l'ouest.

Elle s'effondra. Tous les pores de sa peau saignaient.

— Arline, Arline ? s'écria Rigori qui déchargea vainement les trois coups de son arme dans le banc de cendres.

Le visage inquiet d'Ijane se pencha sur elle.

Puis ce fut le noir total. Un noir où brûlait la flamme pourpre de la haine.

21

Aourhegan ouvrit lentement les yeux.

Elle reposait sur le dos, laissée à l'abandon comme une épave sur le grand lit. Son nez la lançait. La lumière rouge sang qui entrait par la fenêtre du balcon déclencha une migraine sous son crâne. Plus encore que cela, le silence total, à part un grondement lointain et régulier, lui donna la nausée.

Le bois sculpté du lit, au-dessus d'elle, représentait des scènes pastorales impliquant licornes, korrigans, satyres, et des dieux humains dispensant le savoir aux animaux.

— J'ai mal, fit-elle à haute voix.

Dergirion ne lui avait rien épargné. La jeune Fée Noire bougea le bras. Elle fit la grimace.

Elle toucha le torque en forme de petits démons et serra les dents. Une image se forma dans sa tête : celle de Dergirion, perdant son sang d'une blessure à la gorge. Et elle qui levait sa botte ferrée pour lui…

Une douleur effroyable la transperça encore, comme si chaque pouce carré de sa peau se recroquevillait sous l'effet d'une terrible brûlure.

Instinctivement, la pensée de blesser ou tuer Dergirion s'éloigna. La souffrance aussi.

Ses mains caressèrent à nouveau les deux *Daemoni* de son torque. Elle sentit une chaleur intense au niveau du cou.

Deux colonnes de lumière pourpre entourée de brumes mauves surgirent de chaque côté du lit. Des formes s'en extirpèrent: l'une ressemblait à un jeune garçon obèse à la peau couleur cuivre et aux crocs couleur fer, les oreilles pointues et trois yeux étirés sur un visage poupin, l'autre à une houri aux cheveux de feu vivant. Les deux êtres, nus comme des vers, sautèrent sur le lit, leurs queues fourchues fouettant l'air.

Aourhegan se recula contre la tête du lit, étonnée. Les deux créatures s'inclinèrent, révélant de belles ailes membraneuses repliées dans leur dos.

— Malédiction et malepeste, souffla Aourhegan entre ses dents. Qu'est-ce encore que cela?

Le garçon poupin cligna de ses trois yeux:

— Votre seigneurie sublimale, permettez-moi de nous présenter! Je me nomme Birtanème et voici Ikitané, ma charmante compagne de réclusion, mais vous pouvez nous appeler Bir et Iki, ce qui veut dire, dans la langue charmante de la quarante-quatrième Marche de Desrel-Whurd, «Jeune Amant Fringant et Courageux», pour Bir, et…

Il fit un geste dédaigneux vers sa compagne:

— «Pauvre Esclave Perdue et Repentante» pour Iki.

La houri daemonique prit la parole en levant le doigt d'une manière professorale:

— Je crains que dans la langue noble des grands Princes Antiques les adjectifs soient interchangeables. Comment allons-nous résoudre ce dilemme?

Le chérubin à cornes se frotta le menton. Aourhegan, bouche bée, les regardait parler.

— J'ai trouvé, finit par dire le garçon enveloppé. Demandons à notre nouvelle maîtresse!

— Quelquefois, Birtanème, tu me transperces de ta sagesse foudroyante !

— Et pas qu'avec ça !

Ils éclatèrent de rire tous les deux.

Aourhegan, soudain furieuse, remonta les draps sur son corps dénudé :

— Il suffit ! rugit-elle. Qui êtes-vous et que faites-vous ici ?

Les créatures se figèrent. Elles échangèrent un rapide regard puis se prosternèrent sur le lit, visage dans le désordre du couvre-lit couvert de traces sanglantes.

— Pardonnez-nous, maîtresse ! dirent-ils dans un bel ensemble. Nous sommes les deux geôliers de votre libre arbitre. Mais aussi paradoxal que cela puisse paraître, nous sommes à votre service, Ô généreuse reine sérénissime à la peau de nuit !

Aourhegan eut l'impression déroutante qu'ils se moquaient d'elle tout en lui signifiant les marques du plus grand respect.

Elle dit d'une voix autoritaire :

— Pour commencer, si je suis votre maîtresse, et si vous êtes vraiment, comme je le crois, des *Daemoni* mineurs contractuels, vous pouvez changer votre apparence. Utilisez vos pouvoirs pour vous habiller.

Bir grommela :

— C'est le sanctuaire abyssal qui se fiche de la donation de pouvoir…

— Je te demande pardon, serviteur ? s'enquit Aourhegan.

— Rien, rien, maîtresse. Je disais juste : « Oui, Votre Majesté sublimale, Iki, toi et moi, nous habiller il va falloir. »

— Bien sûr.

Les deux *Daemoni* se redressèrent. Bir fut soudain vêtu d'une chemise légère et de braies bouffantes enfoncées dans des bottes à ourlets. Son ventre proéminent déformait sa ceinture, et une toque venait ceindre son crâne chauve. Quant à Ikitané, une belle tunique chamarrée courte recouvrit son corps, et des culottes de pantalon de brocart rouge descendirent jusqu'à une paire de bottines en écailles noires. Leurs ailes s'accommodèrent de ce changement, puis ils sautèrent à bas du lit.

— Bien, dit Aourhegan en se faisant une toge du drap souillé. À présent, je veux que vous me trouviez un endroit où je puisse prendre un bain et me soigner des errements de la nuit.

Iki et Bir sourirent. Évidemment, ils avaient assisté à tout ce qui s'était déroulé ici. Elle eut une expression amère et sentit les larmes lui monter aux yeux. Mais sa fierté et la force d'âme des Fées Noires furent les plus fortes. La houri tendit la main à la jeune Fée Noire.

— Maîtresse, suivez-moi. Derrière cette double porte se trouve la salle d'eau des anciens occupants de cette chambre. Je vais prendre soin de vous.

— Et moi ? grommela Bir. Je me la mets sur l'oreille ?

— Pardon ? s'étonna Aourhegan.

— Je voulais dire : « Je ne suis pas invité, Ô merveille ? »

Iki ricana :

— Non.

— Il me suffirait juste de retourner dans le torque, hein ?

Aourhegan sourit et ordonna :

— Tu n'en feras rien. Reste ici à nous attendre.

Aourhegan pensa un instant à s'enfuir, mais les prémices d'une autre vague de souffrance venue du torque l'en dissuadèrent.

Les deux femmes passèrent dans la salle d'eau, qui possédait l'eau courante, une cuvette de dalles chaudes creusée à même le sol et des réglages runiques pour la température de l'eau. Un vieil élémentaire de feu obéissant habitait la sphère de régulation.

Aourhegan se laissa couler dans l'eau bouillante avec un frisson de plaisir douloureux. Ikitané s'empara de plusieurs savons parfumés et la frictionna gentiment.

— On dirait que tu as fait ça depuis la nuit des temps, remarqua Aourhegan, méfiante.

— Maîtresse, j'ai eu l'occasion de côtoyer de près les conquêtes du seigneur Dergirion Degethar.

Que sais-tu de ce qui se passe ici, au Chêne-Monde ? demanda la Fée Noire. Et qui est cette Taniliandre ? Et pourquoi ont-ils des masques d'animaux ?

Elle sentit Ikitané se crisper.

— Je ne peux pas répondre à ces questions de mon plein gré, maîtresse Veniryon.

— Peux-tu me dire comment me débarrasser du torque enchanté qui enserre ma gorge ?

— Les équations d'ajustement ne me sont pas familières, maîtresse, et le seigneur Dergirion est un maître-mage. Je ne saurais mesurer mon intelligence à la sienne.

S'ensuivit un long silence. Dans la chambre, une porte s'ouvrit à la volée. Il y eut des éclats de voix. Ikitané se figea. Aourhegan trembla involontairement.

Le double battant de chêne menant à la salle d'eau s'entrebâilla et Birtanème passa la tête par l'ouverture :

— Hum, ahem, ah. Son Excellence notre maître incontesté et incontestable est venu vous chercher, et il est fort aise de voir que vous ayez découvert les insectes ridicules que nous sommes et qui vous servent dans l'allégresse la plus… allègre. Vous avez quelques instants pour vous préparer pendant qu'il prend un rafraîchissement au salon.

— Ne vous inquiétez pas, maîtresse, dit Ikitané, la garde-robe des anciennes conquêtes du seigneur Dergirion est bien fournie. Vous ne vous promènerez pas nue dans les halls du concile.

— Et que sont devenues ces anciennes conquêtes ?

Ikitané détourna les yeux.

Aourhegan se promit de percer le secret de ce torque avant que ses vêtements de voyage usagés n'aillent rejoindre la collection de Dergirion.

22

Le pouvoir des ténèbres.

L'influence du sang. Rivières d'ichor noir et de lymphe translucide.

Gelée informe, corps concassés et brisés.

Souillure et corruption. Pourriture, décomposition.

Cris de haine, de désespoir, d'horreur, rires de déments.

Et au-delà de tout ce mélange de torture mentale et d'images aussi folles que monstrueuses qui naissaient soudain dans son âme déjà éprouvée, Aourhegan entendait toujours battre, gronder, vibrer ce cœur étranger, indicible, sous ses pieds, dans les murs. Elle avait l'impression sourde qu'une créature venue du fond des âges frappait de ses poings titanesques sous la croûte terrestre et cherchait à s'évader de sa prison éternelle.

Aourhegan fut sortie de ses hallucinations par Dergirion. Le sorcier nerhalfen lui donnait des tapes sur la joue. La Fée Noire s'était évanouie au milieu d'un grand hall décoré de plusieurs arbres flétris. Une haute verrière faite de vitraux plombés laissait filtrer la lumière sombre des nuées sanglantes.

La Fée Noire se souvenait juste que le Nerhalfen avait à peine attendu qu'elle ait revêtu, sur des bottines en daim, des braies bouffantes noires et un haut brodé de tulipes. Il lui avait même rendu son épée d'acier larionite, son poignard et un pistolet non chargé. Avant de lui prendre le bras brusquement, il avait commenté :

— Ikitané a toujours eu un goût un peu suranné en matière de tenues pour mes amantes, mais tu es magnifique. Ton visage n'est plus tuméfié non plus. Incroyable petite *Daemoni*. Je savais qu'elle prendrait soin de toi.

Les deux créatures des Strates Inférieures s'étaient de nouveau glissées dans le torque. Taniliandre s'était joint à Dergirion et Aourhegan au bas d'un grand escalier de marbre. Elle portait un masque de hibou blanc et ses cheveux étaient enserrés dans une résille de diamant. La Fée Noire l'avait reconnue à ses vêtements et au bracelet de runes flottantes qu'elle portait au poignet. Une dizaine d'homoncules de plus de trois pieds les suivaient, armés de mousquets étranges reliés par des câbles à leurs corps scintillants.

Leurs yeux sans vie étaient à présent fixés sur Aourhegan.

— Cette petite morveuse que tu as ramassée dans une fosse d'aisances ne mérite pas d'être ici, Dergirion, cracha Taniliandre. Tue-la, qu'on en finisse une bonne fois pour toutes. Offre au Ver de Corruption un mets de qualité, ça le changera du brouet que nous lui servons régulièrement.

— Je me passerai de ton avis, répondit Dergirion d'un ton glacial.

La magicienne se le tint pour dit. Aourhegan se releva, encore éblouie par les visions qui l'avaient assaillie. Alors qu'ils marchaient sur une large rampe descendant en spirale vers les racines du Chêne-Monde, Dergirion lui murmura :

— Ton corps et ton esprit sont soumis à une atmosphère où règnent distorsion et corruption. Des corpuscules agressifs le saturent. Le torque que je t'ai donné et les deux abrutis qui l'habitent filtrent les germes, bien entendu, mais il faudra bien que tu te laisses aller à ce pouvoir pour survivre. Comme moi, comme Taniliandre…

— Jamais, siffla la jeune Fée Noire entre ses dents.

— Bientôt, tu n'auras plus le choix.

La rampe déboucha dans une cathédrale de végétation luxuriante : la vigne vierge s'accrochait à un ensemble de voûtes soutenues par les racines géantes du Chêne-Monde. Des gradins naturels entouraient les salles circulaires, au centre desquelles avait dû autrefois se tenir le concile des mages et des druides. À présent, il n'y avait plus qu'un gouffre étoilé. Sur des corniches au-dessus des gradins, on avait récemment construit des passerelles reliées à une plate-forme centrale. Celle-ci était ornée de deux étranges planches d'acier, inclinables par le moyen d'un mécanisme cranté. De l'autre côté du gouffre, des Lames-Tornades montaient la garde devant d'autres issues, plus petites, barrées par des herses.

Un nouveau grondement ébranla les sous-sols. Ce qu'Aourhegan avait pris pour des racines géantes remua. La Fée Noire se rendit compte qu'un monstrueux ver noir avait transpercé l'écorce de l'arbre. Une sangsue gigantesque dont le moindre mouvement créait un océan de sensations désespérées de la part de la conscience du Chêne-Monde. Des particules par millions, d'une blancheur malade, s'extirpaient de l'arbre à chaque battement de son cœur corrompu. Elles se dissolvaient dans l'air et imprégnaient les champs telluriques, aériens, aquatiques. La Mort Blanche était issue de son sang précieux. Chaque battement de son cœur immortel en étendait l'influence.

Aourhegan n'avait jamais contemplé l'entropie des monstres antiques de ses propres yeux, et son esprit faillit basculer. Les yeux révulsés devant une telle horreur, elle fit un pas en arrière et un gémissement sortit de sa gorge serrée. La Fée Noire se retint de vomir. Ikitané lui envoya une vague de pensées positives. La Fée Noire lui en fut reconnaissante :

— *Pourquoi fais-tu cela ?*

— *Tu es différente des autres, maîtresse. Tu mérites une attention particulière.*

— *Pourquoi ?*

— *Je pense que le torque a ses failles en ce qui concerne les gens de ton peuple. Si nous l'exploitons à deux, à trois si Birtanème ne boude pas dans son coin, nous pourrons tous nous libérer.*

— *Et le tuer.*

— *Cela te regarde. Ce qui m'intéresse, c'est de ne pas finir dans les Basses Dimensions, victimes des Esprits de la Nuit. Ma demeure dans les Strates Inférieures me suffira amplement.*

Aourhegan dut mettre un terme à la conversation : Taniliandre la surveillait et la procession s'était remise en mouvement. Ils montèrent des marches en parquet lustré vers une estrade. Une console runique y avait été enchâssée. Plusieurs cristaux vivants aux facettes ternies flottaient dans un champ de rétention.

Taniliandre et Dergirion empruntèrent les passerelles. Ils arrivèrent sur la plate-forme où se trouvaient les deux planches de métal inclinables. Taniliandre alla déverrouiller des mécanismes qui les alignèrent avec le sol. Dergirion se dirigea vers un coffre de métal, l'ouvrit et sortit de ses entrailles une dague ondulée entourée d'une aura vert sombre. Des runes glissaient à sa surface comme de longs vers visqueux.

Aourhegan sentit la chaleur du soleil dans son dos et se retourna : les battants d'une porte de grande dimension s'ouvraient sur la cité de Galabréà. La Fée Noire aperçut les oriflammes de l'armée mercenaire, et les centaines de tentes sombres, puis plus loin encore les lacs et la ligne noire de la Forêt aux Sorciers.

Dergirion s'approcha d'Aourhegan et lui tendit le poignard.

— Prends.

— Non !

La main de la Fée Noire se referma involontairement sur la poignée de l'arme. Aourhegan n'avait pas senti une seule obligation de la part du sorcier masqué : elle en avait simplement eu envie. L'aura vert sombre enveloppa son bras. L'arme était une dent, elle était la racine. Elle se sentait bien : les runes qui rampaient à la surface de la lame venaient lui caresser les doigts. Un nom s'imposa à son esprit : Surrevyon Comptisimtur. Le Créateur.

— *Non, n'écoute pas,* lui susurra Ikitané. *Il passe par le torque sans que tu t'en rendes compte. Il essaie de te convaincre. Résiste.*

— *Il est trop tard,* lui répondit Aourhegan. *La chaleur que je ressens me remémore Réhènne…*

— *Tu es née à Aydhin, la cité éternelle, pas à Réhènne. Tu es une Fée Noire, pas une Nerhalfen.*

Aourhegan cligna les yeux. Puis les releva. Dergirion la fixait derrière son masque. Un mouvement attira son attention : les herses à l'ouest se relevaient. Un homme et un petit garçon, bâillonnés, les yeux bandés, escortés par des Lames-Tornades, s'approchaient de la plate-forme centrale. La Fée comprenait à présent l'usage des deux tables noires.

Ses doigts serrèrent l'arme encore plus fort.

Soit, se dit-elle. *Si le monde est lancé vers sa destruction, si on ne peut pas le sauver, alors autant le détruire plus vite encore.*

Dergirion mit la main sur son épaule.

— Je suis fier de ce que je vois, Aourhegan. Tu réalises le potentiel de ton peuple.

Les Lames-Tornades attachèrent l'homme et le garçon sur les tables. Aourhegan les trouva si faibles, si ridicules, si minuscules face au pouvoir qui s'exerçait ici.

— Le sang alimente le Ver de Corruption, déclara alors Dergirion.

Il fit un signe de tête à Taniliandre. La magicienne dessina quelques runes au-dessus d'un pupitre. De minuscules liens terminés par des pointes s'enfoncèrent dans les bras des deux humains. Ils se mirent à avoir des soubresauts. Puis elle abaissa un levier et les chaînes mirent en branle le mécanisme d'inclinaison.

Une fois la tête en bas, il suffisait de descendre cinq marches devant la table pour se trouver à leur niveau. Dergirion n'eut pas à montrer la voie à Aourhegan. Celle-ci avala les degrés, au risque de tomber dans le bouillonnement en contrebas.

— Incise uniquement les poignets et poinçonne l'artère fémorale. Leur agonie doit être lente pour que le Ver de Corruption se nourrisse aussi de leur désespoir et de leur folie naissante.

Aourhegan se tourna vers l'homme.

C'était Ryan.

Il avait les yeux bandés, ne pouvait pas voir la Fée Noire.

— Non… Je ne peux pas.

Le limier bougea la tête de côté, commença de se débattre, comme s'il sortait d'une profonde léthargie.

— Aourhegan ? C'est toi ?

La Fée Noire déglutit. Leva les yeux sur Dergirion.

— Non, je ne peux pas. Je… ne… peux… pas ! Il n'était pas mort ?

— Bien sûr que non, s'esclaffa Dergirion. Je ne suis pas cruel au point de laisser deux amis séparés.

Taniliandre dégaina son pistolet et mit la Fée Noire en joue.

— Je t'avais dit qu'elle ne valait rien.

— Silence, ordonna Dergirion. Aourhegan, tu peux l'offrir aux divinités souterraines et corrompues. Il n'est plus rien pour toi. Tu es entrée dans une ère nouvelle. Ta transformation vient à peine de commencer. Et si tu ne le fais pas, je te livre au Ver de Corruption juste après lui.

Aourhegan sentit les larmes qui coulaient sur ses joues. La pulsation du dieu antique daemonique en contrebas résonnait sous son crâne. Il lui disait : « Tu es une élue du Créateur. L'humain n'est que poussière dans ton monde. »

— Aourhegan ! s'égosilla Ryan, désespéré. Que se passe-t-il ?

— Pardonne-moi, mon frère… chuchota-t-elle. Ton sacrifice ne sera pas vain, je te le promets.

Horrifiée, la jeune Fée Noire sentit ses mains se mouvoir. Elle ouvrit les poignets de Ryan dans le sens de la longueur. Il rua sauvagement, mais ses liens de métal l'immobilisaient. Le sang coula le long des gouttières, puis dans le gouffre. Ryan hurla.

— Tranche-lui la gorge, ordonna Dergirion. Je ne supporte pas les cris des porcs humains.

Aourhegan se mordit les lèvres jusqu'au sang. D'un mouvement expert, elle égorgea Ryan. Ses cris s'arrêtèrent net. Le sang cascada dans le gouffre et le Ver de Corruption barrit de plaisir.

Une trompe d'alarme retentit à l'extérieur. Repris par d'autres, à l'intérieur de la cité.

Une ombre gigantesque recouvrit la sortie sud du bâtiment. Un dragon aux ailes déchiquetées entra dans les souterrains entre les racines du Chêne-Monde. Les trois quarts de son corps n'étaient constitués que de brumes et de cendres qui s'éparpillaient autour de lui. Il s'écrasa sur l'esplanade du concile et resta là sans bouger.

— Edjer-Verian ! s'étonna Dergirion. Taniliandre, continue l'écoulement. Aourhegan, viens avec moi.

La Fée Noire ferma les yeux de soulagement et obéit.

Un dernier coup d'œil à Ryan : celui-ci fut secoué de spasmes durant un instant encore, puis ne bougea plus.

Des homoncules entouraient l'énorme masse brumeuse du dragon. Des éclairs rouge sang fusaient depuis l'arbre et le gouffre, allaient le frapper de temps à autre. En s'approchant avec Dergirion, Aourhegan comprit qu'il absorbait la corruption pour se régénérer.

Qui avait bien pu blesser ainsi une créature aussi puissante ?

23

La Forêt aux Sorciers, au nord du verrou lagunaire d'Avaril.

Litorlil, Hector et le renard nommé Lorcan entrèrent dans le domaine de Drakerheel en suivant les sentiers que seuls les mages connaissaient. Ils débouchèrent dans la clairière où se dressait le manoir de Bonisal. À gauche, deux granges aux portes béantes abritaient des calèches. Les boxes des montures étaient vides.

— Nous voici enfin à la maison, dit le merle. Mais tout est laissé à l'abandon. Pas de signe de Bonisal, mon pauvre maître…

— Ton «pauvre maître», gronda Lorcan le renard, n'est pas tout blanc.

— Parler ainsi d'un magicien décoré par le concile de Galabréà, s'indigna l'oiseau en agitant les ailes, c'est insulter son honneur.

— Les magiciens ont de l'honneur? demanda Hector en caressant la fourrure sombre de Lorcan. Des gens capables de réduire en esclavage des formes de vie artificielles, des Êtres-Fées ou des créatures des Strates Inférieures peuvent-ils être honorables?

— Tout cela va changer, dit Lorcan avec un son de gorge menaçant.

— Euh… pardon ? s'enquit Litorlil. Bon, bon, je propose que nous allions inspecter l'intérieur.

Sans attendre l'aval des deux autres, il s'envola, survola la prairie et disparut de l'autre côté du manoir.

— Race d'esclave, gronda l'énorme goupil noir.

Qui se redressa sur ses pattes postérieures. Hector sentit les muscles puissants de la bête se mouvoir dans son dos. Instinctivement, l'homoncule sauta à terre et observa le renard à la dérobée. Celui-ci avait bien grandi depuis sa transformation au milieu des plaines de Prynsil Moor. Il avait l'air d'un lupin mais avec des épaules plus larges, des griffes terrifiantes et une gueule à faire mourir d'effroi : ses crocs s'étaient allongés, son museau soufflait une sorte de vapeur blanche, comme si son sang bouillait.

— Je me fiche de savoir si Bonisal est vivant ou mort, finit par dire l'homme-bête en s'avançant dans la prairie. La Mort Blanche a dû le ronger.

— Ah, euh, observa Hector en trottinant à ses côtés. Vous euh… vous le connaissez, alors ?

— Tous les souvenirs d'Arline sont imprimés en lettres de feu dans ma mémoire. Certes, c'est un bon maître pour elle, mais elle a vu qu'il était faillible, comme chacun, et qu'il avait sa part de responsabilités dans le conflit en cours.

— Peut-être que nous ne sommes pas vraiment aptes à juger, rétorqua l'homoncule.

Lorcan renifla.

— Ça sent la mort, ici, grommela Lorcan pour mettre fin à la conversation.

— Je ne peux pas vous le confirmer : je n'ai pas d'odorat, hélas.

Ils traversèrent une cour intérieure. Le corps principal de bâtiments se dressa bientôt devant eux. Des cadavres d'oiseaux pourrissaient autour du manoir. Lorcan en souleva un avec sa griffe. La carcasse se délita et des fluides corporels coulèrent au sol. Le goupil noir retroussa ses babines et éclata de rire.

— Je crois que quelqu'un nous a devancés d'au moins plusieurs semaines.

Lorcan et Hector s'avancèrent jusqu'à la porte principale en bois peint d'un phénix doré.

— Entrons.

Litorlil revint à tire-d'aile de l'autre côté du manoir :

— Attendez-moi ! Les serviteurs du maître sont morts, de l'autre côté, jetés comme des sacs dans le jardin !

Lorcan haussa les épaules :

— Il fallait s'y attendre.

— Pauvres Mared et Thadée ! Ils étaient avec le maître depuis plus de trente ans !

Le goupil sombre agita les oreilles :

— En effet, ils auraient pu nous en raconter, des choses…

Il pénétra dans la grande salle de réception du manoir : une table de chêne solide trônait au milieu, en face d'un âtre où l'on aurait pu faire rôtir un bœuf. Les chaises paillées, renversées, jonchaient le sol avec des débris de verre, de porcelaine, des lampes dont le naphte s'était depuis longtemps évaporé. Une énorme armoire avait volé en éclats : des esquilles s'étaient fichées dans les tentures qui avaient été à moitié dévorées par une sorte d'acide. D'autres corps d'oiseaux, moins nombreux, jonchaient le sol, au milieu des décombres.

Les trois compagnons inspectèrent le manoir en entier : chambres, laboratoires, salons, la bibliothèque, les caves, les réserves. Tout avait été pillé. Lorcan trouva tout de même un râtelier avec deux mousquets derylites, une lance à lame large aux runes bleu cobalt qui tranchait comme du beurre le bois solide. Une vieille armure reposait aussi sur un présentoir dans le bureau du maître-mage, ainsi qu'un bouclier, un pavois et des sabres de Larion.

Lorcan, qui mesurait à présent une bonne toise de haut, se chargea de tout cela. Il trouva des réserves de nourriture salée dans un garde-manger. Une pipe et du tabac, aussi, qu'il débusqua dans un tiroir fracassé du bureau.

— Mais vous avez pillé les affaires du manoir ! s'indigna à nouveau Litorlil.

Le goupil sombre referma sa griffe sur le cou du merle et le lui tordit d'un coup sec. Son cadavre alla rejoindre les autres. L'homoncule soupira, ou fit tout comme.

— C'est le familier de Bonisal, le saviez-vous ? Où que soit le maître-mage, il sait à présent que celui-ci a été tué. D'ailleurs ça ne l'empêchera pas de revenir. Les familiers sont des esprits contractuels, à la base.

— Que m'importe ? gronda Lorcan. Je ne supportais plus son babil.

— Une bonne raison d'agir.

— Hector, ta mission n'a plus de raison d'être, Bonisal a disparu, il est peut-être mort, même. Et mon instinct me pousse à me rendre au nord. Vers le Chêne-Monde.

— Je n'ai rien d'autre d'intéressant à faire. Rester ici me semble contre-productif. Si vous me permettez, je vous accompagne. Peut-être que quelqu'un trouvera un usage au journal de Faer et aux notes d'Arline.

Lorcan acquiesça.

— Et gare à quiconque se mettra en travers de notre chemin.

Hector n'en avait pas le moindre doute.

24

— Que savons-nous exactement des défenses de Larion ? s'enquit le général MacCermath.

Endrew, assis au bout de la table, considérait les pions rectangulaires représentant son armée et celle du Nord, puis joua du bout des doigts avec ceux des provinces animales.

— Djengis n'a pas participé à la bataille au cours de laquelle nous avons perdu deux mille hommes, finit-il par dire. Je ne crois pas qu'il veuille de cette guerre. Son territoire a été durement éprouvé ces derniers temps…

Lochlainn pointa les défilés au sud, puis le col à l'ouest des provinces animales, où se trouvait le symbole du barrage :

— La vallée est défendue, soit par un réseau de fortifications, soit par des défenses naturelles. Il n'a pas trop à s'en faire.

— Et il ne permettra jamais qu'on vienne prospecter sur le territoire des félins, ajouta Pélante. J'ai essayé il y a deux ans. Il considère que tout ce territoire est sacré, appartient à la Déesse-Mère, aux félins et aux Derylites.

Elle prit une gorgée du thé que son aide de camp venait de lui apporter.

Endrew rit. Tous les yeux de son état-major se tournèrent vers lui. Il se leva et regarda un par un Elrithian de Marnor, MacCermath, Lochlainn, Pélante, Tyrmon – qui se faisait tout petit – et les huit commandants de régiments qui assistaient à la réunion. Sa voix gronda comme le tonnerre et tous, sans exception, eurent une bouffée d'angoisse :

— Assez d'atermoiements, bande de larves ! Je croyais que nous nous étions mis d'accord depuis le début. Les Franges féeriques seront débarrassées à jamais de l'impiété et des créatures qui l'habitent ! Les druides et les magiciens ont pratiquement disparu : le concile n'est plus. La Déesse-Mère et Lug se réjouissent de la disparition de ces cloportes, de ces sangsues qui drainaient sa force vitale ! Larion sera mienne et je ferai exterminer les créatures féeriques, les changelins d'Avaril et les félins qui se mettent sur le chemin du progrès et de la royauté. Aussi, cessez vos jérémiades et trouvez-moi des idées audacieuses !

Tous restèrent cois devant cette sortie furieuse. Pélante sursauta lorsqu'il prononça son nom.

— Que Tyrmon fasse son rapport à présent !

L'agent s'entoura de sa mante noire aux liserés dorés : il aurait aimé être invisible. Il s'avança à côté de sa maîtresse et déclara :

— Nous avons fait une reconnaissance dans les forêts de la chaîne sud des Aslantepe. Une demi-douzaine de défilés ont vu leurs rivières s'assécher brutalement, comme nous l'avaient signalé les limiers.

Endrew acquiesça :

— Depuis des millénaires, ces défilés étaient restés impraticables à cause des torrents issus du lac du barrage. Aucune armée n'avait pu prendre d'assaut la ville par le sud.

— De plus, s'immisça Pélante, je sais, pour les avoir vues de mes yeux, que Larion dispose de défenses technomagiques datant de l'époque des Prêtres-Mages. J'ai aperçu des obélisques runiques de protection le long des remparts. Ce sont eux qu'il faudrait détruire.

— À quoi sont-ils liés pour ainsi fonctionner encore ? s'étonna Lochlainn.

Pélante haussa les épaules :

— Sans doute une horlomagie qui doit se renouveler et s'entretenir d'elle-même pour être toujours active. Mais je ne pense pas qu'elle supporterait un bombardement efficace sur les endroits, justement, où les piliers sont inactifs.

Le greffon d'Endrew le démangea soudain.

Maerlar était proche. Brideï, la quatrième protectrice d'Endrew, passa les tentures et s'approcha du Haut Roi. Elle lui donna une plume de corbeau. Il grogna :

— Je me retire dans mes quartiers pendant un moment. Je vous laisse deviser de la meilleure stratégie pour prendre cette cité de créatures impies. Pélante, venez avec Tyrmon et Nalidis, j'aimerais vous entretenir en privé d'un sujet qui me tient à cœur.

Tout le monde s'inclina au départ du roi. Puis les conversations reprirent de plus belle entre les stratèges.

Endrew trouva dans ses quartiers un homme voûté recouvert d'un grand manteau rouge. Un masque de rat cornu dissimulait son visage et un corbeau noir aux yeux de braise était perché sur son épaule.

— Je vois que vous avez réussi à trouver une nouvelle forme, seigneur Ravanaï.

— En effet, fit celui-ci en ôtant le masque, révélant le visage de Rhiord, déjà pourri par la corruption. Je me suis introduit comme un courant d'air. Les esprits simples ne remarquent rien.

— À part l'odeur, murmura Nalidis à Tyrmon.

Les Léristérites étaient entrés à la suite du Haut Roi et de ses quatre gardes du corps. L'agent principal de la plénipotentiaire léristérite se retint de sourire.

— Que nous vaut l'honneur de cette réunion tardive ? s'enquit Endrew en se laissant aller dans un fauteuil.

Il fit un signe à un de ses gardes du corps. Celui-ci piocha dans un coffre des coupes qu'il remplit d'un liquide ambré tiré d'une amphore. Maerlar salua Pélante de la tête, ainsi que les deux agents qui, nerveux, se demandaient à quelle sauce ils allaient être mangés. Tyrmon et Nalidis acceptèrent poliment les coupes d'hydromel. Par pur réflexe de survie, ils n'y trempèrent pas leurs lèvres.

— Des nouvelles, bonnes et mauvaises, répondit Maerlar. Tout d'abord, Edjer-Verian a échoué à détruire la flotte rebelle. Le *Chimère Étoilée* a été équipé d'un canon éthérique qui peut détruire l'essence même de l'Anti-Vie et leur apporter un avantage lourd dans les combats maritimes.

— Comment est-ce possible ? s'étrangla Pélante.

— Je ne sais pas. Je suppute que cela pourrait avoir un rapport avec ceux qui ont tué Jéryph, détruit le Ver de Corruption de Pyral et enrayé l'empoisonnement des félins de Larion. Auraient-ils découvert des armes anciennes provenant de l'arsenal des Prêtres-Mages ? C'est fort possible.

— Vous avez pourtant passé du temps à Pyral pour souiller le Nœud, seigneur Ravanaï, remarqua Pélante, qui avait du mal à contenir sa colère. Comment ces armes auraient-elles pu vous échapper ?

— Les délais que vous m'aviez imposés ne m'ont pas permis de fouiller les sous-sols de Pyral. D'ailleurs, je ne pensais pas y trouver grand-chose d'intéressant…

— Et maintenant, voilà nos ennemis armés de manière plus qu'importante, enragea Pélante. Vous rendez-vous compte que cela pourrait être un tournant décisif ? Il faut détruire le *Chimère Étoilée* immédiatement !

— Il y a autre chose, continua Maerlar, peu impressionné par la vindicte de la Léristérite. Edjer-Verian m'a rapporté qu'une jeune femme aux cheveux blancs nommée Arline von Crommlynk possède un saphir noir pareil à celui-ci…

Il montra le joyau pulsant dans la paume de sa main. Pélante et ses deux agents furent pris d'une migraine aussi soudaine que violente. Maerlar referma son poing ganté. La migraine disparut, laissant les trois Léristérites essoufflés.

— Cette jeune fille a bien failli le détruire totalement, mais il a réussi à s'enfuir en jouant avec son esprit. Je dois me rendre rapidement à Galabréà pour renforcer les défenses que j'ai mises en place là-bas. Tout laisse à penser que cette magicienne va s'y rendre pour essayer de purifier le Nœud du Chêne-Monde.

Endrew intervint :

— Les armées brànnes descendent à présent sur les territoires changelins et sont engagées à plusieurs endroits près des Trois Sœurs. Il ne reste que la compagnie des Lames-Tornades pour défendre Galabréà.

Endrew avait pâli à la mention d'Arline. Ainsi, c'était son nom !

— Pourquoi Galabréà? contra Endrew qui se rendit compte que Maerlar allait partir pour affronter Arline à cause du saphir noir. Nous avons besoin de vous ici pour assister notre armée.

Maerlar fit les cent pas devant le présentoir portant la magnifique armure damasquinée d'Endrew.

— Je dois garder Galabréà. C'est la priorité des priorités pour continuer à étendre la Mort Blanche dans l'île. Arline von Crommlynk gagne de l'influence sur le saphir noir qu'elle possède. C'est une gêne majeure. Il me faut la détruire. Au mieux, je la convaincs de nous rejoindre et de trahir les Yaxchilanes.

— Ce serait possible? s'enquit le Haut Roi.

Pélante le dévisagea avec surprise, mais Maerlar était trop perdu dans le son de sa propre voix pour remarquer l'anxiété dans le ton d'Endrew.

— Au pire, continua le sorcier de l'Anti-Vie avec un zeste d'ironie, elle l'emporte sur moi et tout ce sur quoi nous travaillons depuis deux ans échoue lamentablement.

— Comment osez-vous plaisanter sur ce sujet? s'agaça Pélante.

Endrew s'aperçut que le seigneur Ravanaï était préoccupé. Des événements imprévus s'immisçaient dans leurs plans. Et le fait qu'une adolescente puisse maîtriser un saphir noir corrompu lui faisait perdre tout sens des réalités. Le sorcier se redressa et tonna:

— Taisez-vous! Comment osez-vous me critiquer après avoir vu tout ce dont je suis capable, femme?

Tout le monde s'était figé. Même Endrew était surpris. Une partie de lui voulait s'emparer de DerAgliath pour mettre fin au règne de l'Anti-Vie de ce fou dangereux en brûlant chacun des vers du feu de sa lame.

Mais on ne badinait pas avec Maerlar. Endrew reprit la parole :

— Que faire pour remédier à tous ces impondérables, seigneur Ravanaï ?

— Vous allez devoir prendre Larion sans moi. Au mieux, je finis mes affaires dans le Nord d'ici à quelques jours et je reviens vous aider à conquérir la cité.

— Même en empruntant les défilés et en écartant toute prise en tenaille par les forces de l'Ouest, avec les défenses de ses murailles… avança Pélante.

— Vous ignorez une chose, l'interrompit Maerlaï, qu'Endrew sait déjà.

Le Haut Roi pensa au message reçu deux jours plus tôt.

— Si nous parlons des trolls, il va être difficile de les faire travailler de concert avec des soldats que j'ai conditionnés à se battre contre les créatures féeriques.

Pélante intervint :

— Ce ne sera pas si difficile que ça : après tout, les trolls ne sont pas atteints par la Mort Blanche, donc il ne sera pas difficile de convaincre le peuple des Marches qu'ils sont aussi bénits par la Déesse-Mère.

Elle se tourna vers Endrew :

— Ainsi voilà la nature du message. Vous auriez pu me le dire, Votre Majesté. Ne sommes-nous pas alliés ?

La garde du corps Brideï se tourna soudain vers la Léristérite. Celle-ci porta instinctivement la main sur son pistolet ; Nalidis et Tyrmon firent un pas pour protéger leur supérieure. Il y eut un silence gêné. Endrew mit la main sur le bras de la guerrière, qui se calma. Puis il but tranquillement le reste de son hydromel.

— Je partage ce que je veux avec qui je veux, dame Pélante. Les trolls se sont désolidarisés de l'armée des Franges féeriques. C'est là tout ce que je sais. Seigneur Ravanaï, quand pourrons-nous compter sur eux ?

Maerlar répondit :

— C'est déjà le cas. Ferhian va nous aider à nous débarrasser définitivement de l'état-major ennemi.

— Et comment allez-vous vous y prendre pour accomplir ce miracle ? s'enquit Pélante.

— Je vais avoir besoin du concours de vos deux agents ici présents. Ils sont très doués avec des mousquets de chasse, je crois ?

Pélante regarda le grand Nalidis et Tyrmon, au crâne un peu dégarni et à la longue moustache. Les deux hommes parurent soudain très inquiets d'être le sujet de la conversation.

— Ils serviront les intérêts de leur pays sans faiblir, assura Pélante.

Maerlar ouvrit les pans de son manteau et deux créatures visqueuses, de la taille d'une main, évoquant un croisement entre une épeire et un gecko, sautèrent sur le tapis. Mandibules et pattes ressemblaient à des morceaux de cuivre où couraient glyphes et enchantements. De minuscules pseudopodes sortaient et rentraient de leurs entrailles où brûlait une flamme verte. Endrew plissa le nez.

— Voici encore une merveille des Prêtres-Mages, annonça Maerlar.

— J'ai un mauvais pressentiment, dit Nalidis.

— Pas mieux, soupira Tyrmon.

25

Dans la lumière rouge sang d'un soleil mourant, la délégation des Franges féeriques se dirigeait vers Larion.

Avaril, Muirenn et leurs escortes remontèrent les contreforts ouest des Aslantepe en amont des torrents qui alimentaient l'Origh. Ils passèrent les avant-postes fortifiés et contemplèrent les ruines du barrage antique. Les tours de contrôle s'étaient écroulées, les chaînes titanesques pendaient dans le vide. Une dévastation sans pareille avait emporté une œuvre vieille de trois mille ans.

Désormais, les chutes de l'Origh avaient repris leur droit dans un vacarme bouillonnant. L'immense statue de la Déesse-Mère, sculptée dans le versant d'une montagne à l'image d'une sublime Titanide alanguie, dominait la gorge. Le crépuscule jetait sur ses formes un voile orangé.

— Nous n'avons ouï que des rumeurs sur l'effondrement du barrage, dit Avaril à l'officier félin qui les accompagnait. Que s'est-il passé ?

— Les inondations catastrophiques provoquées par les ouragans de Pyral ont ravagé toutes les provinces animales. Le débit des eaux de la Nehri a submergé le barrage et, aidé des énormes débris charriés, l'a emporté. Rien n'arrête un fleuve en colère. Heureusement, Larion a été protégée par sa position haute sur les Cinq Collines.

Muirenn n'aimait pas Larion : d'abord, les lupins et les félins du grand khan Djengis étaient en froid depuis longtemps pour une sombre histoire territoriale au sein de Sylvérion et, comme les Derylites, les habitants des provinces animales pillaient les ressources de la vallée avec leur industrie métallurgique.

Les fouisseurs de MontCrackin les avaient d'ailleurs aidé à développer des ateliers-forges dans le quartier autour du vieux palais des Prêtres-Mages. Dans le reste de la cité fortifiée, en contrebas du plateau où se dressait fièrement le bâtiment antique, l'atmosphère était en comparaison beaucoup plus salubre et respirable. Mais Muirenn n'était pas préparée à ce qu'elle vit lorsqu'ils passèrent enfin le col vers le plateau lui-même.

Avaril et Muirenn découvrirent une vallée peu profonde où coulaient encore les eaux tumultueuses de la Nehri. Autrefois s'y était trouvé un lac retenu par le barrage. À présent, une vase noire aux relents nauséabonds se mélangeait aux décombres et aux arbres arrachés en amont par la violence des eaux. Des centaines de félins fouillaient ces amoncellements chaotiques à la recherche de cadavres et de matériel à sauvegarder. Des embarcations et des radeaux de fortune sillonnaient les eaux noirâtres. Muirenn vit des dizaines de chevaux figés dans un étang, au sud, leurs cadavres émergeant comme d'horribles statues morbides.

Avaril attira l'attention de la reine-sorcière.

— Regardez, Muirenn. Les trois défilés du Sud.

— J'ai vu. La disparition du lac les a libérés. Les torrents se sont asséchés, ce ne sont plus que des ruisseaux, au mieux.

— Ils passeront par là, j'en mettrai ma main au feu, grogna Avaril. Avec ce désastre, c'est indéfendable. C'est ce que je ferais, si j'étais à leur place : deux régiments de mousquetiers et un de cavalerie pour protéger une artillerie importante.

Des milliers de félins venus de l'est encombraient la chaussée. Beaucoup étaient blessés, mal nourris et attendaient qu'on les admette dans la cité.

Muirenn leva les yeux sur la magnificence de Larion : les murailles de la cité étaient ponctuées de loin en loin par des tours de défense où pointaient des canons à gueule de *Daemoni*. Les bannières de Djengis et des autres seigneurs des provinces animales flottaient fièrement dans le vent vespéral. Soldats et officiers aux armures étincelantes se tenaient aux créneaux.

Muirenn frissonna : un sombre pressentiment l'assaillit. En se retournant sur le dos de sa licorne noire, elle croisa le regard de la Titanide sculptée dans la montagne.

La lueur de chagrin qu'elle crut y déceler lui brisa le cœur.

Djengis, grand khan des provinces animales, faisait des passes d'armes avec Yasniyé khatun, sa femme, sous les regards graves de plusieurs officiers félins en armures d'apparat, lorsque Muirenn et Avaril entrèrent dans la salle d'escrime aux murs tapissés de bannières colorées.

— Intéressant, gronda le souverain après avoir bloqué une botte subtile de son sabre runique. Panthère Éblouissante, ma chère, vous me semblez avoir comblé vos manques.

— Je crois plutôt que le régime auquel vous vous astreignez ne vous réussit guère, Tigre Conquérant, se moqua la féline à la fourrure striée qui haletait dans une armure de cuir serrée.

Les oreilles de Djengis se rabattirent de contrariété. Il enchaîna une habile manœuvre de contre-attaque en sixte, que son épouse déviait avec de subtils mouvements du poignet.

— Vous savez que nous devons donner l'exemple, en tout, pour tout, ma Lionne de Lumière ! s'indigna Djengis en foudroyant Yasniyé du regard. Le peuple doit se sentir soutenu !

Le sabre aux sigles blancs de la souveraine frappa le tranchant de l'autre, fit quelques étincelles, forçant Djengis à la défensive. Puis elle l'enroula après sa feinte, le désarma, lui assena un coup de botte sur le torse, l'envoyant bouler à terre. La seconde suivante, la pointe du sabre touchait la gorge de Djengis, couverte de belle fourrure blanche zébrée de noir.

Les nombreux officiers ainsi que les soldats qui accompagnaient Muirenn et Avaril ne bronchèrent pas.

— Le peuple doit aussi être défendu par un khan que rien ni personne ne peut arrêter ou encore moins renverser d'un coup de pied sournois, Ô Sublime Léopard, dit Yasniyé.

Djengis éclata de rire, un feulement long et continu qui finit par détendre l'atmosphère. Yasniyé lui offrit sa patte et l'aida à se relever. Puis elle rengaina son sabre dans un superbe fourreau de buis laqué de noir et décoré de ciselures d'or. Un officier rapporta son sabre à Djengis. Les adversaires se saluèrent. Puis les deux souverains se tournèrent vers leurs visiteurs.

Muirenn et Avaril s'inclinèrent avec respect. La reine-sorcière se sentait étrangement déplacée ici, avec ses deux lupins nerveux, son accoutrement de peaux cousues, ses tatouages sur le visage et ses cheveux noirs ébouriffés.

— Je suis désolé de vous avoir fait venir ici, reine d'Orlagh, dit le souverain d'un ton grave. Mais je ne manque jamais de m'entraîner, et ce avec les meilleurs bretteurs de ma cour. J'ai ouï dire que le seigneur Avaril et vous me vouliez voir. Je vous écoute donc.

Avaril regarda le nombre de félins présents. Muirenn partageait son avis : il y avait trop de monde, mais elle se lança tout de même :

— Vous avez sans doute entendu dire que l'armée des Franges féeriques a vaincu l'avant-garde de celle d'Endrew Jaurgrynn, Majesté.

— En effet. Une fort jolie victoire qui confirme, s'il le fallait, que vous n'avez pas besoin de mes combattants pour mettre en échec ce jeune roquet humain. Il est déjà assez pénible de voir mourir les trois quarts de ses envoyés – dont un ami fidèle – à une rencontre diplomatique au sein du Marais Glauque…

Cette phrase appelait des excuses. Muirenn soupira intérieurement.

— Je venais pour me faire pardonner d'avoir été aussi aveugle aux manœuvres de notre ennemi commun. La mort de vos représentants a été une terrible tragédie. Mais je ne m'attendais pas à ce qu'un des envoyés de Solaryne nous trahisse.

Djengis eut un bruit de gorge rappelant un rire moqueur.

— Les Fées Noires sont traîtresses par essence ! Vous n'avez pas participé à nos guerres récentes avec elles. Ce peuple se comporte en lâche, frappe dans le dos de ses ennemis, utilise les pires tortures, les plus horribles armes possibles pour vaincre. Les Fées Noires n'ont pas d'honneur, sont cruelles et fourbes.

Avaril prit la parole :

— Parce qu'en tant que général en chef de vos armées vous n'oseriez pas tirer partie d'une situation, même peu honorable, pour remporter une éclatante victoire ?

— Non, seigneur de Penthryl, rétorqua Djengis. Je ne vous permets pas d'en douter un seul instant…

— Modérons nos propos, coupa Yasniyé.

La voix de son épouse eut un effet immédiat sur Djengis. Il se calma et fit un geste dédaigneux de la patte.

— Soit. Excuses acceptées, reine-sorcière. Mais vous ne me convaincrez pas de nous joindre à cette guerre inutile. Les provinces animales ont subi d'énormes pertes civiles. La plupart de nos chamans et de nos sculpteurs de feu sont malades. Ils meurent de cette épidémie qu'on appelle la Mort Blanche. Et si cela ne suffisait pas, nous avons échappé de peu à une extermination totale par voie d'un autre fléau qui ne contaminait que les félins de mon domaine. Des mages sauvés par un de mes officiers à Fort Trath ont pu trouver un remède. Remède qui, aussi, sert à ralentir la Mort Blanche. Ce n'est pas tout : les inondations ont fait des ravages. Heureusement, ce terrible ouragan qui les a déclenchées s'est arrêté aussi vite qu'il a commencé. Aussi, vous le voyez, Muirenn Orlagh, nous avons de très gros problèmes à résoudre de notre côté, et chacun de mes soldats est utile sur mes terres.

Son regard tomba sur la garde de SaerAnà, mais il ne dit rien, attendant les arguments de Muirenn.

La reine-sorcière se sentait frustrée, prête à abandonner sans combattre. Elle pensa à Deirdre, se ressaisit et déclara :

— Je ne sais pas si vous me croirez, grand khan, mais il m'est venu aux oreilles que cette guerre n'est qu'un prétexte pour éliminer tous les peuples non humains des Franges féeriques, et en particulier le vôtre, pour s'approprier les richesses que recèlent les sous-sols de Sylvérion et des Aslantepe. Les Léristérites, un peuple d'Amazones vivant dans un empire lointain, ont fait alliance avec Endrew Jaurgrynn et convoitent vos ressources. Ils sont aidés dans leur combat par un ou plusieurs sorciers de l'Anti-Vie ou composés d'Anti-Vie pure. L'attaque des oiseaux corrompus en est une preuve. Ces sorciers sont sans nul doute possible responsables de l'apparition de la Mort Blanche qui tue vos chamans.

Djengis l'interrompit :

— D'où tenez-vous toutes ces informations ?

Le moment qu'elle redoutait tant venait d'arriver. Mais elle se devait d'être sincère si elle voulait gagner la confiance de Djengis. Yasniyé la soupesait aussi du regard. Avaril, à côté d'elle, se tortillait la moustache.

— Je connais le sorcier de l'Anti-Vie qui sert Endrew. Il a été mon amant il y a longtemps, un peu avant et pendant la guerre des trois peuples du Marais.

Djengis fronça les sourcils.

— Il s'appelle Maerlar Ravanaï. Le défunt capitaine Rüzgar et moi-même l'avons sauvé d'une mort atroce aux mains d'hommes-arbres manipulés par un druide fou. En deux mots, je suis tombée amoureuse de lui et je n'ai pas peur de dire que lui aussi m'aimait profondément. Nous ne nous voyions pas souvent. Je suis tombée enceinte. Je voulais le lui dire, mais il était reparti en expédition quelque part dans les Franges féeriques. Un jour, j'ai appris par Faer qu'il avait transgressé d'importants interdits de l'assemblée des mages vilanais. Faer m'a montré l'acte d'accusation. Maerlar avait conclu des pactes avec toutes sortes de créatures des Strates Inférieures. Il a été exécuté au cours d'un rituel dont je ne connais pas les détails. Deirdre est née peu après, mais je l'ai abandonnée sur le seuil de la chapelle seigneuriale des Radléàrhes. Je ne voulais pas garder une vie qui me rappellerait sans cesse celle de l'être que j'avais tant aimé. J'ai eu tort, je le sais maintenant. Cependant, quelqu'un a réanimé Maerlar il y a peu, sous forme d'un esprit de l'Anti-Vie. Sans aucun doute d'autres mages versés dans ce domaine, ou des prêtres olympiens de la mort. Et ma fille, Deirdre, vient de perdre la vie lors d'un duel contre Endrew Jaurgrynn.

Djengis se lissa les moustaches. Yasniyé lui glissa quelques mots à l'oreille. Muirenn continua :

— Maerlar est allié à Endrew, aux Léristérites, et tout cela concerne les ressources de l'Orlandie, et surtout celles des provinces animales. Quelle que soit votre décision, vous serez leur cible de toute manière, j'en suis persuadée. Je ne pense pas qu'ils voudront négocier. Endrew est un fou dangereux, un être sans compassion ni pitié, qui n'a que destruction à l'esprit.

Djengis écarta Yasniyé. Il rugit :

— Eh bien ! qu'il vienne, ce chien d'humain et ses serviteurs putrides ! Notre cité est protégée par une puissance ancestrale et souterraine. Qu'il vienne avec ses armées, nous l'écraserons comme un insecte et il se brisera l'échine sur le bouclier de nos remparts !

Le seigneur de Penthryl intervint :

— Grand khan, une ville ne tient que par ses défenseurs, et si ceux-ci ne peuvent pas se ravitailler, ils mourront. Vos provinces ont subi un grand préjudice, nous avons croisé sur la route les longues files de réfugiés. Laissez-nous vous aider par l'intermédiaire des Derylites : nous pouvons vous ravitailler par le nord, tant que le front tient là-haut, près des Trois Sœurs et de Pryfialyr.

— Nous pouvons très bien nous débrouiller par nous-mêmes, répliqua Djengis. Nous n'avons nul besoin de…

— Je t'en conjure, mon époux, l'interrompit Yasniyé. Au contraire, nous avons besoin de soutien dans nos épreuves, sinon nous finirons comme les Prêtres-Mages, bouffis d'orgueil et charognes dévorées par la poussière des siècles.

Djengis prit une longue inspiration. Puis il regarda Muirenn :

— Où se trouve le chancelier des trolls, Ephrem ? Est-il d'accord avec vous ?

Muirenn lui fit un compte rendu aussi fidèle que possible de tout ce qui s'était passé à la cérémonie funèbre. Djengis gronda :

— J'en conclus que les trolls vont rester neutres, eux aussi…

— Je n'en sais rien, grand khan, avoua Muirenn. Aux dernières nouvelles…

Elle n'eut pas le temps de terminer. Un soldat-félin hors d'haleine déboucha par une porte latérale, s'agenouilla devant le khan, frappa trois fois la tête sur le sol couvert de nattes. Il tendit un message scellé à un officier, qui l'inspecta pour vérifier qu'il ne recélait pas de piège. Il le passa à Yasniyé, qui le descella et l'ouvrit, puis elle le mit entre les mains de Djengis en s'inclinant profondément.

Muirenn avait reconnu le cachet sur la cire : le sceau triple des triskels encornés trolls. Elle frissonna.

Djengis l'ouvrit.

— Ferhian, fils de Valrash, et deux de ses généraux sont à la porte ouest des provinces et demandent audience, finit-il par dire, intrigué.

Le silence glacé qui régnait dans la salle se fit plus tendu encore. Muirenn le brisa :

— Autant lui demander ce qu'il veut.

— Je suis d'accord, dit Djengis. Et, à présent qu'il est le souverain de son peuple, je peux difficilement le renvoyer sans autre forme de procès.

Avaril prit Muirenn à part alors qu'ils quittaient la salle d'armes :

— Franchement, Majesté, je ne suis pas du tout rassuré par ce coup de théâtre.

— Vous prêchez une convaincue, seigneur de Penthryl, mais nous pourrons en avoir le cœur net par nous-mêmes.

26

Arline avait fusionné dans un corps multiple, affublé d'une gueule de lézard rouge qui brandissait une épée magnifique. La créature arpentait, tel un géant des chroniques de la Création, un monde dévasté aux gaz empoisonnés. Titans et Dieux se battaient dans le lointain, déchirant le ciel et la terre – les océans bouillonnaient, les montagnes s'effondraient –, et Arline se dirigeait vers la zone des combats en ayant la ferme intention de massacrer toutes ces divinités destructrices.

Le tonnerre roulant des canons et les ordres qu'on lançait d'un bout à l'autre du navire la réveillèrent.

— Allez avertir dame Ijane Férimiria que demoiselle Arline est sortie du sommeil, ordonna une voix de femme autoritaire.

Arline ouvrit les yeux. Le brouillard poussiéreux de son rêve disparut pour laisser la place à une infirmerie de bord éclairée par des lanternes fixées aux murs : une femme plutôt replète au large visage couleur cuivre était penchée sur la jeune fille. Une dizaine de bannettes hébergeait blessées et malades. Certaines présentaient de graves lésions au visage. Toute une panoplie d'instruments de chirurgie aussi barbares les uns que les autres reposaient sur des tables de travail à côté d'arrivées d'eau.

Le navire trembla encore lorsqu'une bordée fut tirée. Le son cristallin caractéristique du bouclier retentit dans tout le bâtiment.

Arline se redressa subitement. Elle le regretta aussitôt, son corps tout entier était pétri de courbatures. La jeune fille vit qu'on l'avait habillée d'une simple tunique de coton. Elle se souvint alors de la confrontation avec le grand dragon de l'Anti-Vie. Puis elle examina ses poignets : l'irradiation blanche de la maladie était toujours là. Elle eut un étourdissement, une nouvelle douleur à la tête.

— Le saphir noir ? croassa-t-elle.

— Vous devriez attendre dame Ijane, dit la chirurgienne du bord.

— Mes affaires ! ordonna Arline d'une voix tranchante comme l'acier.

La femme médecin fit signe à une de ses assistantes. Celle-ci apporta la besace de la jeune fille.

— Vraiment, mademoiselle, vous devriez vous allonger. Tout votre corps a fait une hémorragie par ses pores, le nez, la bouche, les oreilles. Vous avez perdu beaucoup de sang. Dame Ijane vous a fait prendre votre remède pour éviter que la Mort Blanche ne se propage…

Arline ne l'écoutait que d'une oreille. Elle plongea fébrilement la main dans sa besace, écarta les carnets, les livres, le journal de Faer. La bourse contenant le saphir noir n'était plus là.

Des canons tirèrent encore. Le *Chimère Étoilée* fit une embardée.

Arline se leva, en proie à une vive émotion. Le médecin et ses assistantes s'apprêtèrent à la saisir pour la forcer à se remettre au lit lorsque la voix d'Ijane s'éleva depuis la coursive :

— Laissez-la.

Arline se tourna dans sa direction. La nécromancienne tenait la bourse dans sa main.

— Je crois que vous cherchez ceci. Enfilez des vêtements propres, je vous attends.

Arline sortit par l'échelle de coupée arrière avec Ijane. Elles suivirent le haut bastingage dans le nuage de fumée d'un nouveau tir de bordée. Au loin, à près d'un bon mille marin, des canons postés sur les remparts des fortifications maritimes d'Esther Agliath leur retournèrent la faveur.

La jeune fille, étourdie par le tonnerre des déflagrations, regarda vers l'ouest. Elle mit la main sur ses lèvres et les larmes lui montèrent aux yeux : la capitale de l'Orlandie n'était plus qu'un vaste champ de ruines. À part la forteresse navale et quelques grands bâtiments administratifs, des hangars et quelques maisons des faubourgs, toute la cité avait été la proie d'un gigantesque incendie. Des maisons brûlaient encore dans le centre-ville, envoyant dans le ciel matinal des fumerolles sinistres. Envolés, les musées du quartier des Arts et Spectacles ; ravagés, les grands taillis qui peuplaient les parcs à présent couverts par la cendre ; abattues, les colonnes du Champ d'Agliath ; en ruine, les arches de Triomphe célébrant la défaite ultime des Prêtres-Mages. Dans le port, les carcasses de dizaines de navires formaient un cimetière de bois et de chanvre pourrissant sous le regard du grand dieu Lug.

— Je me souviens, j'ai débarqué ici il y a trois ans, dit Arline d'une voix lugubre. C'était la plus belle ville que j'aie jamais vue, si l'on excepte Vilanöé. Une cité cosmopolite, où les cultures du continent se mélangeaient avec celles de l'Orlandie.

Un nouveau tir noya ses paroles. Ijane répliqua d'une voix forte :

— Nous en parlerons plus tard. Venez, rejoignons la maîtresse-capitaine Rilize.

— Vous n'utilisez pas le canon éthérique, cette fois ?

— Non. Je ne veux pas trop vider les réserves ou prendre le risque de le faire exploser pour un combat mineur comme celui-ci.

Arline, tout en suivant Ijane, jeta un œil sur ce qui se passait : le *Chimère Étoilée*, son mât de misaine et son beaupré réparés par les charpentières du bord, marchait sous voilure de combat et menait l'escadre de l'amiral O'Leary. Tous les navires de guerre bombardaient copieusement les fortifications qui prolongeaient les grandes jetées du port commercial. Le drapeau des Brànnes flottait toujours, malgré les tonnes de fer déjà vomies par les canons de la flotte.

Les deux grandes tours carrées sur le promontoire continuaient de faire feu : entre elles s'étendaient une grande esplanade comportant au moins une vingtaine de canons. Arline cligna des yeux et fut déséquilibrée par une nouvelle bordée du *Chimère Étoilée*. Les boulets vrombirent et allèrent frapper les murailles, réduisant en poudre plusieurs créneaux. Les bordées de l'escadre radléarhe ne furent pas en reste : ils éclatèrent par dizaines sur le terreplein, emportant avec eux des canonniers brànnes qui rechargeaient leurs batteries.

Ijane monta l'escalier de la passerelle et déboucha sur la dunette. Arline la suivit en s'emmitouflant dans la nouvelle vareuse d'officier qu'on lui avait donnée. Rilize, à côté des deux pilotes à la roue du gouvernail, lançait des ordres repris par les braillards. Alsame organisait l'artillerie depuis un point de contrôle de visée au centre du navire, près de la cheminée.

— Rapport ? s'enquit Ijane auprès de la capitaine. Ce bombardement dure trop longtemps, je trouve.

— La magiographie a fini par détecter une faiblesse, dame Ijane. Suivant les indications données par l'amiral O'Leary, les réserves de poudre de la forteresse ne sont pas entreposées dans les sous-sols, devenus humides et insalubres, mais dans un bâtiment secondaire que nous venons d'exposer à un tir de barrage. Nous avons enchanté les prochains boulets avec une dose de runes terraverriques pour qu'ils explosent à l'impact. Trois des assistantes de Coaztli sont mourantes à l'infirmerie parce qu'elles ont manipulé le minerai de manière peu…

Ijane ignora ce dernier point.

— Parfait. Veuillez procéder au tir décisif.

Arline, qui se demandait où pouvait bien être Rigori, l'aperçut assis sur le siège de contrôle de la tourelle double arrière. Elle se demanda comment le Derylite avait réussi à les convaincre de s'installer aux commandes. Deux artilleuses étaient en train de recharger des obus. Elles fermèrent la culasse puis l'une d'elles tapa sur l'épaule de Rigori.

— Monsieur Rigori, c'est le dernier tir avant le refroidissement des tubes, alors faites-le compter, lança Alsame avec son braillard. Visée établie sur la tour principale et les réserves de poudre identifiées sur leurs halls centraux ! Bordée bâbord, parée à faire feu dès que les obus auront touché !

— Aux drisses et aux signaux ! ordonna la maîtresse-capitaine depuis la dunette. Parez à virer de bord au plus près serré en course parallèle avec toute l'escadre après la bordée bâbord !

Les accords des chefs de section sur le pont de batterie revinrent pendant que des dizaines de femmes-marins s'emparaient des écoutes latérales et s'alignaient près des treuils.

Rigori mit la main dans la sphère de visée, posa son regard sur les réticules, puis enclencha le levier de mise à feu.

— Bouffez-moi ces bons obus explosifs, bande de crapules !

Les deux canons de la tourelle firent feu, Arline se boucha les oreilles. Ce fut assourdissant. Rilize et Ijane prirent leurs longues-vues pour observer le résultat du tir balistique. De la passerelle inférieure, dans l'entonnoir des communications, quelqu'un égrena :

— Magiographie identifiée des tonneaux de poudre dans la structure inférieure : impacts dans deux, un…

Arline mit ses bésicles sur son nez et les activa. À travers le bouclier levé du navire yaxchilan, elle vit l'énorme tour au bout de l'esplanade être touchée par un obus. Le bâtiment semblait aussi fortifié que la construction de basalte, mais il possédait un défaut révélé par l'effondrement d'une partie des remparts avancés.

L'obus frappa un peu à côté de ce défaut : l'explosion agrandit la meurtrière et fit s'écrouler un pan de mur. Arline eut le temps de voir, au travers de la poussière de roche, des soldats qui essayaient d'évacuer des tonnelets et des gousses sur des chariots ou des brouettes.

— Toutes batteries, feu à volonté ! hurla Rilize.

— Au moins, si ça ne fait pas exploser leur poudre, cela va les désorganiser, déclara Ijane.

Arline ferma les yeux. La guerre, la destruction. La folie. Et ces femmes qui se réjouissaient. Elle se remémora qu'il fallait en passer par là pour aller purifier le Nœud à Galabréà.

L'ordre du *Chimère Étoilée* fut exécuté en même temps par les navires de l'escadre. Le grand bâtiment yaxchilan fut le premier à libérer des centaines de livres de boulets. Une fumée vert sombre nauséabonde provoquée par le terraverre brut inclus dans les projectiles spéciaux fut chassée vers le nord-est, aveuglant les observatrices un court instant.

Au moment où les boulets frappèrent l'objectif, toute l'escadre radléàrhe fit aussi feu, dans un roulement de tonnerre apocalyptique.

Le bâtiment secondaire disparut dans une gigantesque explosion. Arline vit des corps projetés dans les airs, brûlant comme des torches. Une autre déflagration suivit, celle-ci vert et rouge : elle sapa les fondations de la grande tour, qui trembla et s'écroula du haut de ses cinquante pieds, d'abord sur la jetée, puis ensuite dans l'océan. Des éclairs émeraude jaillirent du centre de l'explosion, puis une onde de choc puissante déforma l'air, déstructurant l'esplanade ; des éclairs foudroyèrent tous ceux qui s'y trouvaient à recharger les canons. Des explosions naquirent là où la poudre fut excitée par la foudre magique.

À bord de l'escadre, les officiers et les marins en restèrent bouche bée. Il n'y eut aucune manifestation de joie, pas de cris de victoire, juste une étonnante consternation à bord de tous les navires. Elle ne fut que de courte durée, cependant, car finalement l'objectif avait été atteint.

— Les survivants s'enfuient par les chemins de la côte vers le sud ! indiqua Alsame en pointant du doigt des soldats déboussolés qui se bousculaient aux poternes.

— Les bannières et drapeaux brànnes ont disparu, fit Ijane. Cette cité est totalement vide, de toute manière, ce n'était qu'une petite garnison. Je suis heureuse que le bouclier ait tenu, cette fois.

— Grâce en soit rendue au nouveau terraverre purifié, que Coaztli dit être d'une excellente qualité, dame Férimiria.

Arline demanda, lugubre :

— C'est le terraverre que nous avons rapporté qui a déclenché l'atroce scène que nous venons de contempler ?

— Oui, répliqua Ijane. Nous n'avons eu qu'une demi-journée et une nuit pour remonter la côte et préparer ces boulets spéciaux. Il faut normalement plus d'une semaine pour raffiner des boulets explosifs car il est très instable et ses émanations peuvent provoquer des lésions mortelles.

— J'aime la manière dont vous usez d'euphémismes, dame Ijane.

Derrière le second grand mât, Rigori descendit de la double tourelle et fit un signe amical à la jeune magicienne.

— Signalez à l'escadre, ordonna Ijane. Débarquement des troupes. Il y a plusieurs espaces dégagés autour du delta.

— La rivière Esther n'est pas assez navigable pour un navire tel que le *Chimère Étoilée*, dit Arline, du moins pas après les grands lacs. Et vous n'avez plus de roues à aubes.

— Qui dit que nous allons remonter la rivière et traverser les grands lacs ? Je préfère aller d'un point à un autre d'une manière beaucoup plus efficace, rétorqua Ijane en descendant dans la passerelle inférieure.

Arline déchaussa ses bésicles et consulta du regard Rilize et Rigori. Le Derylite tapota le bras de la jeune magicienne et déclara :

— Nous allons bientôt accomplir un grand exploit, vous savez.

— Ou nous mourrons tous dans l'explosion d'une chaudière terraverrique, soupira Rilize.

27

Les premiers contingents de fusiliers marins ne rencontrèrent aucune résistance. Arline, encore faible mais stimulée par la colère et le dégoût que lui inspiraient cette guerre, demanda à les accompagner ; Rigori vint avec elle. Ijane donna son autorisation, à condition qu'ils soient toujours escortés. L'amiral O'Leary débarqua aussi et rencontra la jeune magicienne. Les présentations ne durèrent pas longtemps.

La vision de la cité capitale qui s'étendait en ruines devant eux les laissa sans voix.

Ils ne purent rien faire pour les quelques soldats brànnes qui se consumaient à cause du terraverre explosif. Leur structure corporelle se désagrégeait lentement, comme s'ils fondaient de l'intérieur. Encore conscients, ils souffraient atrocement. On leur évita une longue agonie en les achevant.

Des patrouilles sillonnèrent la cité portuaire toute la journée : elles capturèrent quelques ennemis désorientés, choqués, et dénichèrent des réfugiés qui se terraient dans des caves. De temps à autre, sur des places s'élevait ce qui avait été des montagnes de cendres. Celle-ci voletait dans les bourrasques maritimes. Les groupes de débarquement durent se protéger la gorge avec des foulards ou des bandes de tissu.

On amena les prisonniers aux bâtiments administratifs de la capitainerie, là où la tête de pont fut établie. Ils y furent interrogés. Les Brànnes, démoralisés, avouèrent qu'ils n'étaient qu'une petite troupe laissée là en avant-poste. Deux cents soldats parmi les plus vieux et les moins talentueux à l'art de la guerre qu'on avait postés ici pour surveiller une cité morte et l'accès à la mer. Lorsqu'ils avaient vu l'escadre arriver, ils avaient d'abord cru à des transports ou à des navires de guerre marnorains ou jaurgrynns.

Arline questionna la centaine de citadins qui avaient survécu, crasseux, affamés, assoiffés, terrorisés : ils racontèrent comment la Mort Blanche avait tué sans discrimination la plupart des magiciens des différentes agences du concile un mois plus tôt. La panique s'était répandue, entretenue par des agitateurs. Des émeutes avaient éclaté, cruellement réprimées par le guet. Les comptoirs marchands du continent s'étaient vidés les premiers, les ambassades aussi. Le gouverneur d'Esther Agliath avait alors reçu un message de Galabréà. La cité du Chêne-Monde était attaquée et demandait des renforts de toute urgence contre une attaque des Brànnes et des Norderaithes. Les bandes organisées profitèrent du départ d'une grande partie des forces de sécurité pour faire régner leur loi. Les quelques contingents dont le gouverneur disposait encore gardaient les bâtiments clés de la cité. Puis les premiers incendies se mirent à dévorer des quartiers en entier. Des groupes d'individus pillèrent les navires ou les incendièrent, inspirés par quelque folie. On parlait de magiciens rendus déments par la Mort Blanche qui utilisaient leurs pouvoirs pour tout détruire, ou mener des fanatiques dans des escarmouches et des batailles avec la milice. Deux jours plus tard, lorsqu'une armée brànne de plus de cinq mille hommes et un régiment de mercenaires en armures noires, les Lames-Tornades du Valchêne, se présentèrent aux portes de la ville, il n'y eut presque aucune résistance.

L'armée ennemie avait pris un malin plaisir à détruire tous les monuments à la gloire de la victoire sur les Prêtres-Mages et à piller tous les musées de leurs trésors. Puis le gouverneur s'était rendu dans l'espoir d'épargner la population. L'armée avait alors rassemblé les milliers d'habitants par quartiers et les avait emmenés vers l'est. Les Lames-Tornades se montrèrent particulièrement cruels et tuèrent tous les hommes et femmes ayant dépassé la soixantaine, puis les brûlèrent. L'armée avait laissé une petite garnison pour surveiller le port et abandonné le champ de ruines qu'était devenue la cité.

O'Leary proposa aux survivants de les embarquer à bord de trois des caravelles de combat et de les emmener à Dundalk, où les moines et les baleiniers prendraient soin d'eux. La plupart acceptèrent. Les soldats brànnes furent gardés en geôle dans les sous-sols de la capitainerie, mais ils n'étaient pas en état de combattre de toute manière.

Rigori et Arline revinrent sur le *Chimère Étoilée* avec l'une des yoles du navire. Le chambellan derylite n'aimait pas l'air renfrogné et les yeux pleins de tristesse de la jeune fille. Mais il ne trouva rien à dire pour lui remonter le moral.

Les flancs cuivrés du navire yaxchilan montraient les signes des dernières batailles : à part la roue à aubes bâbord à moitié déchiquetée, la proue et le beaupré étaient à nouveau en réparation. Ijane n'avait d'ailleurs pas eu à se justifier d'avoir grillé huit membres d'équipage en tirant sur le dragon. D'ailleurs, elle n'avait même pas assisté aux funérailles maritimes, absorbée par l'étude du fauteuil de commandement. Rigori raconta à Arline comment Vedrize, la chef du comptoir yaxchilan, Rilize, Alsame et la plupart des officières d'état-major la détestaient ardemment, mais qu'elles semblaient toutes en avoir une « trouille à faire jaunir un troll ».

Arline ne commenta pas. Ils embarquèrent à nouveau sur le *Chimère Étoilée* au moment exact où Ijane était prête à faire son premier essai.

Personne à bord ne déborda d'enthousiasme à cette annonce.

Coaztli fit les derniers branchements du fauteuil dans le bloc-générateur de l'horlorelique sous les yeux attentifs d'Arline. Puis, par l'entonnoir de communication vers les chambres des chaudières, elle ordonna :

— Branchez, les filles.

— À vos ordres.

Les câbles vibrèrent. Le fauteuil s'illumina d'un coup. Coaztli fit baisser l'intensité terraverrique en aboyant un autre ordre accompagné d'un juron, puis l'horlorelique bourdonna.

Comme pour le canon, il avait fallu tirer des câbles depuis la chaudière qui, déploraient les assistantes de Coaztli, devenait « un sacré bordel, si vous m'pardonnez l'expression ». Le trône, le « chaud aux fesses », comme l'avait surnommé l'ingénieur yaxchilane, avait été installé au centre de la passerelle inférieure, à l'abri des plaques d'aciorichalque et des verrières renforcées. Arline regarda à nouveau ce trône de métal rouge et noir poli. Elle eut des frissons.

La colonne de direction du gouvernail passait juste devant, avec la double roue secondaire. Rilize, Alsame et Vedrize se tenaient en retrait, observant ce nouvel objet hétéroclite comme si elles contemplaient le spectacle de leur funeste destin. Plusieurs sous-officières de magiographie, assises à leurs postes, jetaient des regards peu rassurés en arrière.

Ijane vérifia les griffes d'irrigation sur les bras du trône, puis le diadème de commande fixé à la tête du dossier. Elle se tourna vers Arline :

— Des problèmes à prévoir ?

Coaztli répondit de sa voix bourrue :

— C'est l'problème principal, en fait. Du fait de sa masse, le navire peut très bien s'effondrer sous son propre poids.

— Vous avez suivi les modifications que je vous ai soumises, n'est-ce pas ? s'enquit la jeune magicienne.

— À la lettre, bien sûr. Mais j'ai mes réserves, hein ? Même en renforçant l'bouclier comme vous l'préconisez pour qu'il absorbe la gravité intrinsèque, je suis pas très rassurée, faut dire.

— Le meilleur moyen de mettre toutes ces théories à l'épreuve, trancha Ijane, c'est d'essayer. Arline, si vous voulez bien m'assister.

La nécromancienne s'assit sur le trône et glissa les poignets dans les griffes de contrôle. Les branchements organiques se fichèrent dans son épiderme. Arline l'aida à placer le diadème. Les deux bosses légères sur les côtés emplirent ses tempes. La jeune magicienne s'agenouilla puis enclencha les équations de contrôle sur la base des générateurs.

Ijane ouvrit la bouche en grand. Ses yeux s'écarquillèrent de surprise. Elle prit une inspiration si profonde qu'on aurait dit qu'elle agonisait. Son corps se raidit puis elle gémit de douleur. Les sigles du dossier semblèrent la happer et la coller à eux. Leur lumière l'enveloppa. Puis elle resta ainsi, de la bave coulant sur son menton, ne cillant pas d'un pouce.

— J'ai toujours su que dame Ijane nous montrerait un jour la véritable nature de sa personnalité, commenta Vedrize avec une expression moqueuse.

Quelques sous-officières gloussèrent sur la passerelle. Rilize foudroya Vedrize du regard. La chef de Guilde se racla la gorge. La jeune magicienne vint inspecter Ijane, la chirurgienne du bord vint tâter son cou.

— Elle vit. Mais elle semble ailleurs, dit la femme médecin.

— On dirait, en effet. Je ne comprends pas. Tout semble bien connecté. Et dans les sous-sols de Pyral, elle n'a pas eu trop de problèmes pour se remettre d'une connexion aussi intense.

Le navire trembla de la proue à la poupe. Les officières se retinrent aux barres de soutien. Les yeux d'Ijane se fermèrent, elle s'humidifia les lèvres et sourit. Elle rouvrit les paupières : ses cornées brillaient d'une lueur émeraude, des chiffres, des équations en parcouraient la surface.

— Je ressens le navire tout entier par la chaudière et j'étends ma perception jusqu'au moindre corpuscule de son bois de construction, dit-elle d'une voix saturée par l'afflux de pouvoir.

— Le pouls s'accélère, dit la chirurgienne. Elle a un début de fièvre.

— Dame Ijane, fit Arline, pouvez-vous drainer directement dans le terraverre des générateurs pour développer l'énergie d'appareillage ?

— Je… je vais essayer.

Le trône émit une onde de choc qui se répercuta dans tout le bâtiment. On entendit au loin le claquement de plusieurs drisses qui avaient cédé sous la pression. Des cris d'avertissement retentirent. Les parois de la passerelle émirent une phosphorescence vert clair.

— Navire en préparation d'allégement, prononça Ijane. Je compense pour les disproportions de poids. Je commence à régénérer le métal froissé et les pales déchirées.

Les officières, stupéfaites, se précipitèrent à la verrière de gauche : elles virent les plaques d'aciorichalque de la roue à aubes commencer à se mouvoir. Les grincements du métal qui se remettaient en place étaient proprement insupportables, mais le miracle s'accomplissait : la réparation avait lieu.

Ijane fit jouer ses doigts sur des runes. Une assistante de Coaztli lança par l'entonnoir de communication :

— Les niveaux de terraverre raffiné baissent à toute vitesse, chef ! Que se passe-t-il là-haut ?

Coaztli regarda Arline. Celle-ci attira l'attention d'Ijane, un peu perdue dans l'analyse de sa nouvelle expérience.

— Laissez la régénération de la roue à aubes pour plus tard. Concentrez-vous sur la lévitation.

— Entendu, souffla Ijane, qui commençait à suer abondamment.

— La fièvre augmente, dit la femme médecin.

Les horribles bruits de métal cessèrent. Arline mit la main sur le bras d'Ijane.

— Ne vous perdez pas dans la perception de ce gigantesque navire. Je peux comprendre cette envie d'explorer. Mais nous devons focaliser votre attention. Les Prêtres-Mages y arrivaient, pourquoi pas vous ?

Ijane acquiesça. Elle se raidit sur le fauteuil puis joua à nouveau avec les runes.

— À tout l'équipage, lança Rilize par la coursive extérieure gauche : arrimez-vous et soyez prêtes à tout.

Les maîtresses d'équipage reprirent l'ordre.

Le *Chimère Étoilée* fit une embardée vers le haut. Puis, d'un seul coup, il s'arracha à la gravité. Ceux qui contemplaient depuis l'escadre virent la coque du grand navire yaxchilan sortir de l'eau et gagner en altitude. Il grinçait et craquait de partout, son bouclier émettait des grésillements et des sons cristallins. Runes et glyphes le parcouraient en tous sens, compensant l'équilibre de l'ensemble.

— Nous sommes en lévitation au-dessus de l'eau ! s'exclama Rilize qui regardait, incrédule, la surface de l'océan, la coque sous la ligne de flottaison constellée de bernacles et de coquillages.

Les autres officières n'en croyaient pas leurs yeux. Arline sourit. Ijane ne suait plus. Elle demanda :

— Niveau terraverre ?

Coaztli demanda à ses assistantes. Celles-ci répondirent que les réserves baissaient, mais très lentement. Après estimation, il apparut que le *Chimère Étoilée* pouvait rester aérien pendant une journée entière avec un seul réservoir de terraverre.

— Nous pouvons tenir dix jours avec tout ce que vous avez rapporté comme minerai, conclut Coaztli.

— Dans dix jours, commenta Arline, nous aurons purifié les Nœuds et vaincu la Mort Blanche, ou nous serons tous morts.

Rigori acquiesça.

Ijane posa à nouveau le *Chimère Étoilée* sur la surface de l'océan. Les runes du trône s'affadirent, l'aura qui entourait la nécromancienne disparut peu à peu.

— Transmettez un message à O'Leary, ordonna la nécromancienne. Demain, les fusiliers de tous les navires et les volontaires de Dundalk monteront à bord du *Chimère Étoilée* comme prévu. Nous serons un peu à l'étroit mais le vol jusqu'à Galabréà ne devrait pas durer plus de cinq à six heures, avec un vent favorable.

Le lendemain matin, les compagnies montèrent à bord, l'amiral lui-même en armure de combat noble radléàrhe avec son mousquet de chasse et sa flamberge forgée à Larion.

Lorsque enfin tout fut prêt, Ijane ordonna l'appareillage toutes voiles déployées. Puis, alors qu'il se rapprochait dangereusement des quais, le *Chimère Étoilée* fut entouré de son bouclier d'émeraude scintillant, et s'éleva dans un concert de craquements et de grincements titanesques, déversant des cascades d'eau de mer sur les bâtiments en ruine de la cité.

Il mit le cap à l'ouest.

28

La première chose qu'Aourhegan vit de Maerlar Ravanaï fut une nuée sombre se détachant sur l'horizon rouge sang de l'après-midi étouffante.

Au-dessus de Galabréà, les éclairs et les nuages pourpres continuaient d'être approvisionnés en puissance par les branches corrompues du Chêne-Monde. Les sacrifices continuaient à l'intérieur, accomplis par les Lames-Tornades. Des dizaines d'êtres humains donnaient leur sang, voire leur âme, à cette horreur.

Ryan, puisses-tu me pardonner, où que tu sois…

Aourhegan savait qu'elle ne se pardonnerait jamais. Mais il fallait vivre. Vivre pour se venger. Ravager ses ennemis.

Alors elle attendait, résignée, que vienne l'heure de la vengeance.

Dergirion et Taniliandre se tenaient devant elle, sur le parvis du grand palais du concile, impeccablement habillés, cape sur l'épaule. Dans la cour intérieure, les Lames-Tornades du Valchêne s'étaient formés en rangs serrés, silencieux. Le Dragon des Brumes Edjer-Verian, qui s'était peu à peu remis en absorbant une partie de l'essence du Ver de Corruption, attendait sous sa forme d'homme-lézard ailé à côté de la Fée Noire.

La nuée se composait d'un amalgame de milliers d'oiseaux. Au centre glissait une forme humaine entourée de brouillard sombre, comme portée par des ailes invisibles, emmitouflée dans une cape noire. Les oiseaux se dispersèrent sur les toits du bâtiment ou les rebords de fenêtre.

Les brumes sombres s'évaporèrent lorsque Maerlar se posa sur les marches du parvis. Sa présence seule imprégna de terreur l'esprit d'Aourhegan. En parfait contraste, la silhouette qui s'en dégagea ressemblait à un homme chétif portant un masque de rat cornu.

Les Lames-Tornades mirent genou à terre, sauf leur commandeur. Celui-ci s'inclina, une main sur le cœur. Taniliandre jura. Dergirion arbora un petit sourire :

— Seigneur Ravanaï, vous avez fait vite. Et je vois que vous avez acquis une nouvelle… forme.

— Vous avez tué un magicien du conseil des animaux étranges ! s'indigna Taniliandre.

— À dangers extrêmes, mesures extrêmes, rétorqua la voix sortant de l'ancien gosier de Rhiord. Dergirion, fais taire ta petite chienne. Elle agace mes sens.

Quelques vers gras tombèrent derrière le masque. Aourhegan fit la moue. Le maître des oiseaux glissa plus qu'il ne grimpa les marches. Dergirion se tourna vers la sorcière, qui baissa la tête et se tut. Aourhegan la vit serrer les poings.

— Je vois que je n'arrive pas trop tard. Il est bon de se baigner à nouveau dans la corruption majeure de mon cher Nerhithrax. Il a fallu des sacrifices énormes de la part des Léristérites et du conseil des animaux étranges pour m'aider à l'aller chercher, ce Prince Antique. Je n'aimerais pas qu'il soit détruit par nos ennemis.

— Certes, répondit Dergirion. Cependant, nous ne craignons rien de la part de cet insignifiant navire, canon à plasma éthérique ou non.

— Vous sous-estimez nos adversaires, soupira le seigneur Ravanaï. Vous êtes bien un Nerhalfen, bouffi d'orgueil.

— Que pourraient-ils contre les armes organiques du Prince Antique et les défenses du Chêne-Monde coordonnées par ma personne ?

Maerlar écarta d'un geste de la main ces questions futiles. Suivi de ses subordonnés, il entra dans le grand hall qui menait à la rampe souterraine. Aourhegan, forcée par le torque, suivit le mouvement, comme Edjer-Verian.

Tout en marchant, Maerlar frappait le sol de son bâton de fer sombre où son saphir noir était enchâssé.

— Dergirion, je sais que tu as confiance en tes capacités et en celles de Taniliandre. Mais ce n'est pas le *Chimère Étoilée* qui m'inquiète le plus. Il y a à bord cette jeune fille qui a réussi à mettre Edjer-Verian en échec…

Le dragon haussa ses épaules d'homme-lézard. Puis, soudain, il oscilla, trébucha et mit la griffe sur l'épaule d'Aourhegan. Celle-ci perçut une pression douloureuse au niveau de sa nuque et du verrou du torque. Elle faillit tomber, mais Edjer-Verian reprit son assiette et la retint.

Tout s'était passé alors que Maerlar parlait, personne n'avait rien vu à part les deux intéressés.

La Fée Noire fronça les sourcils. Le dragon n'était-il pas encore remis de ses blessures ? Il avait pourtant baigné dans l'Anti-Vie du Ver de Corruption pendant une journée entière.

Maerlar continua tout en descendant la rampe :

— Arline von Crommlynk est une élève de Bonisal O'Kree. Elle a réussi à maîtriser le saphir noir, sans doute en détruisant le Ver de Corruption de Pyral. Elle deviendra une rivale à terme, si ses alliés ne l'éliminent pas, bien sûr.

— En aurait-elle le potentiel ? s'étonna Dergirion.

— Je n'en doute pas un instant, si on lui laissait le temps de comprendre le cœur du saphir noir et ses relations avec les Larmes de la Déesse. Il faut donc la supprimer.

— Et la deuxième possibilité ? s'enquit Taniliandre d'un ton qui oscillait entre le respect et la froideur.

— J'ignore encore comment elle a pu percer le secret du saphir noir, mais je pense qu'en se servant des instructions de Faer lors de la purification du Nœud de Pyral elle a déclenché un lien avec le joyau qui a déverrouillé tous ses pouvoirs. Et elle ne peut plus ignorer, à présent, le rôle qu'ont joué Faer et Bonisal dans tout ce qui se passe actuellement. Il y a donc une chance de la convaincre de se joindre à nous.

— Vous voulez vraiment en faire une alliée ? demanda Dergirion.

— J'avoue qu'elle m'a impressionné. J'ai envie de savoir si elle peut recevoir tous les enseignements des Larmes de la Déesse.

— Pour cela, il n'y a qu'une solution : la capturer. Et il m'est avis, sans vouloir vous offenser, seigneur Ravanaï, que cela ne sera pas très aisé.

Maelar franchit avec les autres une arche gigantesque, puis entama la descente de larges escaliers en spirale. Aourhegan vit, par une ouverture dans le mur nord, qu'elle donnait dans les salles sous le Chêne-Monde. La Fée Noire distinguait à nouveau les passerelles : des Lames-Tornades y pressaient des files de gens qu'on égorgeait sur les tables. Le grand Ver de Corruption, celui que Maerlar avait nommé Nerhithrax, eut un frisson et l'arbre en entier trembla.

— Ah, il sent ma présence, s'enthousiasma l'esprit de l'Anti-Vie. À la manière d'un grand enfant, il est heureux de voir celui qui lui a donné la vie… ou plutôt qui lui a rendu une Anti-Vie meilleure…

— Quelle horreur ! ne put s'empêcher de dire Aourhegan.

Deux Lames-Tornades qui escortaient le groupe dégainèrent leurs épées et s'apprêtèrent à transpercer la Fée Noire. Dergirion les arrêta d'un geste. Maerlar se retourna, marcha droit sur la jeune fille. Aourhegan fut littéralement paralysée par sa présence. Le seigneur Ravanaï avait beau être plus petit qu'elle par la taille de l'être qu'il possédait, son aura de puissance était telle qu'elle avait la distincte impression de se trouver face à un géant invincible.

Le seigneur sombre avança une main gantée de cuir rouge et toucha le torque. Aourhegan entendit les deux *Daemoni* hurler dans sa tête. La voix de Maerlar sortit de sa bouche putréfiée, sous le masque :

— Qui est cette personne, Dergirion ? Et pourquoi porte-t-elle une relique daemonique de contrôle ?

Taniliandre se chargea de répondre :

— C'est un de ses nouveaux jouets. Vous savez qu'il les aime neufs, jeunes, frais.

Maerlar prit Aourhegan par la gorge. La jeune Fée Noire suffoqua lentement. Elle allait mourir. Peut-être était-ce mieux ainsi ?

Puis le seigneur Maerlar rit et la lâcha. Elle s'écroula au sol. Un liquide poisseux coulait de son nez et de ses oreilles. Entre ses jambes, son pantalon était souillé.

— Renvoie-la dans tes quartiers, Dergirion, ordonna Maerlar. Les esclaves ne sont pas faits pour assister aux réunions de leurs maîtres. Et tue-la le plus vite possible. Sinon un jour tu te réveilleras avec la gorge tranchée. Cette Fée Noire possède un esprit rebelle et épris de vengeance que je ne connais que trop bien, puisque je me reconnais en elle.

Il tourna son visage masqué vers Taniliandre l'espace d'un instant, puis emprunta la rampe qui menait aux passerelles. Les lamentations de la foule cornaquée par les Lames-Tornades, au niveau des autels de sacrifice, augmentèrent de volume. L'arbre gigantesque bougea sur ses racines, mais le Ver de Corruption le maintint en place avec un monstrueux bruit de succion.

Aourhegan, humiliée, horrifiée, désespérée, s'en fut le plus vite possible, accompagnée d'un Lame-Tornade bourru. Elle surprit le regard compatissant d'Edjer-Verian alors qu'elle franchissait les décombres de l'ancienne assemblée.

Dergirion et Maerlar commencèrent à entrer dans une discussion concernant l'embuscade qu'il fallait réserver au *Chimère Étoilée*. Oubliée, Taniliandre se détacha du cortège et suivit Aourhegan.

La sorcière avait très bien compris l'ordre émanant de Maerlar :

« Débarrasse-toi d'elle immédiatement. »

Sa colère pour la perte de Rhiord l'emportait sur la haine qui l'animait quand elle pensait à la Fée Noire.

Et elle savait très bien qu'un jour ou l'autre la mort les départagerait. Autant que ce fût le plus tôt possible. Et qu'elle soit celle qui survivrait.

Aourhegan trempait à nouveau dans l'eau du bain. Ikitané avait trouvé des sels parfumés et la mousse flottait, aérienne, à la surface. Les habits souillés de la jeune Fée Noire étaient roulés en boule et reposaient dans un coin de la salle d'eau. La ceinture et le baudrier où étaient accrochés son sabre et son poignard se trouvaient sur les lavabos d'aciorichalque. L'étui du pistolet était vide.

Birtanème, allongé à même la faïence du sol, jouait avec des runes enflammées. Il essayait de les placer de manière à ce qu'elles s'encastrent logiquement. Ikitané chantait doucement, agenouillée derrière Aourhegan, massant les épaules de sa maîtresse. La jeune Fée Noire espérait que l'eau savonneuse la purifierait de toute cette souillure, de la corruption ambiante, mais elle savait très bien que c'était peine perdue : le souvenir de Ryan perdant son sang revenait à chaque instant la hanter.

— La morale réprouve, mais survit-elle à la nécessité de la préservation pour un bien plus global ? demanda-t-elle à haute voix.

Le *Daemoni* mineur allongé au sol répliqua :

— Tu as fait ce que tu estimais juste dans le cadre d'un plus grand projet personnel.

— Birtanème a raison, tu n'as rien à te reprocher. Dis-toi que si Ryan avait eu le choix il t'aurait aussi tranché la gorge pour survivre.

— Je ne sais pas, dit Aourhegan. Bien sûr, il y a cette notion de nécessité qui pèse sur la décision, mais j'ai du mal à éprouver du chagrin pour Ryan. Des regrets, du dégoût, mais pas de réelle tristesse.

Ikitané et Birtanème échangèrent un regard puis, d'un commun accord, haussèrent les épaules.

— C'est lié à ta nature, peut-être ? hasarda la *Daemoni*.

— Non, je ne crois pas. Je me refuse à penser que mon peuple est par essence insensible, cruel, traître et violent. Ce sont ces Nerhalfens dont Dergirion parle qui font de ces traits des vertus. Les Fées Noires n'ont pas été contaminées par cette entité qu'il nomme…

— Surrevyon Comptisimtur ?

— Oui. Rien que ce nom me donne envie de vomir.

— C'est un être puissant, acquiesça Birtanème distraitement en continuant à jouer avec ses runes.

Aourhegan se redressa légèrement. Sa peau noire satinée formait un contraste saisissant avec la mousse blanche du bain.

— Vous le connaissez ? Qu'est-il ? Que fait-il ? Pourquoi les Fées Noires ne sont-elles pas conscientes de son existence, et ces Nerhalfens dont je ne peux nier la parenté en regardant Dergirion, pourquoi l'adorent-ils comme un créateur ?

Birtanème parut embarrassé. Ikitané secoua la tête, puis répondit en allongeant lentement Aourhegan dans le bain :

— C'est un être obscur, dont il ne faut pas prononcer le nom. On le dit fils de Gaïa et d'Ouranos, dans le lointain développement du multivers. Un fils oublié, laissé pour compte, imparfait, qui a développé les sentiments de haine, de désespoir partout où il le pouvait pour corrompre la beauté des mondes premiers. Ces mondes qui maintenant sont les foyers abandonnés des Divinités Exilées et des créatures de l'inframonde.

— On dit que l'influence de Surrevyon Comptisimtur va au-delà des Basses Dimensions, des Enfers et des Strates Inférieures, ajouta Birtanème. Il s'infiltre même dans les mondes façonnés par les Titans et les Dieux, se nourrit de toutes les émotions négatives pour accélérer la venue de l'entropie sur le multivers.

— Bah, ce ne sont que des légendes, de toute manière, et à notre échelle de cancrelats, même si c'était vrai, nous ne pourrions rien faire pour empêcher quoi que ce soit.

— Revenons à Dergirion, insista Aourhegan. Les Nerhalfens sont-ils des créatures de ce Surrevyon, comme il me l'a dit, ou ont-ils été créés vraiment par Coeos et Phébée, tel que je l'ai appris ?

— Je n'en sais rien, maîtresse, fit Ikitané. Ce savoir échappe à mon entendement de *Daemoni* inférieure.

Aourhegan replongea dans ses pensées.

La porte de la salle d'eau s'ouvrit brutalement. Taniliandre, qui avait ôté son masque, entra, un pistolet derylite au poing. Deux Lames-Tornades la suivirent, silencieux, épées et dagues au clair. Birtanème, surpris, ne bougea pas une once de sa graisse. Les mains d'Ikitané se crispèrent sur les épaules de sa maîtresse.

Aourhegan ressentit une pulsation dans le torque. Des runes se détachèrent du métal et vinrent se plaquer sur sa nuque. La mousse cacha ce mouvement singulier à la nouvelle arrivée.

— Je crois qu'il est temps de mettre un terme à notre relation, ma chère Fée Noire, dit Taniliandre. Même si je déplore la manière que Dergirion a de vouloir changer de partenaires sexuels lorsqu'il se lasse de ses conquêtes, je te rassure : ta mort n'a absolument rien de personnel. Bien sûr, je vais aussi me faire plaisir car je ne supporte pas que mon seigneur et maître passe la nuit dans le même lit qu'une autre. Cependant, ton exécution a été ordonnée par Maerlar lui-même. Apparemment, il n'aime pas ce que tu représentes : une gêne, un engrenage imprévisible, une erreur, une folie ou plus simplement un impondérable dont il aimerait se débarrasser.

Elle visa Aourhegan. Puis hésita et demanda :

— Sur le continent, nous autres Lattes, nous nous sommes toujours demandé : pourquoi ce nom de Fées Noires ?

— Je crois que là où tu vas, répondit Aourhegan, ça n'a aucune importance.

Une pensée partit vers le torque. Il n'y eut pas de douleur, comme la Fée Noire s'y serait attendue.

Deux coups de feu retentirent en même temps. Aourhegan coula dans la mousse du bain.

Birtanème jeta ses runes de feu sur les deux Lames-Tornades. Les soldats furent avalés par les flammes. Une désagréable odeur de chair brûlée s'éleva. L'un d'eux survécut quelques instants à ses brûlures. Il hurla de rage et transperça le ventre du *Daemoni* de ses deux lames. Birtanème mourut aussitôt et disparut dans un nuage de fumée qui réintégra le torque. Enragée, Ikitané fit jaillir de longues griffes noires et décapita proprement le meurtrier. Sa tête alla rouler aux pieds de Taniliandre.

Celle-ci contemplait, incrédule, le trou qui perçait sa poitrine. Le sang s'en échappait par à-coups. Elle voulut prononcer une syllabe, une deuxième, une rune apparut au-dessus de sa paume, puis elle régurgita du sang et s'effondra sur les faïences.

Aourhegan se redressa dans le bain, tenant à bout de bras un pistolet fumant. La balle de la magicienne lui avait effleuré le cou et sa peau était légèrement brûlée par le souffle.

— Les sels de bain étaient une excellente idée, dit-elle à Ikitané.

— Les humains parlent trop, répondit celle-ci, et ce fut la seule épitaphe que reçut Taniliandre.

— Il ne faut pas rester là, continua Aourhegan. On a pu entendre les coups de feu. Cela m'étonnerait avec ce grondement permanent du Ver de Corruption, mais sait-on jamais.

Aourhegan essaya de réfléchir à tout ce qui venait de se passer pendant qu'Ikitané l'aidait à s'habiller. Personne ne vint, alarmé par les détonations. Après tout, il n'y avait que des homoncules dans cet immense palais. Les Lames-Tornades patrouillaient bien plus loin ou étaient logés dans les baraquements de l'ancienne garnison.

— Je pense à m'enfuir, et il ne m'arrive rien, s'étonna la jeune Fée Noire. Attends un instant.

Elle se concentra : son corps se distordit un peu, entrant en résonance avec le décor de la salle d'eau. Elle disparut à la vue d'Ikitané qui poussa une exclamation. Puis Aourhegan se remit en osmose avec la réalité. Son poignet commença à la lancer. La Mort Blanche. Pas ici, pas si près de la corruption. Elle avisa le bracelet de Taniliandre, le détacha du poignet de la morte. Ikitané l'examina aussi.

— Tout cela sent le piège à plein nez, ou la manipulation, dit Aourhegan dont l'image diffuse du dragon touchant son torque lui revint en mémoire. Mais si je ne mets pas ce bracelet, je peux mourir de l'épidémie qui affecte les mages et les créatures féeriques d'Orlandie.

— Je croyais les Fées Noires immunisées, comme l'avait dit Dergirion, s'étonna Ikitané.

— Non, les Nerhalfens le sont. Pas les Fées Noires. Quelque part, je suis rassurée.

Elle dévisagea Ikitané puis posa les yeux sur les restes carbonisés des deux soldats. Une idée naquit dans sa tête. La *Daemoni* la pressa :

— Que faisons-nous alors ? Tu m'as promis la libération si nous arrivions à nous enfuir.

— Rentre à nouveau dans le torque. Nous partons.

Elle passa le bracelet à son poignet et le ferma dans un claquement qui ressemblait fort à un glas. La douleur de la Mort Blanche reflua, puis disparut. Aourhegan fila alors vers les corridors de sortie.

Elle ne vit pas le corps de Taniliandre se couvrir de cloques blanches.

Il se décomposa en quelques instants.

29

Aourhegan prit ses armes et ses affaires, puis sortit des appartements de Dergirion.

Elle obliqua vers l'est, évita les entrées principales ou les cages d'escaliers. Comme tous les palais et bâtiments administratifs, le concile possédait cuisines, entrées de service et quais de livraison. Elle décida de tenter sa chance par l'arrière.

La plupart des homoncules contractuels l'ignorèrent totalement, même ceux avec les mousquets reliés à leurs corps. Nombreux étaient ceux qui préparaient les repas pour la garnison.

La Fée Noire traversa donc une salle surchauffée où pépiaient des chefs cuisiniers sans visage, des mitrons aux runes brillantes. L'endroit sentait bon le sarment et la viande grillée, les poivrons cuits et le pain frais. Aourhegan faucha une miche, du fromage qui traînait et des fruits secs dans divers sacs de jute. Elle bourra son havresac et sortit sur un quai arrière. Des charrois se trouvaient là, ainsi que plusieurs montures placides, aux yeux éteints. La jeune Fée Noire se dirigea vers une poterne abandonnée. Une grille donnait sur un autre quai au bord de la rivière.

Elle vérifia que personne ne pouvait l'apercevoir dans cet angle mort. Trois embarcations à fond plat attendaient, amarrées. Une barque plus petite, avec un mât replié, avait été tirée sur une rampe couverte de lichens et d'algues lagunaires. Aourhegan se fondit dans les ombres, puis se concentra sur les couleurs dégradées du rouge irradié par les terribles nuées. Son corps s'adapta aux pierres, aux mousses, et elle en prit la teinte. Le bracelet à son poignet vibra légèrement et les runes flottantes s'affolèrent, mais elle ne ressentit aucune douleur. Elle s'approcha ainsi de la barque, la poussa lentement dans l'eau en lui transmettant le champ féerique de camouflage. Montant à bord, elle laissa le courant fluvial l'emporter en aval.

La nuit recouvrait le monde lorsqu'elle laissa l'embarcation au bord du premier lac. Son corps lui faisait mal. Sa brûlure au cou l'irritait. Mais il ne fallait pas qu'elle s'attarde : son évasion avait déjà dû être découverte.

La nuit se passa donc à suivre les berges du lac vers l'est en espérant tomber sur un gué ou un des ponts sur la Ferlhé. Aourhegan planifiait de partir ensuite plein sud pour alerter les armées changelines ainsi que Muirenn de ce qui se passait à Galabréà.

Elle trouva enfin un pont. Il n'était pas gardé et les villages de chaque côté n'étaient plus que ruines. Le ciel dégagé, loin de ces monstrueuses nuées rouges, laissait voir un champ d'étoiles d'une netteté si pure que la jeune Fée Noire fit halte quelques instants pour les contempler.

Après avoir traversé le pont, elle trouva les signes d'une armée en campagne – sans doute les Brànnes vus à Galabréà qui se dirigeaient vers le sud : cadavres de nombreux villageois, feux, détritus et débris en tous genres jonchaient le sol d'une grande étendue de prairies. Au sud, les silhouettes des Trois Sœurs envahissaient l'horizon.

Des bois s'étendaient à leur pied. Elle les atteignit vers la fin de la nuit, alors qu'à l'orient Lug se faisait précéder par une aurore d'un rose pâle fort reposant.

Percluse de fatigue, elle se laissa glisser dans une ravine et se dirigeait vers une mare pour se désaltérer, lorsqu'un bruit attira son attention dans les broussailles. Elle tourna la tête, vit un homoncule aux yeux de diamant en sortir. Ce n'est que lorsqu'elle sentit la présence dans son dos qu'elle comprit qu'on avait dû la rattraper.

Elle porta la main à sa rapière mais un choc violent à la tête lui fit perdre connaissance.

— Vous y êtes allé fort ! s'exclama l'homoncule, scandalisé. Elle ne vous avait rien fait.

— Elle allait dégainer son arme, grogna une voix bougonne.

Un merle se posa sur la branche basse d'un arbre.

— Que peut-on attendre, trilla-t-il, d'une brute épaisse qui fut autrefois un renard élégant et délicat ?

Lorcan se redressa et remit sa lance en bandoulière.

— Vous avez régénéré si vite que j'ai envie de vous retordre le cou, Litorlil. Je me demande ce qu'elle fait là, finit-il en regardant la Fée Noire.

— Oh, vous avez vu, elle a un joli torque et un bracelet runique, esquiva le merle. Et dessous, ah oui, on dirait bien les symptômes de la Mort Blanche.

— Donc c'est une alliée ? s'enquit Lorcan.

— Il faut croire, siffla Litorlil.

Aourhegan gémit. Son torque luit. Une créature féminine aux longues griffes noires et aux crocs pointus apparut à côté d'elle.

Lorcan rugit et posa la griffe sur la crosse de son pistolet.

— Je savais bien que c'était une sorcière… Et voilà son hideuse servante infernale !

— Vous vous êtes regardé dans un miroir, dernièrement ? feula la *Daemoni*.

Aourhegan roula lentement sur le côté.

— Ikitané, non ! Attends… Ce ne sont pas des gens de Dergirion.

— Je confirme, dit Hector. Je n'ai pas eu le temps de me présenter que déjà Lorcan vous défonçait le crâne.

— Vous avez eu de la chance que je ne vous aie pas transpercée de ma lance, grommela l'énorme homme-bête.

Ikitané aida Aourhegan à s'asseoir sur un roc près de la mare et nettoya sa plaie.

— Je crois, dit la Fée Noire, qu'il va falloir revoir les présentations.

— Qu'est-ce que c'est que cette chose-là ? s'étonna soudain Hector.

Les regards se tournèrent vers le fleuve qui traversait placidement la vallée au nord. Étincelant dans la lumière du soleil levant, un navire à quatre mâts, entouré d'une sphère d'émeraude translucide, flottait dans les airs, majestueux, voiles basses gonflées.

— Purée de fée en sauce ! s'exclama Lorcan.

— Que les Grées me damnent ! s'esbaudit Ikitané.

— Certes, c'est un beau bateau, admit Litorlil.

Aourhegan sentit tout son corps frissonner, une sueur froide recouvrit son visage. La gueule d'un dragon s'imposa à son esprit. Ses yeux brûlèrent d'une fièvre soudaine. Elle sut, d'une manière certaine, qu'il fallait monter à bord de ce navire.

Ne restait plus qu'à convaincre ce renard monstrueux de la laisser partir.

Depuis les toits imbriqués des bâtiments administratifs de Galabréà, Edjer-Verian contemplait l'astre solaire dans son lever divin. Lug, le Dieu-Soleil, infusait la vie mais ses rayons, corrompus par l'influence du Prince Antique qui rongeait le Chêne-Monde, étaient occultés, transformés et finalement dispersés dans les nuées rouge sang au-dessus de la ville vide.

Edjer-Verian réfléchissait. En infusant une partie de son essence dans le torque de la jeune Fée Noire pour neutraliser l'influence de Dergirion, il avait déclenché toute une série d'événements, un impondérable dans la mécanique bien huilée de Maerlar et de ses alliés. Sa simple maladresse lors de l'arrivée du sorcier de l'Anti-Vie était passée totalement inaperçue. L'ordre qu'il avait implanté dans le torque devait pousser Aourhegan à se tourner vers l'autre saphir noir, comme lorsque, au sein des ténèbres, un insecte est attiré par la lumière d'une flamme ou d'une lumière trop intense.

Les oiseaux du maître ne l'avaient pas localisée, ni les homoncules de chasse de Dergirion. Comme le dragon l'avait prévu, la limière Fée Noire avait utilisé ses propres pouvoirs de dissimulation pour échapper aux recherches. Maerlar était furieux et Dergirion enrageait : le bracelet runique emporté par la jeune fille recélait des enchantements qui tenaient à distance la Mort Blanche. Dans les mains d'un maître-mage vilanais ou d'un druide d'Orlandie, il autorisait un retournement de situation dans les prochains mois de la guerre civile, voire dans les prochaines semaines.

Edjer-Verian se pourlécha les babines.

Si tout se déroulait comme il l'avait prévu, bientôt, il serait libre de retourner dans les dimensions draconiques et Maerlar serait enfin détruit.

30

Dans ses appartements royaux au sommet du palais antique des Prêtres-Mages, Djengis achevait de se préparer. Il se contempla dans le miroir du grand salon, meublé avec tout le goût d'un grand khan. Le seigneur des provinces animales avait revêtu son vieil uniforme rouge aux boutons d'or. De belles bottes à ourlets et boucles accueillaient des pantalons d'uniforme sévère. Un manteau en rotonde blanc et un col à cinq chevrons complétaient sa mise.

Il se délectait d'avance. Yasniyé, assise dans un des vieux fauteuils usés qui entouraient l'âtre, passait son sabre à la pierre à aiguiser.

— Tu es sûr qu'il mérite autant de respect de ta part, mon khan ? demanda-t-elle.

— Il mérite le respect qu'il a donné à la nation des provinces animales il y a dix-huit ans lors de la guerre contre Aydhin. Je n'ai jamais cru à sa traîtrise lors des pourparlers entre les Fées Noires et les trolls. Köleffen s'est toujours porté garant de lui.

— Tu as éloigné ton neveu de la cour du Tigre, lui reprocha Yasniyé, et tu oses à présent me dire que tu fais confiance à son avis méprisable ?

Djengis se tourna d'un bloc vers son épouse. Près des grandes portes à double battant, les gardes du khan, des félins à la fourrure blanche, se raidirent.

— Ne m'accuse jamais de quoi que ce soit, ma reine, dit-il d'un ton glacial. Certaines des accusations qui ont conduit au duel entre Köleffen et ton cousin n'étaient aucunement fondées.

Yasniyé eut une moue de dédain, puis prit une grande inspiration pour se calmer.

— Brisons là, mon époux, mon khan. Sinon nous risquerions d'en venir aux griffes. Dis-moi pourquoi tu voulais tantôt me parler avant de recevoir ce chien de troll ?

Djengis ajusta son grand sabre de cérémonie. Il passa le second, la marque de la royauté chez les félins, plus petit, sous le premier, poignée inclinée vers le bas, symbole de paix.

— Il se peut que tu aies raison et que Ferhian nous réserve une traîtrise maintenant que Muirenn l'a identifié comme une accointance de ce seigneur Ravanaï. J'ai moi-même du mal à croire que le chancelier des trolls, affecté comme il l'est, puisse rester indépendant.

— La voix de la sagesse a fini par trouver son chemin dans ton esprit obtus.

Le khan ignora la pique.

— L'époque que nous vivons se pare de changements qui nous échappent, mon épouse. Je pensais la mainmise des druides et des magiciens éternelle, la puissance des Êtres-Fées des Franges impossible à occulter. Mais la vérité est là : des intérêts extérieurs à l'Orlandie ont fait leur entrée dans le jeu politique délicat de l'île et en ont bouleversé le paysage. Nous ne pouvons plus nous terrer dans notre fallacieuse neutralité défensive comme nous l'avons toujours fait.

Yasniyé s'approcha de son époux et baissa la voix.

— Tu commences à m'inquiéter, Djengis khan. Ta voix est chargée d'un fatalisme que je n'ai plus entendu depuis la mort de ton père. Nous possédons une cité ancienne des Prêtres-Mages, protégée par un bouclier ancestral, personne ne peut nous en déloger.

— C'est exact, mais les inondations des dernières semaines ont créé une situation catastrophique. Et il semblerait que quelqu'un d'autre fasse sauter les secrets des Prêtres-Mages les uns après les autres. Alors je crains que notre cité – qui n'a jamais été vraiment nôtre – et notre peuple, nos valeurs, soient en danger mortel d'extinction. Et tu sais ce que les lignées de khan et de khatun doivent faire si jamais une telle situation se produit.

Yasniyé se raidit. Son sang se figea dans ses veines et un frisson de terreur parcourut l'ensemble de son corps félin. Elle secoua la tête.

— Non, rétorqua-t-elle, résolue. Je ne veux pas imaginer que nous puissions faire appel à ce que nous avons rejeté depuis des générations. Tu n'as pas pensé aux conséquences pour notre peuple, pour cette île, pour ce monde.

Djengis soutint le regard de sa reine.

— Nos ancêtres ont utilisé les pouvoirs des Morts Émeraude il y a plus de deux mille ans pour nous transporter des Terres Sauvages jusqu'en Orlandie lors des grandes tragédies provoquées par Danéri Ghylian. Et les Chasseurs n'ont pas ressenti le besoin de venir jusqu'à nos ancêtres pour les purifier.

— Tu joues sur les mots. Les anciens écrits chamaniques qui empêchent les Morts Émeraude de surgir à nouveau parmi nous nous enseignent que chaque utilisation que nous pourrions en faire rapprocherait les

Chasseurs de leur dessein ultime. Je préférerais m'égorger ici et maintenant plutôt que de céder à la tentation de cet ignominie dévoreuse.

Djengis détourna les yeux vers la fenêtre. Les lances de lumière du soleil passaient à travers une mer de nuages fins qui annonçaient une magnifique journée. Les contreforts du plateau de Larion et les ruines du barrage étaient bien visibles. Plus loin, à l'ouest, les brumes du Marais Glauque planaient sur l'horizon.

Un corbeau se posa soudain sur le rebord à l'extérieur. Il tapota les carreaux de son bec. Les gardes de Djengis le mirent aussitôt en joue. Le khan leva la main et l'oiseau poussa un petit croassement assourdi par l'épaisseur du verracier. Puis il s'envola.

Yasniyé frissonna :

— Oiseau de mauvais augure…

Un officier en grand uniforme se présenta à la porte des appartements :

— Grand khan, le chancelier troll vous attend dans la salle des Cinq Piliers avec ses deux généraux. Ils ont laissé leurs armes aux baraquements comme demandé, et sans rechigner. Étrange, pour des trolls.

— Ils respectent le protocole. Nous n'allons pas nous en plaindre. Que la reine-sorcière Muirenn et le seigneur Avaril se joignent à nous.

Yasniyé croisa les bras sur sa veste de cuir brodée.

— Qu'as-tu décidé ?

Le khan se lissa les moustaches et retroussa les babines.

— J'ai décidé de te laisser prendre la bonne décision.

— Alors tu sais déjà ce que je pense.

Pélante remarqua qu'il y avait une petite souillure sur les décorations de son uniforme vert de plénipotentiaire : elle détestait que ses distinctions de stratège reconnues de l'Empire léristérite puissent être ainsi salies. C'était un avertissement de Thétys, sans aucun doute, ou alors une manière ironique de lui montrer qu'à trop utiliser les oiseaux dans ces contrées ceux-ci vous retournaient le compliment.

Elle croisa le regard d'Endrew et se redressa en frissonnant. Il faisait chaud sur cet épaulement couronné de buissons et de sureaux, mais le vent soufflait avec une telle force qu'elle était obligée de se couvrir de son manteau et d'ajuster sa toque à bord court pour éviter qu'elle ne soit emportée.

— Beaux mousquets de chasse, admit finalement le Haut Roi.

Il s'était rapproché de Tyrmon et de Nalidis, allongés au sommet de la falaise dominant les lacs boueux de la vallée de Larion. Les dômes et les tours vertigineuses de la cité antique brillaient sous les rayons intermittents du soleil matinal. Les deux assassins de Pélante avaient calé leurs armes à canon long entre des rocs pour les stabiliser. Des broussailles les dissimulaient aux regards. Les quatre gardes du corps d'Endrew se tenaient un peu en retrait. Dans le défilé qui permettait d'accéder des forêts du Sud aux vallées des provinces animales attendaient deux sections des cuirassiers d'élite d'Endrew et leurs montures. Lochlainn et MacCermath ainsi que l'état-major étaient restés dans les prairies méridionales. Ils préparaient les régiments à la marche à travers les cols.

— Ce sont les armes que les chasseuses thérésiennes utilisent pour abattre rhinocéros, éléphants et félins géants des jungles de Suthère, expliqua Pélante.

Endrew hocha la tête. Il regarda les excroissances de chair rouge musculeuse traversées de minuscules mécanismes articulés qui étaient accrochées au bout des deux fusils. Des étincelles naissaient de la friction des armes avec les vérins légers qui s'activaient de temps en temps. L'air autour d'eux se déchirait par endroits, révélant des champs d'étoiles, des flammes, ou encore des gouffres où s'agitaient d'immenses tentacules gémissants. Le bras greffé d'Endrew s'agitait et tressautait nerveusement sous sa cape. Il serrait le poing pour le calmer. Le jeune homme sentait qu'il arrivait à maturité. Il exultait tout en sentant une immonde nausée s'emparer de son être : Maerlar avait, avec son accord, refermé son emprise sur lui. Sa confusion était telle qu'il ne savait pas pourquoi il avait autorisé ces morbides assassinats : son honneur était purement scandalisé, violé, ignoré, mais son pragmatisme et l'envie d'en finir au plus vite avec cette guerre étaient devenus plus forts depuis la mort de Deirdre.

Il était temps de se débarrasser du sorcier de l'Anti-Vie, qui l'influençait beaucoup trop, et rétablir sur l'île, après l'extermination des Êtres-Fées, un règne d'honneur et de grandeur. Il songea à nouveau à cette jeune fille aux cheveux de nacre : son visage flottait dans son esprit, plus encore que celui de Deirdre. La voix de Pélante le sortit de ses pensées :

— … et tireront alors à travers les champs de transport – ou portails transdimensionnels, si vous voulez – que les Prêtres-Mages avaient créés et que Maerlar a modifiés avant que nous les greffions sur les deux trolls.

Endrew acquiesça. Il n'avait pas la moindre idée de ce à quoi Pélante faisait référence. Il se tourna vers l'ouest :

le long de la falaise poussaient des bouquets de vieux pins. À une vingtaine de toises, dans une clairière, Ferhian se tenait assis en tailleur sur une très grande natte, entouré par cinq des chamans-sorciers de son peuple, qui chantaient à l'unisson. La silhouette du chancelier troll scintillait dans l'ombre des grands arbres.

— Je me demande, dit Endrew, s'ils vont se rendre compte de la supercherie, que le Ferhian que nous leur avons envoyé n'est qu'un simulacre chamanique. Nous avons parié que Djengis recevrait Ferhian par égard au passé, mais il pourrait tout aussi bien le faire abattre à vue, et tout serait éventé.

Pélante haussa les épaules.

— L'important est que les deux généraux trolls arrivent en face de Djengis.

— Et de Muirenn, ajouta Endrew. Il ne faut pas la manquer non plus. Cependant, j'ai une question : ces portails que vos… choses… enfin, les choses des Prêtres-Mages… vont ouvrir, seront-ils assez grands pour laisser passer quelqu'un ?

— J'avoue que je n'en sais rien. Maerlar ne m'a rien précisé à ce sujet.

Endrew secoua la tête, mécontent.

— Et c'est maintenant que vous le dites ?

Il se tourna vers un de ses gardes du corps :

— Descends et dis à une des sections de cuirassiers de monter sur le talus séance tenante.

— Ce n'est peut-être pas très sage, s'interposa Pélante. Les armures de vos soldats personnels brillent au soleil et pourraient être visibles de très loin…

— Votre avis m'importe peu, l'ignora le Haut Roi. Exécution.

Brideï regarda son frère d'armes partir, puis reporta son attention sur les deux tireurs. Tyrmon annonça :

— Les corpuscules des portails s'agitent. Les deux généraux sont en présence de Djengis, ou s'approchent de lui.

Tyrmon arma le chien de son énorme mousquet. Nalidis fit de même, eut un sourire féroce tout en se détendant sur sa visée :

— On va faire de très gros trous…

31

Muirenn se sentait insignifiante dans la salle du trône de Larion.

Le lieu était conçu comme une basilique des Cités Parfaites : cinq énormes piliers de marbre et de grès soutenaient ses coupoles bleu et or. Des vitraux aux verraciers finement sculptés laissaient passer une chaude lumière.

On l'avait invitée à s'asseoir sur un des cinq trônes de l'estrade, flanqué par deux superbes lions de marbre à la crinière flamboyante. Une vingtaine de gardes se tenaient droits, dignes, avec leurs hallebardes et mousquets accrochés à leurs baudriers d'armure. Des dignitaires représentatifs d'une partie des provinces animales se trouvaient là à murmurer, feuler, ronronner ou gronder entre eux dans leur langage.

Un langage que Muirenn comprenait très bien.

L'inquiétude et la colère prévalaient, pas contre le troll qui allait bientôt entrer, mais envers les ennemis : les créateurs de la Mort Blanche, les humains arrogants des Marches, les Fées Noires traîtresses, ou encore les sorciers qui avaient déclenché les ouragans à l'est, sur l'ensemble de Sylvérion.

Avaril, debout à côté d'elle et majestueux dans son armure à lamelles forgée à Galabréà, triturait sa barbe et suait : il faisait vraiment chaud sous ces coupoles malgré l'épaisseur des pierres. Muirenn sentait le seigneur changelin épuisé par ces derniers jours.

Avant de recevoir les trolls, Djengis avait donné son accord pour que les armées des Franges puissent assister Larion contre un siège, et autorisé les trains de bagages de Penthryl à stationner dans la cité pour ravitailler les citoyens que les félins n'arrivaient pas à nourrir. L'ambassadeur derylite, présent dans la salle, avait promis que son peuple fournirait, le plus vite possible, des marchandises depuis les plaines de Prinsyl Moor jusqu'à Fort Trath par le réseau de transport souterrain.

Le khan se faisait attendre et on savait que derrière les portes, au fond de la salle, patientaient le chancelier troll et ses deux généraux.

— Vraiment, je n'aime pas ça, confia Avaril à Muirenn.

— Moi non plus. Mais nous sommes là, Djengis sera entouré de sa garde.

— L'Anti-Vie peut se permettre des actions audacieuses. Cependant, admit le seigneur de Penthryl, Ferhian m'avait semblé à peu près sain d'esprit lors de…

Un lupin entra par un couloir latéral et vint se présenter devant Muirenn après que les gardes l'eurent fouillé et raillé.

— Capitaine Karyar, je subodore que vous n'êtes pas là pour m'apporter de bonnes nouvelles ?

— Vous avez le nez fin, ma reine. Je suis venu le plus vite possible vous annoncer qu'une armée de plus de mille trolls a été aperçue par nos éclaireurs alicornaires à moins de quatre lieues à l'ouest du barrage effondré. Ils se dirigent en colonne vers les contreforts. Leurs lézards géants tirent des machines de guerre sur des radeaux :

mes éclaireurs ont reconnu trois bombardes-flammes démontées, des éléments de tours d'assaut et plusieurs amoncellements de rondins sur roues pouvant aisément abriter d'énormes béliers.

— Le khan et la khatun ! rugit un félin en livrée d'aide de camp qui brandissait la bannière des provinces animales.

Une porte latérale s'ouvrit toute grande. Djengis et Yasniyé firent leur entrée. Muirenn se leva et tous s'inclinèrent devant les deux souverains. Puis les sabres sortirent des fourreaux et un rugissement de fierté retentit sous la coupole.

Djengis attendit que Yasniyé s'asseye sur un des cinq trônes avant de prendre place sur celui du centre. Il fit un petit signe de tête à Muirenn, qui reprit sa place à côté de la khatun. Djengis ordonna :

— Qu'on fasse entrer le chancelier Ferhian, fils de Valrash.

Les portes noires aux ferronneries d'orichalque s'ouvrirent lentement. Ferhian pénétra dans la salle du Trône, marcha d'un pas fier et altier sur le tapis de soie. Ses deux généraux, casques sous le bras, le suivaient d'un pas ordonné, mécanique. Muirenn fut prise d'un terrible frisson. Il y avait quelque chose, dans l'attitude des deux officiers, qui la perturbait.

Djengis se leva lorsque Ferhian fut arrêté par un rang de gardes au bas de l'escalier.

Le troll n'avait pas l'air d'être offensé d'une quelconque manière. Son visage défiguré par les flammes empoisonnées d'Edjer-Verian se fendit d'un large sourire. Ses lèvres laissèrent entrevoir des crocs puissants. Engoncé dans une cuirasse noir et rouge damasquinée, il affichait une grande assurance. Il lança à Djengis :

— Salutations, maître des provinces animales, grand khan Djengis aux multiples talents, seigneur de Larion, de Trath et de Sylvérion, source de la Nerhi, grand félin qui rugit sur le monde. Je viens ici en paix, au nom du peuple des trolls, dont je suis le nouveau chancelier après la mort de mon traître de frère, Ephrem.

— Je te souhaite la bienvenue, Ferhian, fils de Valrash, chancelier des trolls, souverain des îles de l'ouest du Marais Glauque, pacificateur à la masse, chevaucheur des Geckos géants, maître des Sorciers du couchant, et que ce palais qui fut autrefois celui des Prêtre-Mages orlandais soit, du moins pour le temps de ta visite, tien.

— Je te remercie, grand khan Djengis.

— Que viens-tu m'annoncer, me dire ou me signifier que tu n'aurais pu faire par simple lettre d'un souverain à un autre en ces temps de guerre et de confiance outragée, alors que mes agents me signalent qu'une armée de tes compatriotes se dirigent vers les contreforts de ma belle cité ?

Quelque chose gênait Muirenn. Elle ferma les yeux, posa la main sur la poignée de SaerAnà, qu'elle tenait posée contre le bras du trône de pierre. La reine-sorcière n'aimait pas les résonances des bâtiments anciens comme ceux des Prêtres-Mages, il s'y trouvait trop de distorsion, de peine, d'angoisse issue de la Déesse-Mère, qui supportait leur poids et leur oppression, mais elle étendit quand même son emprise spirituelle. Les champs telluriques au sein des blocs de pierre lui permirent de lire les environs.

Ferhian, pendant ce temps, répondait :

— Je suis venu ici pour te convaincre de rester neutre, comme moi, dans cette guerre.

— Neutre ? s'exclama Yasniyé. Et ces troupes lourdement armées qui se dirigent vers notre frontière ? Elles sont l'expression de ta neutralité, chancelier Ferhian ?

— Je vois que tu as un porte-parole, khan Djengis, se moqua Ferhian.

Djengis fit rasseoir la khatun avec fermeté et se leva à son tour :

— Nul ne peut rester neutre dans une guerre qui affecte toute l'île, chancelier Ferhian, surtout avec les troupes des Marches à mes portes.

— Nous sommes les garants, toi et moi, grand khan, de la sécurité des Franges féeriques. Les Fées Noires sont, après nos deux guerres, profondément enfouies dans leur cité-sphère éternelle, Aydhin. Et les Derylites, ces fouisseurs velléitaires, ne valent rien au combat…

L'ambassadeur derylite secoua la tête devant l'insulte, mais ne dit rien.

— Et finalement les troupes de Muirenn Orlagh, continua Ferhian, diminuent de jour en jour. Ses lupins et ses licornes ont perdu la moitié de leurs effectifs depuis le début du conflit. Je ne compte pas les armées changelines, bien sûr. Ce ne sont que des êtres imparfaits, des bâtards sans vraies attaches.

— Je m'insurge, déclara Avaril, furieux. Les changelins sont peu à peu décimés eux aussi par la Mort Blanche à cause de leurs pouvoirs. Ce sont comme vous des citoyens des Franges féeriques et par là même de l'Orlandie. Nous réfutons le pouvoir de l'usurpateur et ne reconnaissons de légitimité qu'au concile de Galabréà. Nous vous invitons à combattre Endrew avant qu'il ne nous extermine tous. Déjà, au nord, nos armées ont bien du mal à contenir les contingents brànnes qui attaquent de toutes parts. Galabréà et Esther Agliath ne sont plus que des champs de ruines ou des repères de l'Anti-Vie… Le Chaos a envahi cette île qui fut, pendant un temps, merveilleuse…

Il ne put aller plus loin. Sa voix se brisa. Djengis reprit la parole :

— Chancelier Ferhian, vos arguments sont superficiels. Quelles sont vos intentions réelles ? Qu'essayez-vous de m'épargner ou de me dissimuler ? Serait-il vrai que vous ayez été souillé par l'Anti-Vie et que celle-ci affecte vos décisions ?

— Voilà bien d'insultantes questions, grand khan, s'insurgea Ferhian en se passant la main sur le crâne.

Ses généraux réagirent à ce mouvement. L'un d'eux se tourna vers Muirenn. L'autre leva les yeux et dévisagea Djengis. L'attention de tous étant focalisée sur le chancelier, personne n'y prit garde.

L'esprit de la reine-sorcière parvint, à travers les pierres, sous les pieds des trolls. Imprégnée du pouvoir de la Déesse-Mère, elle ouvrit les yeux sur la dimension spirituelle, où tout n'était qu'auras que nulle illusion ne pouvait dissimuler. Elle aperçut des créatures à huit pattes crochues parcourues de fils d'acier et de minuscules mécanismes accrochées aux torses des officiers trolls. Elles s'activaient, ces choses horribles, et plusieurs champs de runes s'élargissaient pour déchirer l'espace autour d'elles.

— Voilà une chose bien étrange, dit soudain Avaril en aparté pendant que Djengis parlait. Ferhian n'a pas d'ombre.

Muirenn reporta son attention sur le chancelier. Son aura corporelle n'existait pas. Il n'avait qu'une consistance légère, comme celles…

Comme celles des illusions déployées sur le champ de bataille de l'Origh.

Elle se leva et se dirigea vers Djengis :

— C'est un piège ! Ferhian est une illusion ! Tuez les généraux !

Ce simple mouvement lui sauva la vie.

Le khan n'eut pas cette chance.

Tout se passa en moins d'un instant.

Ferhian disparut soudainement.

Les deux généraux trolls furent soudain déchiquetés. Une force fit exploser leurs corps de l'intérieur, criblant d'éclats d'os et de métal les gardes qui se trouvaient devant eux. L'air se fendit littéralement là où ils se trouvaient. Deux déchirures se matérialisèrent ainsi. Par ces ouvertures, on vit clairement le sommet d'une falaise.

Deux coups de feu retentirent, venant des broussailles couronnant l'escarpement. Djengis fut touché en pleine tête par un projectile que les runes de son armure d'apparat furent impuissantes à arrêter. La balle pénétra l'œil et ressortit de l'autre côté en éclaboussant le trône de sa cervelle. Muirenn sentit un projectile la frôler et aller fracasser des mosaïques.

Yasniyé rugit d'horreur, ses griffes recouvertes du sang de son époux. Elle vit les portails dimensionnels toujours ouverts, fluctuants, et les deux assassins se relever. Déjà des troupes ennemies s'avançaient pour les protéger avec de lourds boucliers. Elle feula :

— Tuez… tuez-les, tuez-les tous !

Les gardes-félins qui avaient été balayés ne se relevèrent pas. Muirenn fonça, Avaril avec elle et le capitaine Karyar sur ses talons : SaerAnà dans la main gauche, elle sortit son pistolet derylite, l'arma et tira sur un des assassins, le plus grand, qui s'apprêtait à se mettre à l'abri. La balle traversa le portail dimensionnel et se ficha dans sa nuque. Il s'écroula. Une dizaine de gardes-félins, mousquets en main, firent feu à travers les déchirures avant de se ruer hallebardes en main. Des soldats sur l'escarpement tombèrent. Muirenn, qui s'approchait du deuxième portail, reconnut de loin Endrew qui dégainait DerAgliath, protégé par un mur d'une demi-douzaine de ses cuirassiers et quatre guerriers massifs en armure noire.

— Avaril, Karyar, avec moi.

La reine-sorcière sauta dans le deuxième portail. Avaril tira avec son pistolet au-dessus d'elle et toucha un Cuirassier qui pointait son mousquet vers eux. Tout en atterrissant dans les buissons, Muirenn leva SaerAnà et fit appel à son pouvoir au moment où le reste des soldats d'Endrew faisait feu. Les plombs furent déviés tout autour d'elle. Deux d'entre eux touchèrent un soldat-félin qui passait l'autre portail. Karyar et Avaril se jetèrent sur les cuirassiers, les hallebardiers de Djengis les imitèrent. Une femme en vert et un des assassins s'étaient reculés à l'abri, vers une pente bordée de taillis.

Muirenn se tourna vers la droite en entendant une charge.

Ferhian – le vrai Ferhian, cette fois – fonçait sur elle depuis une clairière en faisant tournoyer sa masse.

Le capitaine Karyar s'interposa : il avait ramassé un mousquet de félin ; le lupin tira à bout portant, touchant le troll au cou. Mais le plomb glissa sur une protection d'acier au lieu de pénétrer.

Karyar fut balayé par la force incroyable de la masse de gel. Fracassé, il chut de la falaise, déjà mort. Muirenn, furieuse, profita de l'avantage et lacéra Ferhian du sabre d'Anàghy. La lame bénie trancha dans l'armure du troll sur toute la longueur du torse, projetant un sang noir dans les airs. La blessure n'arrêta pas Ferhian. La masse revint vers elle à grande vitesse. Muirenn roula sur le sol, qui se craquela sous l'impact. Trois félins engagèrent alors le chancelier, qui recula sous les assauts des hallebardes. Muirenn en profita pour se désengager et chercher Endrew.

Les cuirassiers se faisaient enfoncer par les soldats-félins devenus fous furieux : des corps commençaient à joncher le sol. Avaril trancha la tête d'un des gardes du corps du Haut Roi. Le souverain, souriant, se dirigea vers lui, DerAgliath flamboyante dans sa main, l'autre sortant de sous la cape pour révéler une énorme griffe noire suintante.

Muirenn vit qu'un des guerriers en noir était une femme ; elle ne combattait pas, mais la regardait fixement, sans bouger, à travers son cimier à crinière rouge.

Endrew tailladа trois soldats-félins : son épée faisait des ravages, mais ses griffes aussi ; il attrapa la hallebarde d'un de ses adversaires avec sa main corrompue, la tordit comme s'il s'agissait de simple guimauve, et déchiqueta la gorge du félin. Ses cuirassiers étaient presque tous morts, mais d'autres arrivaient rapidement en renfort, alertés par Pélante et Tyrmon.

Muirenn en profita pour se glisser auprès d'Endrew. Elle porta une botte en se fendant : le Haut Roi eut du mal à dévier le coup. Encore une fois, DerAgliath et Saer-Anà se croisaient au combat. Le sol se fendilla sous les pieds des deux combattants. Une onde de choc sourde fit vibrer la falaise.

— Ma fille va être vengée, ragea la reine-sorcière.

— Je n'ai jamais voulu la tuer, Muirenn. Toi, en revanche, je n'aurai aucun scrupule à t'envoyer rejoindre ta déesse.

Endrew écarta le sabre de Muirenn d'une subtile botte et frappa de la griffe, en traître : la veste de cuir de Muirenn fut déchirée à l'épaule. La reine-sorcière sentit la force du coup et faillit perdre l'équilibre. Sa peau, même renforcée par des tatouages enchantés, se déchira et son sang coula. La gangrène de la corruption attaqua son être. Furieuse, elle voulut se transformer en louve, mais se souvint qu'elle pouvait perdre SaerAnà en faisant cela. Aussi, elle fit jouer ses tatouages et prit la forme d'une femme-loup au museau allongé. Elle bondit sur Endrew, le sabre perça l'armure renforcée du Haut Roi à la hanche, mais ne put pénétrer la broigne. Ses crocs mordirent le bras maudit et faillirent le trancher. Un simple mouvement avec le membre corrompu, et Muirenn se sentit projetée sur le côté. DerAgliath suivit de près, Muirenn para dans un fracas qui fit naître de la foudre rouge sang, tous les buissons alentour se racornirent. Avaril, Ferhian, les félins et guerriers des Marches sentirent la chaleur et eurent d'horribles nausées.

Muirenn sauta derrière une racine de sureau géant, DerAgliath en découpa un bon morceau et la lame resta plantée un instant dans le bois dense. Rapide, la reine-sorcière voulut surprendre le Haut Roi par une attaque de côté : SaerAnà, runes brillantes, magnifique, plongea vers la poitrine d'Endrew.

La masse de Ferhian cueillit la reine-sorcière au ventre avant qu'elle ne finisse son geste, sauvant la vie du Haut Roi. Muirenn entendit ses côtes se briser et, le souffle coupé, reprit sa forme humaine. Elle s'écroula en crachant du sang. SaerAnà tomba dans un buisson.

Endrew retira DerAgliath du tronc de l'arbre. Trois autres félins avaient bondi dans sa direction et le repoussèrent vers les cuirassiers qui montaient la pente. Frustré, il ne put que jeter des regards éperdus de rage vers la reine-sorcière qui gisait au sol, haletante. Ferhian balaya deux autres félins qui essayèrent de l'embrocher, puis se leva de toute sa masse au-dessus de la reine-sorcière.

— Il est temps de mourir, Muirenn, dit-il en haletant, le sang coulant de son horrible blessure à la poitrine.

Une pointe d'épée aux runes pourpres sortit soudainement du torse du troll. Son ichor lourd éclaboussa la reine-sorcière. Ferhian regarda l'arme avec stupéfaction, puis s'écroula comme une masse. Derrière se dressait la guerrière en armure noire qui n'avait pas bougé durant le combat. Muirenn demanda :

— Pourquoi ?

La guerrière ne lui répondit pas.

Avaril bataillait avec un autre garde noir. Celui-ci lui fit une balafre profonde à la joue avant que le seigneur de Penthryl, par une botte subtile, ne lui coupe une jambe avec son espadon. Le guerrier s'abattit au sol, sa blessure ne saignait pas et il bougeait toujours, essayant d'estropier son adversaire. Avaril lui enfonça son arme dans la tête à travers le casque, et l'autre cessa tout mouvement.

Puis le seigneur changelin jeta un œil en arrière, il vit les déchirures fluctuer et s'étrécir.

— Muirenn ! C'était folie de rester ici ! Les portails se referment.

— Endrew doit mourir ! s'entêta la reine-sorcière agonisante.

Avaril, libéré du poids du garde noir, menaça la guerrière qui recula sans combattre.

— Les portails, ils vont disparaître ! hurla Avaril. Retraite, retraite !

Un félin et lui soulevèrent Muirenn. Endrew ordonna à ses cuirassiers qui l'avaient rejoint de faire feu sur les fuyards. Ceux-ci franchirent les portails. Les déchirures se refermèrent un instant plus tard et les plombs des mousquets se perdirent dans la vallée de Larion.

Des soldats vinrent évacuer au plus vite Endrew. Celui-ci était plus ou moins satisfait du résultat : Djengis avait été tué et Muirenn gravement blessée, voire tuée par Ferhian.

Brideï resta seule sur le champ de bataille, dans les ombres du taillis. Les chamans-sorciers qui s'étaient cachés dans le bois emmenèrent la dépouille de Ferhian, percé au cœur par la lame de la combattante. Celle-ci sortit de la pénombre quand tout le monde eut disparu et s'approcha des fourrés de la falaise. Elle plongea la main au sein de la végétation. Sa main se referma sur la poignée sculptée de SaerAnà.

Une aura bleu ciel l'entoura, mais elle ne fut pas foudroyée : quiconque n'était pas un descendant direct d'Anàghy aurait dû l'être.

Soudain, elle se mit à respirer. Comme si elle n'avait pas accompli ce geste de vie depuis des jours, des semaines. Elle arracha son heaume.

Le visage pâle et mort de Deirdre souriait.

Les runes de SaerAnà brillèrent, se combinant pour former des mots :

« Tu es morte, Deirdre,

« Maerlar Ravanaï t'a réanimée,

« Caprice de père.
« Regret de roi.
« Tu es toujours souillée.
« Tu as peu de temps,
« Endrew n'est rien
« Un pion, un pantin,
« Seule compte la destruction
« Des œuvres de Maerlar.
« Il est temps d'agir
« Et de boire les
« Larmes de la Déesse.
« Jusqu'à la lie. »

Deirdre remit son heaume.

Arrêta de respirer, car ses poumons putréfiés ne servaient plus à rien.

Elle enroula SaerAnà dans la cape d'un mort, descendit la pente puis prit un sentier oublié de tous pour se diriger vers l'ouest, loin du camp des armées royales.

Endrew allait sans doute la faire chercher. Elle lui souhaitait bon courage.

32

Seule dans la cabine que deux jeunes enseignes du *Chimère Étoilée* lui avaient cédée, Arline, tout le corps secoué de frissons à cause du manque, écrasa une double dose de remède dans une coupe en terre cuite, puis y versa de l'eau.

Le saphir noir reposait sur un linge à côté de la coupe. Arline le sentait pulser dans le bois de la bannette, le long des parois renforcées d'aciorichalque, à travers le récipient où se trouvait la drogue de son remède, au cœur des vitres donnant à l'extérieur.

Elle tendit la main vers le joyau corrompu : les fissures exhalant la luminescence mauve scintillèrent de plus belle, assoiffées de vie. Arline retira la main et finit par boire la potion de bactrane à grandes gorgées. Ensuite, elle regarda ses paumes et ses poignets. L'éclatement en étoile des plaques blanches du fléau s'effaça lentement, comme s'il se recroquevillait vers le petit cercle dont il était l'origine.

— Que les Dieux aient pitié de Maerlar Ravanaï lorsque j'éradiquerai son âme, siffla-t-elle entre ses dents. Il a détruit tout ce que j'avais de plus cher au monde.

Une bassine d'eau encore tiède trônait sur une maie. Elle fit ses ablutions alors que les dernières étoiles nocturnes se retiraient du ciel. La migraine s'éloigna et les sons du navire revinrent en force : craquement de la coque soumise à la pression du voyage aérien, chansons et querelles des quelque cinq à six cents soldats orlandais entassés dans les cales, les ponts de batterie et les ponts supérieurs, ordres braillés qui fusaient de la proue à la poupe.

Arline soupira, finit de s'habiller, s'entoura de sa grande cape et s'assit. Le saphir noir semblait ronronner à la limite de son champ visuel. Elle le voyait comme un énorme félin alangui qui se faisait les griffes sur la table.

« Lorcan. »

Arline sursauta. Le joyau lui avait clairement parlé, ou susurré quelque chose. Sans réfléchir, elle tendit la main, s'empara du saphir noir. Celui-ci était chaud, doux au toucher. Un changement venait de s'opérer.

« Lorcan », répéta-t-il dans son esprit.

Un appel venant du sud. Proche. Très proche. Le visage du limier fusa à travers son esprit.

Arline, le cœur battant, ouvrit le grand hublot de la cabine et chaussa ses bésicles. Elle les tapota. Des sigles s'illuminèrent sur le pince-nez.

Le paysage se déroula devant elle, dans la légère phosphorescence du bouclier terraverrique déployé : plaines et forêts, les affluents de la Bréà, étangs, cultures, villages abandonnés, d'autres en ruines après le passage de l'armée brànne. Elle força les runes de grossissement au maximum : à la limite de son champ de vision apparut un grand humanoïde à tête de loup ou de renard noir. Il courait à une vitesse folle malgré sa belle armure de mailles et sa cuirasse, sautant barrières, murets, passant entre les arbres d'un verger et les haies qui séparaient des cultures brûlées. Armé jusqu'aux dents, il portait sur son dos une Fée Noire et un homoncule aux reflets cuivrés. Un oiseau voletait autour d'eux.

Litorlil.

Hector.

Lorcan ? Le joyau noir pulsa une autre fois. L'homme-renard, là-bas, retroussa les babines et regarda dans la direction d'Arline. Et ce malgré la bonne lieue qui les séparait.

La jeune magicienne ôta ses bésicles, se retourna et ouvrit la porte de la cabine. Rilize se trouvait juste derrière en compagnie de Rigori, la main levée pour toquer au panneau. Arline l'attrapa au col et lui hurla au visage :

— Il faut arrêter le navire ! Vite !

La maîtresse-capitaine lui prit les bras, étonnée de cet emballement. Elle fronça les sourcils : Arline avait les pupilles dilatées et l'air hagard des consommateurs de ténébraé, la drogue venue des Cités-États du sud de Draconis.

— Qu'est-ce qu'elle a ? s'étonna Rigori.

— Mais vous ne comprenez pas ! s'entêta Arline. Lorcan, Hector et Litorlil sont là-bas, dehors ! Ils viennent vers nous, il faut dire à Ijane de poser le navire sur le fleuve !

— Je crois que vous avez pris trop de remède à base de bactrane, constata Rilize en soupirant.

Arline ferma les yeux. Elle libéra une de ses mains, plongea dans sa besace où le saphir noir pulsait toujours. À l'aide du joyau, elle étendit son esprit ; entra en contact avec celui de la nécromancienne, dont la puissance mentale, augmentée par le fauteuil de contrôle, pouvait se sentir à travers les œuvres vives du navire. La jeune fille lui envoya l'image qu'elle avait vue.

Le navire trembla. Puis commença à descendre lentement vers le fleuve. Des ordres fusèrent depuis la passerelle inférieure. Rilize jura.

— Que se passe-t-il encore ?

Rigori regarda Arline. Une enseigne vint par la coursive, salua en posant son doigt sur son tricorne :

— Les respects de la première officière Alsame et de dame Ijane, maîtresse-capitaine. La magiographie signale un groupe de personnes se rapprochant rapidement par le sud-ouest. Faut-il mettre en batterie ?

Arline se dégagea de l'étreinte :

— Sûrement pas ! Ce sont des amis !

Rilize leva les yeux au ciel. Rigori, qui ne portait plus son pansement et exhibait une vilaine cicatrice blême du front au menton, sourit et tapota son triple mousquet à canons courts.

— Si ce n'en sont pas, de toute manière, ils vont être bien reçus, s'esclaffa-t-il avant de remonter avec la jeune magicienne et Rilize vers la passerelle de commandement.

— Je ne suis pas Lorcan, je suis le renard qui a été créé à partir de ta psyché, je suis une autre partie de toi, celle qui imagine Lorcan, non pas tel que je suis à présent, mais avec cette force fabuleuse, celle de l'amour que tu lui as donné. Et, d'une manière ou d'une autre, le saphir noir a amplifié ta volonté au-delà des distances et m'a permis de – comment l'expliquer – croître ainsi, de prendre ma propre personnalité. Aussi ne te leurre pas. Lorcan est mort et bien mort.

— Je comprends, fit Arline en chaussant ses bésicles à nouveau. Je suis désolée si je t'ai créé bien involontairement, Lorcan. Je ne sais même pas s'il est bon de t'appeler ainsi.

— Je vais garder cette identité, car elle me colle à l'âme et au corps. C'est ainsi.

— Et qui est cette Fée Noire qui vous accompagne ? demanda l'amiral O'Leary.

Le renardin sombre, assis près d'Aourhegan en bout de table, soupesa les regards de tous ceux qui les entouraient. Presque *toutes celles,* étant donné le nombre de femmes, d'ailleurs. Il y avait tout de même quelques hommes dans la grand-chambre : l'amiral O'Leary, un officier sévère des moines-soldats de Dundalk du nom d'O'Brian qui commandait les troupes orlandaises, le chambellan derylite Rigori. Litorlil était perché sur l'épaule de sa maîtresse. Hector, assis sur la table à côté d'Arline, s'occupait en comptant les poutres du plafond.

— Je me trouve dans la même pièce que vous, il me semble, merci. Je me nomme Aourhegan, dit fièrement l'interpellée en tripotant machinalement son torque. Je ne sais pas qui vous êtes, et quel est ce navire. Cette bête à fourrure noire m'a obligée à l'accompagner alors que je souhaitais juste passer les Trois Sœurs et…

— Taisez-vous, lui ordonna Arline en se levant soudain.

— Que se passe-t-il ? demanda Ijane qui se redressa elle aussi à moitié.

— Cube de détection, dit simplement Arline en s'approchant de la Fée Noire.

Celle-ci commença à vouloir s'éloigner, mais Lorcan la força à rester assise.

— J'ai toute confiance en Arline, gronda le renardin. Laissez-la analyser le torque.

Les traits d'Aourhegan se durcirent. Sortie des griffes de Dergirion, où était-elle tombée ? Au moins, il y avait là des Orlandais. Elle avait compris qu'ils étaient rebelles à l'autorité de l'usurpateur, que les femmes aux yeux bridés et à la peau couleur cuivre les aidaient, d'une manière ou d'une autre, grâce à ce navire extraordinaire qui pouvait autant voguer sur l'eau que glisser sur les courants aériens.

Ijane sortit son cube d'analyse. Elle le promena autour de la nuque de la Fée Noire. Arline, le saphir sombre en main, l'approcha alors qu'elle tapotait ses bésicles. Runes et sigles du cube et des verres se rejoignirent.

— Il y a une énergie qui me rappelle celle du joyau corrompu dans l'attache du torque, déclara Ijane.

— Est-ce dangereux ? s'inquiéta Vedrize.

— Absolument pas, répondit Arline. Il y a aussi deux esprits daemoniques dissimulés dans les sculptures dorées. L'un est en régénération, très détérioré, l'autre nous écoute.

— Je l'ai surprise en train de s'enfuir vers le sud, déclara Lorcan. Espionne ou messagère, comme elle le dit. Elle venait du Nord corrompu, en tout cas.

Aourhegan n'aimait pas la pulsation de la gemme sombre aux reflets mauves. Elle détestait surtout être traitée de la sorte. Cela lui rappelait trop le Ver de Corruption et le Chêne-Monde, ainsi que les sacrifices dont elle avait été témoin – et qu'elle avait commis. Elle jaillit soudain de sa chaise, les larmes aux yeux.

Frappa Arline au menton de son poing fermé.

Fut arrêtée en plein mouvement par les pattes de Lorcan.

La jeune magicienne regarda les phalanges serrées, tremblantes, à moins d'un pouce de son visage, puis leva le saphir noir au niveau de la nuque de la Fée Noire. L'aura du joyau attira à lui un petit filet de cendres inséré dans le mécanisme. Elles se déposèrent sur la table, guidées par la gemme sombre, et prirent la forme d'un petit dragon, pas plus grand qu'Hector. Celui-ci sursauta. Épées, sabres et pistolets sortirent de leurs fourreaux.

Aourhegan sentit que la pression qui s'exerçait sur son corps disparaissait. Lorcan la maintenait toujours, cependant.

— Quelle est donc cette nouvelle diablerie ? s'exclama O'Leary. Encore un tour de ce monstre de cendres ?

— Si l'on veut, répliqua Arline. Mais, dans ce cas, il s'agit d'un messager. Sa puissance ne réside que dans le message qu'il veut délivrer. Il se désagrégera ensuite. Dame Ijane ?

— Mon cube d'analyse confirme. Ce… petit être est inoffensif.

Arline regarda les hauts gradés, puis Lorcan et Hector.

— Eh bien, je propose que nous écoutions ce qu'il a à nous dire.

Elle exposa le saphir noir à la vue de tous. Celui-ci déploya une magiographie sphérique où le petit dragon de cendres perdit de sa cohésion pour que ses corpuscules forment des lettres, puis des phrases en vieil ormérite. Seuls Lorcan, Aourhegan, Arline, Ijane et Rigori furent capables de les lire.

Quand ils eurent fini, les deux magiciennes s'interrogèrent du regard. Rigori retira son casque et se gratta le crâne. Aourhegan sentit l'emprise du renardin se relâcher. Il lui chuchota :

— Je suis désolé de t'avoir prise pour une ennemie.

Aourhegan haussa les épaules. Elle regarda encore le message, comme si elle avait du mal à se rendre compte de ce qui était écrit. Puis elle dévisagea Arline. La jeune magicienne se rassit, apparemment accablée. Ijane, quant à elle, souriait.

— Alors ? s'impatienta l'amiral O'Leary. Bonne ou mauvaise nouvelle ?

— Les deux, amiral, répondit Rigori.

Puis il lut à voix haute, après un coup d'œil interrogatif à Ijane et Arline :

— « Mon nom est Edjer-Verian. Vieux Dragon des Brumes tombé lors des guerres contre les Prêtres-Mages il y a plus de deux mille ans, Maerlar m'a réanimé à mon corps défendant en appelant mon âme dans les catacombes draconiques de la forteresse de Shâal. J'ai enchâssé un message dans ce torque qu'un sorcier de l'Anti-Vie nommé Dergirion a imposé à cette jeune Fée Noire – qui, si elle ne l'a pas déjà dit ou si elle est malheureusement décédée, travaille ou travaillait pour Muirenn et les Franges féeriques lorsqu'elle a été capturée. Elle n'est pas votre ennemie et connaît même, je pense, la disposition des lieux et les effectifs de Dergirion. Je m'adresse à Arline von Crommlynk, qui m'a vaincu avec le saphir noir lors de mon assaut sur l'escadre. Si vous lisez ceci, la présence de votre éclat de joyau corrompu et de l'empreinte de votre aura aura été suffisante pour déclencher les contingences que j'ai mises en place dans le torque. Maerlar m'a forcé à le servir et je n'ai pas eu le choix, car le destin qui m'attendait si je refusais une telle subordination est bien pire que la mort elle-même. Je ne peux rien faire contre lui, car il me contrôle à l'aide de son saphir noir – dont un éclat est fiché dans mon crâne – et il est, de toute manière, indestructible tant qu'on ne réduira pas en miettes le récipient de son Anti-Vie, là où se cachent les restes de son corps putréfié. Aussi, pour échapper à son emprise et lui ôter un atout majeur, c'est-à-dire moi, bien sûr, lors de ces guerres d'extermination qui se préparent et le piège qu'il croit vous avoir tendu à Galabréà, je vous offre une alliance temporaire : je vous donne les détails de ce qu'il médite pour votre venue et quel piège il souhaite vous tendre. En échange, vous arrachez par votre éclat de saphir le contrôle de Maerlar sur mon être, pour que je puisse retourner dans les Champs de mort draconiques. Vous en avez le pouvoir, je l'ai senti lorsque nous nous sommes affrontés. »

Rigori arrêta de lire.

— Suivent les détails du piège tendu par Maerlar, dit-il à l'assemblée.

— Hors de question de faire confiance à un tel monstre ! protesta O'Leary. Comment le pourrait-on, d'abord ? Il a détruit plusieurs navires et assassiné au moins mille marins.

— Je suis d'accord, appuya la maîtresse-capitaine Rilize. Les dégâts qu'il a infligés à la flotte tout entière, sans compter le *Chimère Étoilée*…

— Il a aussi tué mes meilleurs amis, coupa Arline d'un ton glacial. Mais, comme eux, nous ne pouvons pas ignorer son état de victime de Maerlar. Son plan me plaît. Je veux lui faire confiance. D'ailleurs, avons-nous le choix ?

Ijane se tapota les lèvres :

— En effet, tel qu'il décrit les défenses du lieu, nous n'aurons pas d'alternative. Il met un atout majeur entre nos mains. Maîtresse-capitaine Rilize, nous devons préparer d'autres boulets au terraverre.

Coaztli pâlit :

— Sauf vot'respect, une de mes assistantes est morte des suites d'une trop grande exposition au terraverre brut dans la chambre de raffinement où les boulets sont trempés. Si on…

— Pourquoi n'utilisez-vous pas les automates ? demanda Arline.

— Nous ne pouvons pas les contrôler de si loin. Leurs gestes seraient imprécis pour l'enchantement au terraverre.

— Eh ! mais je suis là, moi ! s'exclama Hector. J'ai toujours voulu chevaucher des golems plus grands que moi !

— C'est vrai, acquiesça Arline, que notre petit ami ne risque rien, lui. Il pourrait contrôler les golems manipulant le terraverre.

— Alors c'est parfait, dit Ijane. Chambellan Rigori, lisez-nous le plan d'Edjer-Verian, et voyons comment nous pouvons l'accommoder à nos souhaits et à notre stratégie. Et…

Elle se tourna vers Aourhegan. Les regards pesèrent sur la Fée Noire.

— Demoiselle Aourhegan va nous en dire plus sur ce Dergirion, ses sbires, ses forces.

L'intéressée se redressa, fière et sévère :

— Si vous me promettez que nous pourrons utiliser après l'opération votre sublime navire et son armement dans la guerre que mènent Muirenn, Avaril et les provinces animales à Endrew Jaurgrynn, alors je vous dirai tout ce que vous voulez.

33

— Je suis fort contrarié que tu n'aies pas pu retrouver cette jeune Fée Noire, Edjer, déclara Maerlar alors qu'avec Dergirion et Amari, le capitaine des Lames-Tornades, ils scrutaient l'horizon sud depuis la plus haute tour des remparts.

Le dragon, posé sur les créneaux à côté de deux batteries de canons à gueule de démon, resta impassible. Son regard de mort-vivant se perdit dans les cieux : la spirale rouge ténèbre écrasait toujours la région de sa puissance.

Edjer se força à prendre une attitude détachée. Sa voix profonde, vieille de deux mille ans, s'éleva dans les rafales de vent et le bourdonnement incessant du Ver de Corruption :

— Je suis préoccupé par la bataille à venir. J'ai coupé court aux recherches pour être prêt, ainsi que tu l'as voulu, maître Ravanaï.

— Le problème reste entier, dit Dergirion derrière son masque : la petite peste a non seulement tué Taniliandre, mais elle a emporté deux reliques qui permettent, sinon de vaincre la Mort Blanche, du moins d'y être immunisé.

Edjer-Verian observa Maerlar, au visage déjà pourrissant derrière le masque de rat cornu. Le saphir noir pulsait dans sa main. Quelques gros vers blanchâtres se promenaient sous ses manches. Certains tombaient à terre, remontaient le long de ses bottes jusqu'aux braies. Si proche du Nœud de magie corrompu de Galabréà, son aura déformait la matière et l'air. On avait parfois l'impression que des milliers d'âmes invisibles hurlaient de douleur autour de lui.

Et le dragon se dit qu'il était sans doute l'une d'elles. Son regard accrocha des drapeaux qui se levaient au mât de la tour du plus haut palais du concile.

Un Lame-Tornade annonça :

— Les guetteurs du belvédère signalent la présence d'une armée qui franchit la vallée du Sud-Est, près du troisième lac.

Amari et Dergirion levèrent leurs longues-vues enchantées. Maerlar laissa léviter le saphir noir devant son visage.

Au loin, dans la brume rouge, Edjer-Verian vit émerger tout d'abord un scintillement émeraude, comme une demi-sphère de plus de mille pieds de diamètre. La rivière Bréà reflétait cette brillance qui révélait une armée de plusieurs centaines d'hommes et de femmes. Elle était organisée en compagnies, étendards flottant au vent : infanterie lourde armée de longues piques à fanions et de grands cimiers, simples fantassins portant mousquets et épées, fusilières marines et soldats de Dundalk à l'étendard baleinier. Des murailles, on pouvait déjà entendre les battements de tambour yaxchilan et le son nasillard des flûtes orlandaises.

— Par la Malemort ! s'exclama un Lame-Tornade près des canons.

— Qu'est-ce donc que cela ? s'enquit Dergirion d'un ton calme, l'œil rivé à sa longue-vue.

— Ce que mes oiseaux espions m'avaient déjà appris, dit Maerlar. Leur navire s'est affranchi de la gravité pour venir jusqu'ici plus vite et être à l'abri des embuscades que nous aurions pu leur monter sur les berges de la Bréà.

Edjer plissa les yeux : une silhouette fantastique émergeait de la brume, juste derrière les formations de soldats. La proue d'un navire fendit les vagues de brouillard à une centaine de toises au-dessus de la rivière. Le dragon reconnut la ligne noire et cuivre du *Chimère Étoilée*. Ses quatre mâts ne laissaient voir que la voilure de combat. Les huniers et les perroquets, gonflés par le vent du sud-ouest, le poussaient en avant. Sa cheminée expulsait une épaisse fumée noire. Edjer se dit que pour maintenir un bouclier d'aussi grand diamètre et protéger les troupes à terre le *Chimère Étoilée* devait brûler bien du combustible.

— Impressionnant, déclara Dergirion. Si nous pouvions prendre ce navire et ce qui le fait voler intact, plus rien ne nous arrêterait sur cette île d'attardés.

— Nous n'avons pas besoin de ce jouet ridicule, rétorqua Maerlar. Bientôt il ne sera plus qu'un tas de décombres fumants. Et nous aurons tout le temps, après nos victoires définitives, d'explorer les secrets des Prêtres-Mages.

Puis il ajouta, la voix déformée par un tremblement étrange :

— Elle est là, je sens son saphir noir. Il entre en résonance avec le mien. Si seulement je pouvais la convaincre… Si seulement je pouvais toucher son esprit ne serait-ce qu'un instant, elle comprendrait les raisons et la portée de ce conflit, ainsi que sa finalité.

— Je crois qu'elle le sait déjà, dit le dragon. Si elle avait voulu changer d'allégeance, elle l'aurait déjà fait.

— Ne sous-estime pas la patience de l'Anti-Vie, Edjer.

— Oui, maître.

Dergirion soupira derrière son masque.

— Je pensais qu'il arriverait en naviguant le long de la rivière, pas en volant. C'est un peu gênant, tout de même, pour nos canons.

— Cela n'a aucune importance, gronda Maerlar, ce qui fit sursauter les nombreux oiseaux perchés sur les murailles autour de lui. Le Chêne-Monde va l'éradiquer, lui et tous ceux qui se trouvent à bord.

Le navire aérien se déplaçait en crabe de manière à offrir une bordée de son artillerie latérale aux murailles. Edjer, avec sa vue perçante, distingua le canon éthérique sur le gaillard d'avant qui se tournait lentement vers eux, ainsi que les canons doubles de la tourelle arrière.

— Distance deux mille yards et en approche, déclara le capitaine Amari.

— Parfait, s'enthousiasma Maerlar. Messieurs les Lames-Tornades, veuillez avoir l'obligeance de mourir pour nous pendant que nous nous assurons que ce navire sera détruit à jamais. Dergirion, avec moi. Edjer-Verian, tu sais ce que tu as à faire.

Le dragon devint brumes et cendres, puis se laissa emporter par les tourbillons du vent.

Et pria qu'Arline ait accepté de mettre son plan à exécution.

Sinon… Que les Daemoni *et les divinités exilées aient pitié de nous tous lorsque nous descendrons dans les Strates Inférieures.*

Ijane voulait économiser au maximum l'énergie terraverrique raffinée pour le canon à plasma éthérique.

Aussi le *Chimère Étoilée* ouvrit-il le feu sur les murailles à un tiers de lieue des murailles du palais conciliaire. Les boulets trempés au terraverre préparés par Hector et les golems dans la chambre de raffinage vrombirent au-dessus des troupes. Puis la tourelle double tira à son tour, visant les tours de commandement avec leur système de signaux.

— L'artillerie ennemie nous répond, maîtresse-capitaine, annonça Alsame.

Les boulets se croisèrent au-dessus des faubourgs de la ville. L'armée de l'amiral O'Leary y était entrée en utilisant les vergers flétris par la corruption, puis les bâtiments de fermes et finalement les diverses rues et ruelles longeant la route principale. Rigori s'était joint à l'officier radléàrhe pour l'assaut terrestre : sa hache et son tromblon voulaient leur part de sang.

Des explosions aux murailles de la première enceinte dégagèrent comme à Esther Agliath une puissante énergie de destruction : des pans entiers du parapet s'écroulèrent, des corps de Lames-Tornades disparurent dans les douves ou au milieu des décombres. Certains projectiles avaient ricoché sur une sorte de champ fluidique rougeâtre flottant à hauteur des grandes tours. Les deux obus de la tourelle double réussirent à pénétrer cette couche et explosèrent sur le toit d'une des défenses, pulvérisant deux canons et leurs servants. De leur côté, les boulets de bouches à feu à tête de démons rebondirent par dizaines sur le bouclier étendu par le navire. Certains réussirent à pénétrer par un angle imprévu et s'écrasèrent au milieu d'une des formations de mousquetiers, tuant une dizaine d'entre eux.

— C'est comme une extension des branches gigantesques de cet arbre dément, s'étonna Alsame en examinant les relevés magiographiques. Il alimente des défenses contre nos tirs, mais uniquement dans un certain rayon autour du palais sous le Chêne-Monde. Au moins deux mana-étalons, et cela englobe les grandes tours qui flanquent les bâtiments administratifs ainsi que les portes vers l'intérieur du concile, là-bas entre les racines.

— Il serait peut-être temps d'utiliser le canon éthérique ? demanda Rilize à Ijane.

— Non, répliqua la nécromancienne, tremblante dans le fauteuil. Nous nous en tenons au plan établi par Edjer-Verian et les petites variations que nous lui avons apportées. Chaque tir de plasma éthérique vide une partie de nos réserves. Et je ne veux pas me retrouver sans protection lorsque Maerlar mettra en route l'opération qu'il pense infaillible contre notre vaisseau.

Une préposée à la sphère de magiographie annonça :

— Il y a comme une activité au niveau de l'arbre et des nuées au-dessus, maîtresse-capitaine.

Elle montra des chiffres qui s'affolaient autour des branches titanesques et des éclairs rouge sang. Les équations se paraient de multiples inconnues et de facteurs de multiplications exponentielles.

— Dix mana-étalons, et en augmentation, commenta Alsame.

— Nous allons être sérieusement secoués, soupira Rilize. Officière Alsame, allez rejoindre votre casemate de visée, je vous prie.

Alsame sortit de la passerelle inférieure.

Arline se tenait près d'Ijane, assise sur un tabouret, le saphir noir dans ses mains gantées. Les fissures du joyau suintaient. Ses yeux grands ouverts avaient pris la couleur d'un ciel repeint à la chaux. Elle ouvrit la bouche et déclara d'une voix sourde, trop grave pour sa jeune gorge :

— Nos ennemis focalisent et accumulent la magie corrompue pour dévaster nos troupes et le *Chimère Étoilée*. Je vois dans les cieux, derrière les nuées et les éclairs, des milliers d'oiseaux qui attendent de fondre sur nous. Je ressens…

Des larmes coulèrent sur ses joues.

— Je ressens l'agonie du Chêne-Monde. Il se tord de douleur dans ses dernières heures. Ses racines sont gangrenées au-delà de tout soin possible. Son écorce se racornit, son esprit puissant est dévoré par le Ver de Corruption et les particules de la Mort Blanche saturent tous les champs de l'éther, l'ensemble des champs magiques. D'énormes vides s'emplissent d'Anti-Vie, réduisant à néant les forces vives, la beauté, l'étendue des connaissances accumulées depuis des millénaires par l'arbre divin.

Une nouvelle bordée partit depuis les flancs du *Chimère Étoilée*. Les canons ennemis rugirent leurs réponses. Encore une fois la mort frappa les défenses des fortifications. Tout un pan des protections s'effondra, entraînant des bâtiments qui y étaient accolés. Des explosions couleur émeraude jaillirent jusqu'à plus de cinquante pieds dans les airs. Des corps de Lames-Tornades furent projetés dans tous les sens, d'autres furent consumés par le terraverre. Les obus tirés par la tourelle double firent encore des ravages au travers de la protection de l'arbre. Un des projectiles se perdit par une fenêtre du palais de l'assemblée et fit sauter deux statues vieilles de plus de deux millénaires. Les boulets du camp adverse frappèrent à nouveau le bouclier étendu du vaisseau : la plupart glissèrent dessus, deux percèrent à nouveau la couche inférieure, mais les troupes à terre avaient déjà perçu la menace et s'étaient dispersées par compagnies dans les rues : les bâtiments des faubourgs les protégeaient. Cela n'empêcha pas une des constructions de s'écrouler sur plusieurs moines-soldats de Dundalk.

— Rechargez, mes gaillardes ! lança Alsame depuis son poste de visée au centre du navire. Rechargez, on va leur apprendre ce que c'est que d'être de vraies combattantes, je vous le dis !

Les chefs de sections d'artillerie reprirent le mot. Des clameurs de joie explosèrent le long du pont de batterie.

Les servantes de la tourelle double firent sauter les culasses et remirent des obus dans les chambres. La batterie pouvait encore tirer deux fois avant de laisser refroidir.

Rilize, qui regardait à la longue-vue, une fois que le nuage de poussière teinté d'émeraude fut emporté par les bourrasques, jura. Vedrize, qui assistait à la bataille depuis une des verrières, l'imita. Arline releva les yeux, intriguée. Ijane s'enquit, depuis le fauteuil de commandement :

— Que se passe-t-il ?

— Les bâtiments que nous avons détruits lors de la deuxième salve étaient des baraquements au pied du palais…

— Oui, eh bien ?

— Parmi les cadavres qu'on peut voir d'ici, il y a des enfants… des civils sans armures ni uniformes. Ils sont des centaines à courir dans tous les sens… à essayer de fuir vers la porte principale. Une partie se consume à cause de l'énergie terraverrique… Des soldats en armes s'amusent à tuer tous ceux qui s'approchent de l'entrée de la forteresse.

— Il faut donner l'assaut ! réclama Vedrize, scandalisée. Nous ne sommes pas ici pour assassiner des civils ou les laisser se faire meurtrir !

— Pertes collatérales, rétorqua Ijane en se redressant dans le fauteuil, car tout son corps lui faisait mal. Maîtresse-capitaine, transmettez tout de même à Alsame l'arrêt du tir aux boulets trempés de terraverre. Revenez à des projectiles conventionnels. Signalez à O'Leary et Rigori de lancer l'assaut sur le pont. Il ne devrait plus y avoir grande résistance là-bas. Arline, qu'attend donc Edjer-Verian pour te contacter ?

— Le voilà ! s'exclama Arline.

Un nuage de cendres et de brumes qui flottait au niveau du sol se matérialisa soudain à quelques centaines de pieds du vaisseau. Il prit la forme du seigneur dragon. Claquant des ailes, il s'éleva dans les airs, puis piqua vers le bouclier scintillant du *Chimère Étoilée*.

Ijane eut un instant de doute. D'une pensée, elle fit pivoter le canon éthérique dans la direction de la créature de l'Anti-Vie et le chargea de l'énergie nécessaire à un tir à puissance maximale. Mais il était trop tard : le dragon se trouvait sous la ligne d'angle possible. Et il fonçait droit vers eux par l'ouest, vers la poupe du vaisseau.

— J'ai une désagréable impression de déjà-vu, grinça Rilize.

— Es-tu prête, Arline ? s'inquiéta Ijane.

— Aussi prête que je puis l'être, dit celle-ci, pâle comme une morte.

Des larmes de sang gouttèrent de son visage.

34

Dans la rotonde du concile, sous les racines du Chêne-Monde, Maerlar et Dergirion, debout sur les passerelles des sacrifiés, entamèrent un chant sombre et lugubre.

Le Nerhalfen se plaça entre le gouffre où bouillonnait la mer d'énergie du Nœud souillé et la masse annelée du Ver de Corruption. Puis il cracha un mot antique. Ce mot vomi se transforma en une suite de sigles et d'inscriptions flottantes : elles s'allongèrent et formèrent des torons d'énergie qui se plantèrent dans les avant-bras du sorcier de l'Anti-Vie. L'un de ces serpents fusa vers le Ver de Corruption et se planta dans ses anneaux. L'autre jaillit vers les cieux pour former une gueule emplie de crocs.

Dergirion gémit de douleur. Il tira sur le toron fou. Il arriva à le maîtriser, mais ses poignets se mirent à saigner, ainsi que son nez et ses oreilles.

— C'est maintenant ou jamais, siffla-t-il entre ses dents à Maerlar.

— Je t'entends, mon ami.

Maerlar leva le saphir noir au-dessus de lui. Le second tentacule se déroula pour saisir le joyau entre ses crocs et s'y planter. Puis le seigneur Ravanaï referma ses mains autour de la relique maudite.

Bientôt, le Chêne-Monde serait transformé en un immense générateur de destruction. L'orage au-dessus de l'ancien arbre divin se chargerait d'éclairs impies. Ceux-ci allaient réduire toute l'armée qui s'approchait et le navire aérien en cendres une fois que le dragon aurait détruit le bouclier qui protégeait tous ces insectes insignifiants. Et les oiseaux qui tournoyaient dans les cieux achèveraient ce qui resterait.

Il émit une pensée vers Edjer-Verian.

« Fais ton devoir, esclave ! »

Sous les regards anxieux des Yaxchilanes, Arline sortit sur la passerelle extérieure du *Chimère Étoilée*.

Saphir noir dans sa main gantée, elle regarda le dragon arriver à pleine vitesse sur le bouclier. Pour donner le change, des fusilières qui n'étaient pas descendues pour appuyer les troupes à terre firent feu sur lui, ainsi que les canons de chasse de la Couronne. Les tirs ne firent rien à Edjer ou le manquèrent.

Le dragon percuta le bouclier comme prévu, souffla son feu empoisonné sur la protection, qui céda à cet endroit comme la première fois. Cependant, pour faire bonne mesure, Ijane, qui contrôlait tout, fit en sorte que le travail d'Edjer en soit simplifié.

Arline ferma les yeux. Elle avait le goût amer du sang dans la bouche. Elle prononça des mots anciens et interdits, puisés dans le saphir noir, dont les formules antiques se déversaient en elle, ouvrant sa perception aux champs souillés de l'Anti-Vie. Les syllabes lui déchirèrent les lèvres et déchaussèrent deux de ses molaires.

Elle perçut, comme la première fois, l'esprit du vieux dragon.

— Je suis prête, lui dit-elle.

— Alors il est temps, fit-il. Car Maerlar l'est aussi.

Le dragon replia ses ailes, glissa par le trou qu'il venait de creuser dans le bouclier et envoya une pensée vers le seigneur Ravanaï.

— Maître. Maintenant.

Arline se tourna et dit péniblement :

— Dame Ijane, j'espère que vous êtes prête.

La nécromancienne se raidit dans son fauteuil de commandement. Elle lança les équations préparées à l'avance pour simuler la destruction du bouclier et rétracter celui qui était toujours actif. La chaudière au terraverre se mit à chanter, le navire vibra de la proue à la poupe. Au moment où le vaisseau lâchait à nouveau une bordée assourdissante vers les troupes de Lames-Tornades qui se repliaient, Edjer-Verian enfla démesurément et, dans une déflagration gigantesque, pulvérisa le bouclier protecteur du navire.

Arline émit une pensée vers l'explosion à ce moment précis.

Elle entra en contact avec l'esprit d'Edjer-Verian. Et l'accueillit au sein de son joyau.

Maerlar ouvrit son esprit, propulsant toute l'énergie corrompue accumulée du Prince Antique à travers le saphir noir. Dergirion hurla. Le Nerhalfen se convulsait de douleur, des flammes mauves dansaient autour de lui, l'immolant lentement mais sûrement.

— Ce n'est pas ce qui… était prévu… réussit à dire le sorcier à masque de tigre.

— Il ne faut jamais rien prévoir avec moi, cancrelat nerhalfen. Mais tu vivras.

Le seigneur de l'Anti-Vie se retrouva propulsé dans l'esprit du dragon et lui ordonna le sacrifice. Toute l'énergie empoisonnée du dragon explosa et fit disparaître le bouclier du *Chimère Étoilée,* comme prévu. Maerlar sourit intérieurement.

Et déclencha l'enfer.

Le saphir noir résonna avec l'arbre et les nuées rouge sang au-dessus du Chêne-Monde. Depuis les branches titanesques et les cieux, des milliers de fourches de foudre s'abattirent sur le navire yaxchilan et l'armée à pied.

Maerlar vit le vaisseau être entouré par une énergie fabuleuse qui créa des tourbillons de poussière gigantesques ; des explosions retentirent, la terre jaillit autour de l'armée décimée par les éclairs meurtriers.

Puis un nuage de poussière démesuré flotta autour des faubourgs.

Maerlar n'attendit pas pour donner le signal de l'hallali sur ce vaisseau à présent écrasé – sans doute possible – au milieu des restes de ses régiments. D'une pensée, il fit descendre les milliers d'oiseaux qu'il avait dissimulés dans les nuages sanglants.

— Tuez, mes enfants ! Je ne veux pas un survivant !

La spirale ailée s'abattit depuis le ciel rouge et pénétra dans le nuage de poussière, avide de chairs à déchirer.

Maerlar pouvait voir en esprit par les yeux de ses nombreux serviteurs et ne s'en priva pas, voulant se repaître du massacre ordonné. La poussière finit d'être dispersée par les bourrasques.

Elle révéla le *Chimère Étoilée*, mal en point, mais toujours là, en vol stationnaire. De nombreux cadavres de membres d'équipage ponctuaient le pont, certains fondus à même la coque. La cheminée centrale et deux mâts s'étaient abattus, les voiles avaient presque toutes disparu. D'énormes trous ponctuaient ses flancs. Une demi-douzaine de vergues avaient transpercé la dunette. Le bouclier, désagrégé par endroits par les éclairs, se reflétait toujours dans la rivière. L'armée terrestre avait subi des pertes, aussi : une bonne centaine de cadavres se consumaient encore dans les rues des faubourgs. Mais elle se remettait en ordre de bataille pour donner l'assaut sur le pont.

Il y eut un son pareil à un gong. Une vibration puissante parcourut le navire.

Maerlar ordonna à ses oiseaux de battre en retraite. Mais il était trop tard. Le bouclier du vaisseau s'étendit à la vitesse de l'éclair. Les oiseaux furent déchiquetés, consumés, brisés et finalement brûlés par l'énergie agressive du déflecteur.

Nous sommes là pour toi, dit la voix d'Arline dans son esprit.

Maerlar sentit que les deux saphirs noirs se mettaient en liaison par l'intermédiaire de l'esprit d'Edjer. Celui-ci n'avait donc pas disparu…

Il était passé à l'ennemi.

J'ai sous-estimé mon adversaire, se dit Maerlar. *Sous-estimé cette gamine, l'élève de Bonisal. Cela n'arrivera plus jamais.*

Le sorcier de l'Anti-Vie perdit pied. En utilisant le joyau sombre, il se soumettait aussi à sa loi.

Le paysage autour de lui changea.

Un soleil gris clair.

Un désert de cendres.

Des mesas d'os compactés.

Une rivière de sang, au centre. Des corps momifiés de reptiles géants. Comme un cimetière où tous les dragons du monde seraient venus mourir.

Arline essuie la sueur sur son front. Elle se rend compte qu'elle est nue, la peau recouverte de poussière. Sur une des mesas, la silhouette impressionnante d'Edjer-Verian se dresse, mais la jeune fille sait qu'il n'est là qu'en tant qu'observateur. Il ne peut intervenir sans donner à Maerlar la possibilité de le contrôler à nouveau.

De l'autre côté du fleuve d'ichor, le sorcier est debout : comme elle, il est nu et couvert d'une couche de poussière crasseuse, image vivante de celui qu'il fut avant de mourir. Un homme d'une quarantaine d'années qui a sans doute connu, comme Bonisal et Faer, au moins un siècle d'existence, voire plus. Brun, le visage allongé, les yeux et les lèvres tombantes comme s'il était éternellement triste, les membres maigres ; on peut voir ses côtes à travers sa peau.

Les deux images spirituelles ont un saphir noir dans leurs mains.

— Tu m'as tendu un piège, Arline von Crommlynk, dit simplement Maerlar.

Même s'il se trouve à plus de deux cents toises, elle le voit et l'entend parfaitement.

— Tout comme tu en as tendu un à notre vaisseau et à notre armée.

— Et tu as réussi à retourner mon arme majeure contre moi. Je ne parle, bien sûr, pas de ce maudit dragon qui verra son âme torturée à jamais pour sa trahison, mais de ce joyau, cet éclat des Larmes de la Déesse, que tu as su contrôler. Je t'en félicite.

— Comme Faer, Bonisal a toujours été un maître-mage d'une infinie patience.

Les sourcils de Maerlar se froncèrent. Sa bouche prit un pli amer :

— Ne parle pas de ces deux magiciens hypocrites, fous et meurtriers. Ils ont la mort de milliers d'innocents sur la conscience.

— Dont la tienne, Maerlar. Je sais que le concile des mages d'Orlandie vous a condamnés, toi et les autres mages relapses, à l'enkistement pour l'éternité.

— Relapses ? C'est vrai, oui, nous avons fait appel aux puissances des Strates Inférieures pour résoudre certains problèmes en Orlandie, et ce par deux fois après les avertissements et les punitions du concile. Mais ce que tu ne sais pas, c'est que j'ai été condamné à cause de la simple terreur de ton maître. Qui a été appuyé par Faer, ce jaloux impuissant qui se mourait d'amour pour cette chère Muirenn, la reine-sorcière du domaine forestier.

— Ainsi le journal de Faer disait vrai : tu as transgressé les lois les plus élémentaires de la magie pour t'emparer des richesses interdites des Prêtres-Mages et réveiller les mines de terraverre ?

— J'ai même fait mieux : en manipulant le cerveau de Solaryne, la reine des Fées Noires, j'ai provoqué il y a dix-huit ans la guerre qui, hélas, s'est mal terminée pour moi. Ce que tu n'as pas dû trouver dans le journal de Faer, ce sont les motivations de ton cher maître pour m'envoyer sur le bûcher terrestre de sa petite inquisition personnelle.

— Bonisal a découvert tes manigances. C'était suffisant, Maerlar. Il devait agir.

— Tu crois cela ? Tu es bien naïve. Enfin, je suppose que si tu survis à notre bataille, tu pourras lui demander de vive voix.

Arline se figea, le saphir noir faillit lui tomber des mains.

— Bonisal est vivant ?

Attention, l'avertit mentalement Edjer.

Profitant de sa surprise, Maerlar prit l'aspect d'un cyclope gigantesque et constitua une épée d'os enflammée à partir de la cendre couvrant le sol. Arline vit l'immense arme psychique s'abattre sur elle dans un bruit de tonnerre.

Instinctivement, elle referma la main sur le saphir noir et pensa à un pavois. Aussitôt, elle se vit devenir une gigantesque guerrière phalangiste antique qui bloqua le coup avec son bouclier. Malgré sa rapidité, la force du cyclope l'envoya jusqu'à une mesa qui l'arrêta, puis s'écroula dans un effondrement d'os.

Le monstre rit, soulevant des tourbillons de sang depuis la rivière. Ceux-ci se transformèrent en dragons de flammes qui se jetèrent sur elle. Le saphir, par sa pensée, créa deux poings de poussière qui étouffèrent le feu des reptiles. L'un d'eux réussit à passer avant d'être détruit et la brûla au torse.

Arline hurla de douleur. Elle redevint humaine. Sa peau fumante lui faisait mal. Maerlar reprit aussi son aspect normal et lévita vers elle, égrenant des équations nombreuses de flammes empoisonnées destinées à oblitérer la jeune fille.

— Tu ne sais pas puiser en toi la haine, le désespoir, la folie, l'envie, l'ingratitude, l'ambition, la fourberie, la rouerie, la traîtrise et la ruse, lui lança le seigneur Ravanaï. Ou alors tu ne le fais pas encore très bien. Je pourrais t'inculquer tant de choses, mais je n'ai guère le temps. Une île attend son châtiment. Sa punition. Sa destruction.

Les vrombissements de feu corrompu se précipitèrent sur elle. Arline puisa au plus profond du joyau sombre : elle en extirpa sa colère et son dégoût, draina les tréfonds de ses ambitions, ces sensations anciennes qu'elle avait oubliées après avoir réussi son examen à l'université de magie de Vilanöé.

Elle sentit son esprit se déchirer, son inconscient et son id prendre le dessus. Les monstres habitant ses plus grandes frustrations voulurent monter à la surface, mais elle ne sut pas les organiser. Les flammes l'engouffrèrent et la consumèrent jusqu'aux os. Elle hurla, douleur atroce, la sensation qu'on lui arrachait son âme, qu'on la violait dans chaque fibre de son être.

— C'est encore plus facile que je ne le pensais, ricana Maerlar. Un mot de toi, et je t'épargne. Un simple mot, une parole, je te laisse le choix, car Bonisal a vu ton potentiel, je l'admets. Tu es promise à un sublime avenir. Comme moi je l'ai été à ton âge. Nous sommes tous les deux faits du même métal, Arline. Si tu embrasses la cause de ces êtres pouilleux, de ces mortels qui veulent sauver la magie des fées aux dépens de la grandeur de l'homme et de son accomplissement dans les rouages du multivers, tu n'iras pas loin – d'ailleurs tu mourras, ici et aujourd'hui. Si tu veux m'accompagner dans la gloire et accéder à l'échelle divine, je t'attends.

Arline trouvait dans la douleur une sensation d'équilibre. Elle écoutait à peine le seigneur de l'Anti-Vie car, si elle l'avait fait, la jeune fille aurait peut-être, dans un moment d'égarement, pu accepter. Pas à cause de la douleur, non, mais parce qu'au fond elle savait qu'il avait raison : les magiciens s'abrutissaient de leur propre arrogance et croyaient légiférer pour tout, en tout, sur tout.

Pense à ce que t'a rapporté Aourhegan, lui sussura son moi profond. *À toutes celles et tous ceux qui sont morts à cause de ce monstre pervers, dément, qui ouvre des portes pour faire venir des Vers de Corruption et détruire la beauté de cette terre.*

Ce ne sont là que raisons fallacieuses, répliqua sa personnalité égoïste. *Il a osé s'en prendre à ceux que j'aimais, a fait brûler vifs Sean et Parshah ; son fils hideux a tué Lorcan, mon Lorcan. C'est mon ennemi juré. Le feu de la vengeance l'anime, la mienne doit prendre sa source dans cette fusion monstrueuse du vice et de l'insensibilité à la condition humaine, à sa condition spirituelle, et je dois ignorer les sévices qu'il a subis, ce ne sont pas des motivations et des raisons assez importantes pour détruire sans retenue. Une conquête doit s'effectuer avec force ou subtilité, pas en oblitérant tout sur son passage.*

La réponse à la proposition de Maerlar était toute trouvée. La jeune fille serra le saphir noir malgré la douleur, le draîna de son aura d'Anti-Vie et étouffa les flammes en projetant une pluie d'eau vert émeraude sur elles. Puis la jeune fille grandit, devint une Titanide dominant Maerlar de toute sa taille, déchira le ciel en formant des éclairs. La foudre pâle tomba en torches multiples sur l'avatar spirituel de son adversaire. Mais elle ne visa pas sa forme humaine : les éclairs tombèrent sur le saphir noir de Maerlar. Sa forme titanique disparut aussitôt. Le seigneur Ravanaï, occupé à lever son joyau sombre pour absorber le feu meurtrier céleste, ne vit pas Arline bondir sur lui, son propre saphir noir s'allongeant pour devenir une dague d'obsidienne.

Mais il réagit tout de même au dernier moment. Transforma sa propre relique en une lance vibrante, aux veines pulsantes, qui transperça le flanc de la jeune fille.

Elle lui plongea sa dague dans le cœur.

— Pris au piège de l'apparence, râla-t-il.

Son saphir noir se brisa en six morceaux autour des fissures et se dissout en larmes de poussière.

Maerlar s'écroula et sourit :

— On ne me tue pas aussi facilement, petite Arline. Tu as remporté cette manche, je le reconnais mais…

— Assez, tais-toi à présent ! s'énerva Arline.

Elle retira la dague de sa poitrine et lui trancha la gorge si fort que la tête se détacha du tronc.

Le paysage se délita. Edjer, sur la mesa, avait retroussé ses babines en une expression de triomphe.

Arline revint à elle sur la passerelle du *Chimère Étoilée*. Celle-ci était le théâtre d'une grande agitation : un incendie s'était propagé depuis les niveaux inférieurs. Une explosion secoua le navire. Rilize gisait dans une mare de son propre sang, la poitrine transpercée d'une vergue de métal qui avait pulvérisé une verrière. Plusieurs préposées au magiographe avaient été tuées par des déflagrations runiques des pupitres de commande.

Vedrize hurlait à Ijane :

— Il faut poser le navire sur le lac !

— Non, je dois purifier le Nœud de magie avec le canon éthérique ! Reculez, allez prendre soin des blessés.

Arline voulut se mouvoir, mais le combat spirituel avait affecté son corps aussi. Brûlée, percée au niveau du flanc, drainée par le saphir noir plus encore qu'elle ne l'aurait cru, elle sentit son cœur s'arrêter.

Les deux dernières choses qu'elle perçut furent une odeur de cendres et la vision d'un banc de brume qui l'entourait.

Aourhegan et Lorcan débarquèrent sur le petit quai que la jeune Fée Noire avait utilisé pour s'enfuir. Hector les accompagnait avec une section de moines-soldats de Dundalk. Ils avaient emprunté d'anciens navires de pêche lacustre.

Au loin, un assaut avait commencé sur le pont menant à la ville et les murailles à présent en ruines. On pouvait entendre aisément les clameurs, les coups de feu, les cornemuses qui sonnaient et les tambours qui battaient. Les Lames-Tornades allaient sans doute donner du fil à retordre aux formations de leur petite coalition, mais ils finiraient par céder.

Le renardin et la jeune fille avaient accepté de mener un petit groupe pour essayer de prendre les troupes ennemies à revers.

Elle s'approcha avec Lorcan de la porte de l'escalier. En haut, sur les remparts, il n'y avait personne.

— Encore un peu, et nous y sommes… fit une voix qui leur parvint depuis l'autre côté de la herse.

Aourhegan leva la main pour arrêter tout le monde. Les moines-soldats épaulèrent leurs mousquets, elle-même sortit son pistolet et Lorcan apprêta la lance qu'il avait trouvée à Drakerheel.

La porte, qui avait été refermée depuis l'évasion de la Fée Noire, s'ouvrit. Amari, l'officier commandant des Lames-Tornades, apparut, soutenant Dergirion qui dégageait une puissante odeur de brûlé. Son masque avait fondu à moitié. Quatre autres soldats mercenaires les suivaient.

— Halte-là ! ordonna Aourhegan. Vous êtes encerclés. Déposez vos armes immédiatement.

Les quatre Lames-Tornades ouvrirent le feu : deux moines-soldats tombèrent, foudroyés. La Fée Noire sentit un plomb siffler à son oreille. Puis l'un des soldats du Valchêne tira ses deux lames et fonça sur Lorcan. Le renardin l'accueillit de la pointe de la lance, l'empala et le fit passer par-dessus la rambarde. Aucun ne survécut à la salve en retour des moines-soldats. Armures percées par des balles, les trois autres s'écroulèrent dans l'escalier ou tombèrent cul par-dessus tête dans l'eau.

— Il est évident que nous nous rendons, fit Amari en laissant Dergirion glisser à terre. Il faut excuser le zèle de mes hommes…

Il ôta son casque, révélant un visage à la barbe blanche bien taillée et au sourire résigné.

— Je me suis toujours dit que vous seriez une source d'ennuis pour mon employeur, soupira-t-il.

— Désarmez-le, ordonna Aourhegan sans plus de cérémonie.

Elle grimpa sur la plate-forme pendant que les moines-soldats s'emparaient de l'officier. Dergirion avait du mal à respirer. Il la regarda à travers les fentes de son masque distordu. L'odeur de chair brûlée qui montait de son corps était atroce. Ses vêtements s'étaient amalgamés à sa peau.

— Je… je ne dois pas être beau à voir, n'est-ce pas ? s'esclaffa-t-il avant qu'une quinte de toux ne le fasse taire et râler. Toi, par contre, tu es toujours aussi sublime, mon petit jouet nerhalfen.

Aourhegan mit le canon de son pistolet sur la tempe de son bourreau et arma le chien. Lorcan, qui nettoyait la lame de sa lance, dit :

— Il n'en vaut pas la peine. Il souffre bien assez comme ça, et nous sera plus utile vivant que mort.

Aourhegan l'ignora.

— Tu diras bonjour pour moi à ton créateur Surrevyon Comptisimtur, finit-elle par lâcher. Dis-lui bien que je suis une Fée Noire, pas une Nerhalfen corrompue par ses mains putrides.

Elle pressa la détente.

— Mettez le navire en position à un angle de quarante-cinq degrés par rapport à l'entrée de la chambre du concile, dit Ijane. Déployez huniers à trois ris sur les mâts restants, approche lente. Pilote, gouvernez comme ça.

— Gouvernail à l'est-nord-est, madame ! lança la pilote.

Des marins emportaient les cadavres de la passerelle. Vedrize, choquée, pâle, venait d'être promue maîtresse-capitaine après la mort de Rilize et d'Alsame – l'officière en second avait été écrasée par un morceau de cheminée qui était tombé sur son poste de visée. La directrice civile organisait les soins avec la chirurgienne, mais ne faisait pas grand-chose d'autre. Elle avait vu la silhouette du dragon en forme humaine emmener Arline dans les coursives inférieures. Sur tout le navire, des dizaines de membres d'équipage dégageaient les mâts effondrés, avec leur amas de cordages, de toile et de métal enchevêtrés.

Le *Chimère Étoilée* se rapprocha de la cité. Il s'éleva lentement, suivant la volonté d'Ijane. La nécromancienne sentait que le navire ne disposait que de peu de temps avant de se disloquer dans les airs. Les œuvres vives grognaient. L'intégrité de la structure était fragilisée à cause de l'explosion d'un des générateurs et de plusieurs canons. La tourelle arrière n'était désormais plus qu'un amas de métal fondu.

Les drapeaux de la force de l'amiral O'Leary et de Rigori signalèrent, après quelques combats violents, un cessez-le-feu. Sur les ruines des fortifications avancées de la cité, les quelque cent survivants, pris à revers par Aourhegan et son groupe, se rendaient.

Ijane, engoncée dans le fauteuil de commandement, demanda les analyses de la magiographie à la seule préposée qui avait survécu. La jeune femme, inexpérimentée, horrifiée par la mort de ses collègues, lui dit que le Chêne-Monde, même privé de Maerlar, serait capable de frapper à nouveau ses chaînes d'éclair dans l'heure qui suivait si le niveau des mana-étalons continuait de grimper.

— Il est temps de purifier cet endroit, déclara Ijane.

Le navire s'immobilisa au-dessus des murailles intérieures, là où les Lames-Tornades et les civils étaient réunis et séparés par les forces de Rigori et d'O'Leary.

Ijane glissa d'une pensée vers les commandes du canon à énergie éthérique. Coaztli donna son assentiment par les tubes de communication, malgré une situation critique aux machines. La nécromancienne sentit le terraverre se transformer pour activer les runes au plasma. Le fût aux équations flottantes tourna sur l'axe de la tourelle et visa la porte monumentale entre les racines du Chêne-Monde.

Ijane ouvrit le feu en activant mentalement le canon.

Le premier tir pulvérisa la porte en dégageant un souffle brûlant. Les racines du Chêne-Monde se recroquevillèrent alentour. Des morceaux de bâtiment s'effondrèrent sur le côté. Une partie de la rotonde souterraine fut vaporisée.

Sur les écrans magiographiques, le grand Prince Antique Nerhithrax, le Ver de Corruption originel, enserra encore plus de ses grands anneaux putrides le tronc de l'arbre. Rigori, qui se trouvait de l'autre côté du pont avec l'état-major d'O'Leary, secoua la tête.

— Ainsi s'en va une des plus grandes merveilles du monde… dit-il.

Ijane, malgré l'effort de volonté qu'elle devait fournir pour maintenir l'intégrité du navire, s'humecta les lèvres, revint mentalement au canon. Elle incorpora les formules de purification de Faer et d'Arline dans ses nouvelles équations de puissance, puisa dans la réserve de terraverre : c'était le dernier tir avant de raffiner une nouvelle partie du stock. Autant le faire compter avant de poser le navire sur le lac.

Le canon éthérique fit feu une deuxième fois. Sa langue de plasma solide entra entre les racines du Chêne-Monde.

Le rayon oblitéra le Ver de Corruption, provoqua une réaction en chaîne dans le Nœud de magie souterrain qui embrasa l'arbre tout entier. Les nuées rouges dans le ciel se dispersèrent aussitôt, quelques grappes d'éclairs tombèrent au hasard, ravageant la cité. L'un d'eux tua net une quinzaine de civils et des soldats qui n'étaient pas descendus assez vite dans les faubourgs.

Des incendies éclatèrent un peu partout dans la ville fantôme. Ijane donna l'ordre de retourner au lac. Elle y posa le navire de justesse, les chaudières lâchèrent quelques instants après que la coque eut touché l'eau. Le bouclier s'évapora.

Le temps était venu de panser les plaies et de pleurer les morts.

Galabréà avait cessé d'exister, comme l'entité divine connue sous le nom de Chêne-Monde, torche titanesque qui continua de brûler pendant, dirent les historiens, deux longues semaines.

Aourhegan pleurait, agenouillée sur des décombres, comme une grande partie des civils à qui les soldats distribuaient de la nourriture et de l'eau.

— Que la Déesse-Mère nous pardonne, pria-t-elle.

Épilogue

Dans le sud de la vallée de Larion, les aigles nichant sur les hauts pics des Aslantepe contemplaient, impassibles, les colonnes de l'armée du Haut Roi. S'ils avaient des questions sur la folie humaine, il aurait été intéressant de les entendre – ou d'essayer d'y répondre. Mais, indifférents, ils partaient en chasse dans les prairies de l'Est, où de nombreux rongeurs avaient fui l'inondation. C'était un garde-manger infini où les aigles royaux pouvaient se servir sans scrupules.

Ils planaient au-dessus du déploiement de forces des dragons cuirassiers, mousquetiers, lanciers, chevaliers, seigneurs lourdement armurés, et de l'artillerie que l'on mettait lentement en place sur les plateaux surplombant la cité de Larion. Leurs regards se perdaient sur cette étrange radiance en forme de demi-sphère qui entourait la cité. À l'extérieur de la ville antique, les aigles regardaient les réfugiés se précipiter à l'abri des murailles pour laisser la place, sur les ponts fortifiés, aux régiments changelins dont les bannières de Prinsyl Moor flottaient au vent. Des lupins et leurs licornes noires faisaient des patrouilles autour des lacs agrandis par l'afflux des pluies orientales ou galopaient entre les fortifications sur la route du barrage et la cité.

Les aigles curieux se déployèrent en spirales plus larges et aperçurent, à l'ouest, en bordure du Marais

Glauque, une grande armée trolle qui avançait vers les ruines du barrage. Le soleil faisait briller le noir laqué de leurs armures et l'acier de leurs mousquets de guerre. Des lézards géants tiraient bouchefeus et machines de siège.

Des bannières, drapeaux et gonfanons furent levés de part et d'autre.

Les premiers coups de canon résonnèrent dans la vallée. Depuis le réseau de forteresses du barrage, on entendit les détonations multiples de mousquets alors que des sapeurs trolls s'approchaient, couverts par des protections de rondins.

Les aigles n'aimèrent pas cela. Même là où ils nichaient, leurs petits allaient être perturbés par ces grondements de tonnerre.

Les hommes, trolls, lupins, félins, changelins et Fées Noires : ils étaient tous les mêmes. La guerre, le conflit, tout cela les avait submergés. Ils avaient tous oublié la beauté du monde, de la chasse, de l'amour, de la liberté. Les aigles virèrent pour retrouver leurs aires.

Mais une volonté étrangère s'insinua dans leurs esprits. Un esprit noir et souillé par la haine et la vengeance, par l'humiliation, réclamait leur aide. Un esprit dont l'emprise sur les oiseaux avait atteint un tel degré qu'il était inutile de résister.

Les aigles voulurent se débarrasser de cet intrus qui violait leur être.

Mais leurs esprits furent annihilés.

Leur seigneur. Le maître des oiseaux. Comme beaucoup, dans la région, frappés par l'éclair noir de cet esprit dur et ignoble, ils se dirigèrent vers l'ouest, vers le Marais Glauque.

Des centaines d'autres oiseaux les rejoignirent depuis les quatre coins de la région : merles, faucons, pies, corbeaux et corneilles, freux, et même des hérons, des grues et des cigognes.

Les yeux vidés de toute volonté, ils plongèrent en une épaisse spirale de plume, tous unis, vers le vortex qui menait à Aydhin, la capitale éternelle des Fées Noires.

Une voix leur parla :

— Vous serez mon troisième fils. Et vous ferez de l'Orlandie un néant sur lequel je régnerai seul, sans partage et dans l'agonie la plus douloureuse qui soit.

Dans les catacombes de Larion, Yasniyé, seule, armée uniquement d'une lanterne à naphte, ouvrit une porte bardée de runes animales grâce au sceau de son défunt époux. Les oreilles rabattues, elle entra dans un tombeau aux arches finement ciselées. L'intérieur avait été nettoyé de ses décombres mille années plus tôt. Un sarcophage brut, rectangulaire, reposait au centre. Un gisant d'homme-tigre portant armure à lamelles et deux sabres courbes dans des fourreaux y avait été sculpté.

Yasniyé s'avança jusqu'au pied du sarcophage. Elle s'agenouilla, non pas pour prier, mais pour tapoter de ses griffes un ensemble de runes vert sombre qui s'illuminèrent soudain. Un compartiment s'ouvrit, révélant deux petits emplacements concaves.

— Djengis, mon cher amour, je t'avais mis en garde contre ce que je fais en ce moment. Et maintenant, voilà que je cède à cet horrible sentiment de vengeance qui m'étreint. Au chagrin qui me ravage le cœur. À la haine qui grandit en moi à chaque instant qui passe. Tu avais raison : les forces auxquelles nous faisons face sont bien plus puissantes que je ne le pensais. Pardonne-moi, pardonne ma naïveté.

Elle mit le sceau de Djengis et le sien dans les deux emplacements. Referma le couvercle. Les runes virèrent vert émeraude et affichèrent une phrase en langage félin :

« Kzen, Premier Père des Chasses Éternelles.
Que ta volonté de créateur soit accomplie. »

D'autres phrases apparurent :

« Âme de vérification. Veuillez patienter.
Sceaux impériaux vérifiés.
Ouverture de la réserve impériale autorisée.
Mot de passe final ? »

Yasniyé déglutit. Puis dit à haute voix :
— Kzenria.

« Mot de passe final correct. »

La paroi au fond du tombeau commença à monter vers le plafond.

Yasniyé se releva. Une violente lumière couleur émeraude, parcourue d'éclairs, jaillit de l'espace qui se révélait lentement derrière.

Un cri aigu, déchirant, furieux, envahit le tombeau.

Yasniyé ouvrit grands les yeux, fascinée et terrorisée.

L'heure du châtiment a sonné, s'entendit-elle penser. *Mais pour qui ?*

Lexique

Coudée : mesure allant du coude jusqu'au bout de la main, soit environ 45 centimètres.

Franges féeriques : territoire connu pour le nombre important de portails vers le Pays des Fées. Il est contenu au centre de l'île d'Orlandie.

Galabréà : cité construite autour de l'Arbre de Vie, ou Chêne des Mondes.

Horlomage : magicien spécialisé dans les enchantements mécaniques de toute taille, du golem de guerre géant jusqu'aux subtils rouages de précision de toutes sortes.

Khan : « roi », « seigneur », en langage félin.

Khatun : « reine », « dame », en langage félin.

Léristère, empire : matriarchie modérée de l'île-continent portant le même nom. Culte : Thétys, Titanide des océans.

Lieue : mesure de distance. Une lieue égale à peu près 3,6 km.

Mana-étalon : échelle de mesure d'une force enchantée par la magie titanique. Un mana-étalon correspond à peu près à un sortilège d'attaque destructeur incanté par un maître-mage au maximum de sa forme, comme « la pluie de météores au fort impact aplatisseur de Mélano le Malin ». Au-delà d'un mana-étalon, les enchantements sont l'œuvre de nombreux mages travaillant ensemble, à l'image de l'arme décrite dans ce livre, le canon éthérique, dont la force peut monter jusqu'à cinq mana-étalons par tir. Cette mesure est aussi utilisée pour tout ce qui est défensif ou constructif, pour déterminer la force du ou des magiciens qui ont participé à l'enchantement.

Mille marin : mesure de distance utilisée sur mer. Un mille marin égale 1,8 km.

Pied : équivalent à 33 centimètres.

Orlandie, fédération magiocratique : île au large des côtes du continent de Taurus. Connue pour les Franges féeriques occupant le centre de son territoire et les Marches diverses réparties sur les côtes.

Ormérite, langage : langage des premiers mages, tiré du langage utilisé par les Titans, dont les syllabes de pouvoir permettent de puiser dans le flux de magie.

Seuil : autre nom donné aux portails féeriques.

Technomancien : forgeron, technicien ou magicien spécialisé dans la maintenance des créations horlomagiques.

Terraverre : minerai fossile imprégné des flux de Nœuds magiques, dont la désagrégation dans une chaudière spéciale permet d'alimenter diverses applications technomagiques.

Toise : mesure de 6 pieds, environ 1,85 m.

Tour d'Émeraude : ancien accumulateur ou focalisateur de Nœud magique, nommé ainsi à cause de l'influence de la couleur élémentaire, au fil des siècles, dudit Nœud sur la pierre de construction.

Yaxchilan, empire : matriarchie de l'archipel des Iles Lointaines, culte du cycle entropique par la nécromancie, pas de divinité connue.

DANS LA MÊME COLLECTION

Charlotte Bousquet, « La Peau des rêves » :
I. *Nuit tatouée*, L'Archipel, 2011.
II. *Nuit brûlée*, L'Archipel, 2012.
III. *Les Chimères de l'aube*, L'Archipel, 2012.

Martial Caroff, « Trilogie noire » :
I. *Karl*, L'Archipel, 2012.
II. *Layla*, L'Archipel, 2012.
III. *Ronan*, L'Archipel (à paraître en mars 2013).

Béatrice Egémar, « Un parfum d'histoire » :
I. *L'Eau des anges*, L'Archipel, 2011.
II. *L'Eau du roi*, L'Archipel, 2012.
III. *L'Eau bleue*, L'Archipel, 2012.

DU MÊME AUTEUR

DANS LA MÊME COLLECTION

AVANT LES TÉNÈBRES

Chroniques de la Mort blanche

Livre 1

Une étrange épidémie ravage les Franges féeriques d'Orlandie, décimant les druides et les magiciens, garants des libertés de l'île. Profitant de la vacance du pouvoir, Endrew, fils d'un seigneur maudit, se proclame Haut Roi. Les Marches méridionales refusent son autorité. Toute la région est alors entraînée dans une sanglante guerre civile.

Arline et Sean, deux jeunes sorciers secondés par un puissant troll, tentent de trouver le remède au mal qui anéantit leurs congénères. Guidés par Lorcan, limier des Marches du Sud, ils vont atteindre la Tour d'Émeraude.

L'antique citadelle voilée de mystère pourrait bien détenir les réponses qu'ils cherchent désespérément. À condition d'en décrypter au plus vite les arcanes. Car, dans ces ténèbres qui souillent la magie et rongent le cœur des êtres, l'espoir se meurt peu à peu…

À partir de 13 ans

ISBN 978-2-8098-0564-2 / H 50-8624-4 / 304 pages / 15,50 €

NOIR SAPHIR
Chroniques de la Mort blanche
Livre 2

L'Orlandie, île au large des grands empires continentaux, patrie antique des Êtres-Fées, n'en finit pas de se consumer. Comme si la Mort Blanche, fléau des magiciens et des druides, ne suffisait pas, la guerre civile fait plus de victimes chaque jour.

Endrew, le nouveau Haut Roi, n'a plus que la Marche du seigneur Donnely à écraser pour asseoir sa suprême autorité. Il est presque sûr de triompher : dans son ombre évoluent les représentants du puissant Empire de Léristère, ainsi qu'un esprit corrompu qui l'aide à ourdir sa vengeance.

Or la résistance s'organise. Grâce aux sortilèges de la Tour d'Émeraude, Arline et Sean ont découvert le moyen de mettre un terme à l'épidémie. Mais, pour les deux jeunes magiciens atteints par la Mort blanche, le temps est compté…

À partir de 13 ans

ISBN 978-2-8098-0722-6 / H 50-9562-5 / 336 pages / 15,95 €

BONUS
La version numérique du roman

Pendant six mois, vous pouvez lire ce livre en streaming sur un iPod, un smartphonc, unc tablcttc iPad ou Android.

MODE D'EMPLOI

1. Téléchargez i-nigma ou bookBeo dans votre marché d'applications (gratuites), puis flashez le QR code ci-dessus.

2. Remplissez le formulaire qui s'affiche à l'écran et validez-le.

3. Un e-mail vous est adressé automatiquement : il vous indique que votre compte est en cours de création.

4. Sous 24 heures, un second e-mail vous parvient. Cliquez sur le lien qu'il contient.

5. Dans la page qui s'ouvre, suivez les indications.

6. Bonne lecture !

Pour optimiser votre lecture, placez votre tablette à la verticale (mode Portrait).

Pendant votre lecture, la barre de navigation en bas de page vous permet :
- de passer d'une page à l'autre < >
- de visualiser la progression de votre lecture
- de rechercher une page
- d'accéder au sommaire du livre
- de placer des signets
- d'accéder aux FAQ

Cet ouvrage a été composé
par Atlant'Communication
au Bernard (Vendée)

Achevé d'imprimer sur Roto-Page
par l'Imprimerie Floch à Mayenne
en août 2012
pour le compte des Éditions de l'Archipel
département éditorial de la S.A.S. Écriture-Communication

Loi n° 49-956 du 16 juillet 1949 sur les publications destinées à la jeunesse.

Imprimé en France
N° d'impression : 82959
Dépôt légal : septembre 2012